여기는 로스쿨!

여기는 로스쿨!

초판인쇄 | 2005년 12월 2일
초판발행 | 2005년 12월 9일

지 은 이 | 박권덕
펴 낸 이 | 김정순
책임편집 | 이명진 변경혜
펴 낸 곳 | (주)북하우스
출판등록 | 1997년 9월 23일 제406-2003-055호

주 소 | 413-756 경기도 파주시 교하읍 문발리 파주출판도시 513-8
전자메일 | editor@bookhouse.co.kr
홈페이지 | www.bookhouse.co.kr
블 로 그 | blog.naver.com/bookhouse1.do
전화번호 | 031-955-2555
팩 스 | 031-955-3555

ISBN 89-5605-139-9 03810

이 도서의 국립중앙도서관 출판도서목록(CIP)은 e-CIP 홈페이지(http://www.nl.go.kr/cip.php)에서
이용하실 수 있습니다.(CIP제어번호:CIP2005002328)

여기는 로스쿨!

박권덕 지음

북하우스

사랑하는 부모님께

여 기 는 로 스 쿨 ! _ 차 례

2부 공부 공부 공부

프롤로그
변호사처럼 사고하라

만약 당신이 판사라면 다음 케이스에 대해 어떠한 논리적 판결을 내놓겠는가?

*

한 콜라 회사가 다음과 같은 텔레비전 광고를 내보냈다. 새들이 지저귀는 평화로운 아침, 한 아이가 침대에서 일어난다. 학교에 가기 위해 아이가 콜라 회사의 로고가 그려진 티셔츠를 입고 자랑스러운 듯 서 있자, 군악대의 드럼 소리와 '티셔츠 75포인트!'라는 글자가 나타난다. 아이가 가죽 재킷을 걸치고 선글라스를 끼자 다시 한 번 드럼 소리와 함께 '가죽 재킷 1,450포인트! 선글라스 175포인트!'라는 문구가 나온다. 곧이어 "우리 회사의 새로운 상품 카탈로그를 소개합니다!"라는 목소리와 함께 카탈로그 하나가 크게 등장한다.

이윽고 화면은 어느 학교 앞뜰로 이동한다. 갑작스런 강풍과 굉음에, 아이들이 놀라서 하늘을 올려다보니 거기엔 멋진 헤리어 제트기가 떠 있다. 제트기는 곧 수직으로 하강하여 착륙했고 주위에는 수많은 학생들이 몰려들었다. 조종석의 문이 올라가며 광고 첫 부분에 등장했던 그 아이가 "스쿨버스는 상대가 안 되지!"라며 폼을 잡는다. 연이어 '헤리어 제트기 7,000,000포인트!!!'라는 자막이 뜨고 "우리 콜라를 많이 마실수록 더 멋진 상품들을 가질 수 있습니다. 콜라 마시고 상품도 타세요!"라는 멘트가 이어진다.

레오라는 사람이 있었다. 그는 이 콜라 광고를 보고 헤리어 제트기가 너무 갖고 싶어졌다. 그래서 그는 광고에서 나온 대로 7,000,000포인트를 모으기로 결심하고 먼저 광고에서 소개된 카탈로그를 구했다. 카탈로그에는 선글라스, 야구공 등을 비롯한 53가지 상품의 사진과 해당 상품을 얻는 데 필요한 포인트 그리고 상품 주문서가 기재되어 있었다. 하지만 상품 목록에 헤리어 제트기는 포함되어 있지 않았다. 카탈로그 뒷면에는 상품을 원하는 고객은 반드시 카탈로그의 주문서를 이용해야 하며, 원하는 상품을 주문하기 위한 포인트가 모자란 경우 최소 15포인트만 있으면 나머지 포인트를 1포인트당 10센트로 계산하여 돈으로 지불할 수 있다고 명시하고 있었다.

레오는 콜라를 마셔서 7,000,000포인트를 모은 뒤 헤리어 제트기를 상품으로 얻으려고 했으나, 곧 콜라를 그렇게 마시기란 불가능하다는 것을 깨달았다. 그래서 그는 15포인트만 모으고 필요한 나머지 포인트는 거액의 수표로 쓴 뒤 콜라 회사에 보내 헤리어 제트기를 주문했다. 물론 주문서 리스트에는 헤리어 제트기가 포함되어 있지 않았기 때문에 레오는 주문서의 한 구석에 직접 헤리어 제트기란을 그려 넣었다. 얼마 후 콜라 회사는 헤리어 제트기는 단순히 재미있는 광고를 만들기 위해 쓰였다는 점을 밝히며 사과의 뜻을 전해왔다. 이에 레오는 콜라 회사가 광고에 등장한 헤리어 제트기를 상품으로 교환해주어야 한다며 소송을 시작했다.

*

케이스를 읽어내려가며 나도 모르게 웃음이 나왔다. 로스쿨 입학 전이라면, 세상에 참 별 사람 다 있다며 웃어넘기거나 '당연히 헤리어 제트기를 줄 필요가 없지! 상식적으로 그걸 말이라고 하나!' 라고 생각했을 것이다. 하지만 지금은 달랐다. 이 케이스는 결코 웃기려고 지어낸 어이 없는 이야기가 아니라 법원의 판결을 청하는 실제 사건이었다. 그런데 판사가 "제트기를 상품으로 준다는 것은 '상식적'으로 말이 안 된다"고 판결할 수는 없지 않은가?

"변호사처럼 사고하라(Think like a lawyer)!"

로스쿨 첫해에 우리에게 내려진 지상과제에 따라 나는 곧바로 논점을 뽑아내는 기계가 되어 이 케이스를 분석하기 시작했다.

케이스의 이슈는? 텔레비전 광고를 광고주와 시청자 간에 성립된 일종의 계약으로 볼 수 있는지의 여부.

이 케이스를 다루는 법은? 일반적으로 광고는 계약을 형성하는 데 필수적인 '제의(offer)'로 성립되지 않는다. 하지만 광고 자체가 너무나도 명백하게 계약의 구체적 사항을 담고 있고 추후 협상의 여지를 전혀 남겨두지 않았을 경우에는 광고가 제의로 성립될 수도 있다.

케이스의 구체적 사실에 법을 적용시킨다면? 광고는 상품에 대한 구체적 사항을 인쇄된 카탈로그를 통해 남겨두었으므로 광고 그 자체가 계약 제의로서 성립되기에는 충분치 않아 보이며, 또한 해당 카탈로그에도 헤리어 제트기는 포함되어 있지 않다. 더욱이 군용 전투기를 개인의 운송 수단으로 사용한다는 점은 합리적인 사회 구성원의 보편적인 기준으로 볼 때 사실이라고 믿기 힘든 허구적 요소이므로 그것이 단순히 광고의 재미를 위해 쓰였다는 것을 쉽게 알 수 있을 것이다.

케이스를 간단히 정리하고 실제 법정에서의 판결을 확인해보았다. '선착순 몇 명'과 같은 한정 문구가 없는 이 광고가 계약 제의로서 성립될 경우, 잠재적으로 셀 수 없이 많은 계약이 성립될 가능성이 있으므로 이 광고는 계약 제의로서 성립되기에 불충분하다는 점과, 광고는 7,000,000포인트를 모으기만 하면 무조건 헤리어 제트기를 얻을 수 있다고 말한 것이 아니라 포인트를 모으고 카탈로그를 참고하여 상품을 주문하라고 하였으므로 광고 그 자체로서 매듭이 지어지는 일방적인 제의(unilateral offer)가 아니라는 점 등도 판결의 근거였지만 큰 맥락은 역시 나의 분석과 비슷했다. 결론적으로 이 광고는 계약 제의로서 성립하지 않기 때문에 콜라 회사는 제트기를 줄 필요가 없다는 판결이었다.

*

예전이라면 한번 듣고 웃어넘길 법한 이 케이스를 진지하게 분석하고 실제 법정 판결과 얼추 비슷한 판결을 내놓은 내 자신이 문득 낯설게 느껴지면서, 그제야 내가 더 이상 예전처럼 사고하지 않는다는 사실을 깨달을 수 있었다. 매일을 도서관에 앉아 수많은 판례들에 파묻혀 지내고, 그룹 토론을 통해 다각도에서 판례들을 분석해내며, 소크라테스식 문답법으로 교수님과 논리력을 증진시키는 동안 내 안에 조금씩 리걸 마인드(legal mind), 즉 법적 사고력이 형성되고 있었던 것이다.

법을 처음 배우기 시작한 학생들이 바로 이 법적 사고력을 갖추며 성장해가는 로스쿨 첫해 과정을, 나의 One L의 경험을 비추어 뒤돌아보았다.

치열한 경쟁과 새로운 수업 방식으로 인한 수많은 시행착오를 겪어야 하는 곳. 뜨거운 감정과 차가운 이성의 격렬한 충돌이 일어나는 혼란스러운 곳. 법을 외우는 것이 아니라 법적 사고력을 키우며 법조인의 꿈을 구체화시켜가는 곳.

여기는 로스쿨이다.

두꺼운 책들이 너무 무거워서 많은 학생들이 책수레를 끌고 다녔다. 가방을 끌고 다니면 허약해 보인다며 사나이로서 끝까지 등에 메는 가방을 고집하던 팀. 어느 날 책수레를 조용히 끌고 나타나더니 말했다.

"파일럿들도 끌고 다니는데 뭐."

1부
로스쿨에 던져지다

로스쿨 첫째날

폭풍전야

'햇살이 오늘따라 유난히 눈부시고 아침 공기는 더없이 상쾌하다. LA 다운타운 한복판의 공기가 상쾌하다고 느껴지다니, 내가 제정신이 아니긴 아닌가보군. 하긴, 제정신이 아닌 게 당연한지도 모른다. 오늘부터 나는 One L, 즉 로스쿨 1학년생이기 때문이다.

3년 전 우리나라에서 대학을 다니다 가족과 친구들을 모두 뒤로 한 채 혼자 미국의 촌구석으로 떠나왔던 것도, 그곳에서 영어 실력을 키우고자 백인 아이들 틈에 끼여 이질감에 외로워했던 것도, 외국인으로서 그들과 경쟁하면서 학점 하나에 울고 웃으며 보낸 모든 시간들도 로스쿨에서의 공부가 시작될 바로 오늘을 위해서였는데,

이 순간 내가 제정신이라면 그게 더 이상한 것인지 모른다.'

운동을 하며 나는 로스쿨 학생으로서의 첫날 아침을 다분히 감상적인 생각으로 시작했다.

운동을 마치고 집으로 돌아와 여유롭게 아침을 차려 먹고, 설레는 마음을 진정시키며 가벼운 마음으로 학교로 향했다. 입학 첫날부터 힘이 많이 들어가면 정작 학기가 한창일 때 일찍 지쳐버릴지도 모른다고 생각하며 애써 느긋해지려 했던 것이다. 그렇지만 이런 사치스러운 생각으로 여유로운 아침 시간을 맞이할 기회는 그 이후로 더 이상 허락되지 않았다.

학교에 도착, 과연 로스쿨에서의 수업이란 건 어떤 것일까 설레는 마음으로 강의실 문을 열었다. 강의실 안은 조용했고, 놀랍게도 이미 강의가 진행되고 있었다. 강의실을 잘못 들어왔나 하는 생각이 드는 순간, 낯익은 얼굴들이 눈에 들어왔다. 당황스러운 마음을 가라앉히고 다시 학생들의 얼굴을 천천히 살펴보니 우리 섹션이 분명했다. 미국 로스쿨의 1학년은 대학교와는 달리 한국의 중고등학교처럼 수십 명의 학생으로 구성된 몇 개의 섹션으로 나뉘며, 같은 섹션의 학생들은 1년간 과목 선택의 자유 없이 모든 법의 기초가 되는 필수 법 과목들을 배우게 되어 있다. 그리고 우리 섹션 친구들의 얼굴은 이미 오리엔테이션 때 익혀서 알고 있었던 것이다.

하지만 내 시계는 분명 수업 시작 10분 전인데 이게 어찌된 일인

가. 당황스러워하며 강의실을 둘러보았지만 빈자리도 보이지 않았다. 그때 저 반대편 끝에서 팀이 나를 향해 뭐라고 손짓을 했다. 팀은 며칠 전 오리엔테이션 때 알게 된 재미교포 친구인데, 손짓을 보아하니 내가 서 있는 쪽 어딘가에 자리가 있다고 알려주는 것 같았다. 아이들의 시선과 강의를 하시던 교수님의 시선이 내 위에서 멈추었다. 머릿속이 하얘졌다. 정신을 차리고 팀이 가리킨 곳을 자세히 보니 열 명 정도가 앉아 있는 줄 가운데에 자리가 하나 비어 있었다. 나는 그 줄을 비집고 들어가 겨우 자리에 앉았다.

그것은 내가 수년간 그려왔던 로스쿨에서의 첫 수업 장면이 아니었다. 어떤 교수님 한 분이 말씀하시길 앞으로 1년간 가장 많은 시간을 함께 보내며 가장 사랑하는 친구이자 동시에 가장 미워하는 경쟁자가 될 사람들이 바로 이 80여 명의 섹션 친구들이라고 하셨는데, 그런 이들에게 자신감 있는 모습으로 토론에 참여하는 멋진 모습은커녕 첫날부터 지각이나 하는 얼빠진 놈으로 찍혔다고 생각하니 악몽 같은 기분이 들었다.

자리에 앉아 마음을 진정시키니 들리지 않던 교수님의 말씀이 그제야 조금씩 들리기 시작했다. 다행히 아직 수업에 관한 이야기는 시작되지 않은 것 같았다. 첫 수업은 불법행위법(Torts)이었다. 교수님은 연세가 좀 있으셨고 유순하고 여유로워 보이는 분이셨다. 강의는 곧바로 시작되었다. 로스쿨에서의 수업은 보통 '강의'라고 부르지 않는다. 왜냐하면 강의라고 하면 일반적으로 교수님이 학생들에게 지식을 가르치고 정보를 전달하는 것을 의미하는데 이곳의 수업 방식은 교수님이 강단에 서서 강의하는 것이 아니라 실제 판례를 통해 법적 사고력(legal mind), 즉 법을 사건에 어떻게 적용시키는지를 생각하고 따지는 능력을 길러주는 것을 목표로 하기 때문이다. 이런 피상적인 이야기는 이미 충분히 들어왔기에 나는 실제 로스쿨에서의 수업과 토론이 어떤 모습일지 너무나도 궁금했다.

'별 것 없다!'

그게 첫 '강의'를 '듣고 나서' 든 생각이었다. 겨우 이 정도 강의를 하려고 교수님은 2주 전부터 그 난리를 피우셨나 하는 생각도 들었다. 첫 시간에 다룰 부분이 2주 전부터 인터넷을 통해 공고되었고, 그 부분을 모두 미리 읽어왔기 때문에 교수님의 말씀도 다 이해가 되었으며, 수업 방식도 대학교 시절의 강의와 별반 다르지 않았다. 또한 교수님은 대부분의 시간을 불법행위법 전반에 대한 설명과 교과서만 읽으면 쉽게 답할 수 있는 질문을 던지는 데에 쓰셨으며, 은행강도로 남편을 잃은 아내가 은행 측의 보안 부주의에 대한 책임을 물어 소송을 진행한 케이스를 '설명'해주셨다.

이제 처음 전문적으로 법을 공부하기 시작한 우리들이 그 짧은 시간 동안 불법행위법 전반에 대해 명쾌하게 이해하는 것은 애초부터 기대하기 힘든 목표였고, 뜻을 알 수 없는 용어가 오가는 강의실은 약간 지루하기까지 했다. 그나마 교수님이 학생들에게 케이스에 대해 던지신 질문에 그럴듯하게 들리는 의견이 오가는 것을 보고 이게 바로 로스쿨의 살아 있는 토론이구나 싶었던 것이 위안이라면 위안이었다.

이런 생각을 하고 있는데, 옆의 친구가 나에게 종이를 건넸다. 뭔가 하고 보니 강의실의 좌석배치표였다. 김이 빠졌다. 미국의 로스쿨에서는 첫 시간에 좌석배치표에 이름을 적은 뒤, 한국의 중고등학교처럼 한 학기 동안 같은 자리에 앉아야 하는 것이다. 하지만 교수님들이 좌석배치표를 보고 학생들을 호명하고 질문을 던지는 것은 대학교 때도 이미 경험해봤던 것이었기 때문에 대수로울 것은 없었다.

그렇게 여유롭다못해 지루하기까지 했던 첫 '강의'를 듣고 나오면서 마음 한구석에서는 '이게 과연 로스쿨인가? 뭔가 잘못된 것은 아닌가?' 하는 막연한 불안감이 자리 잡기 시작했다. 하지만 그때는 앞으로 교수님께서 그 좌석표를 보고 소크라테스식 문답법의 먹잇감을 찾으실 것이며 그때마다 심장이 얼어붙는 듯한 느낌이 들 것이라는 것은 전혀 예상하지 못했었다.

올 것이 오다

화기애애한 한 시간의 점심식사 후 살인, 강도 같은 범죄를 다루는 형법(Criminal Law) 수업에 들어갔을 때, 막연한 불안감은 이내 현실로 나타났다. 오전의 불법행위법 수업은 내가 예상하고 그려왔던 로스쿨의 '수업'이 아니라, 그저 '강의'였다. 또 내가 로스쿨식 토론이라 착각했던 것은 학생들 사이에서 제멋대로의 논리와 가정이 오가는 일종의 '대화'였지 결코 '토론'이 아니었던 것이다.

우리 앞에는 키가 작은 젊은 여교수님이 서 계셨다. 파티에나 어울릴 법한 짧고 새빨간 원피스를 보자니, 연방 법원의 판사로 재직했으며 끔찍한 범죄 사건을 다루는 형법 과목 교수님의 모습으로는 어딘지 어울리지 않다는 느낌이다.

"환영합니다! 여러분들이 바로 섹션4 학생들이군요. 섹션4에 정말 우수한 학생들이 모였다는 것은 이미 들었어요. 자, 그럼 이제 수업을 시작해볼까요? 더들리 케이스를 봅시다."

선례(precedent)라는 용어가 따로 있기는 하지만 미국에서는 법률 사건 하나하나를 케이스(case)라고 한다. 케이스는 우리나라의 판례로 이해하면 되는데, 일반적으로 원고(plaintiff)와 피고(defendant)의 성을 따서 이름 짓는다. 예를 들어 '밀러 v. 제이슨(Miller v. Jason)'이라는 케이스는 밀러라는 성을 가진 사람이 제이슨이라는 사람을 고소한 사건을 의미하며, 흔히 한쪽의 성만을 써서 '밀러 케이스'라고 부른다.

'레지나 v. 더들리&스테판(*Regina v. Dudley and Stephens 14*

Q.B.D. 273)' 케이스는 며칠 동안을 바다에서 표류하던 두 선원이 허기에 지쳐 아무런 반항도 할 수 없었던 한 어린아이를 살해하여 그 아이의 인육으로 연명하다가 다른 배에 구조된 후 법정에 서게 된 살인 사건에 대한 케이스였다. 사건 내용이 너무 끔찍하여 케이스를 읽으며 저절로 얼굴이 찡그려졌다. 형법 수업에서 다루는 대부분의 케이스들은 살인이나 강도, 강간 같은 끔찍한 범죄와 관련된 것들이어서 학기 초 몇 주 동안은 케이스를 읽을 때마다 논리적 케이스 분석보다 본능적으로 끓어오르는 불쾌한 감정과 분노를 다스리기에 바빴다. 아마 대부분의 사람들이 이런 케이스를 읽으면 이성이나 논리를 따질 새 없이 나 같은 반응을 보일 것이다.

"아, 첫날이라서 아직 좌석배치표가 없군요. 지금 배치표를 돌릴 테니 이름을 적어주세요. 아이랙(IRAC)은 여러분도 알고 있겠죠? 그럼 이 케이스의 이슈가 무엇입니까?"

보통 로스쿨의 처음 몇 주간의 수업들은 이슈(Issue), 룰(Rule), 적용(Application), 결론(Conclusion)의 첫 글자로 이루어진 아이랙(IRAC)이라는 케이스 분석 과정에 익숙해지는 시간으로 볼 수 있다. 좀 더 구체적으로 설명하자면, 아이랙이란 사건의 법적 이슈가 무엇인지(이슈), 그리고 그 이슈와 관련된 법이 무엇인지(룰), 그리고 그 법이 이 사건의 사실들에 어떻게 적용될 수 있는지(적용), 마지막으로 구체적인 사실에 대한 법 적용의 결과가 어떠한 판결로 이어지는

지(결론)를 분석하는 일련의 과정을 의미한다. 우리는 개강 전 이틀에 걸쳐 진행되었던 오리엔테이션 때 아이랙에 대해 이미 간단히 배웠는데, 이는 로스쿨의 주된 수업 방식이 바로 케이스 분석이므로 아이랙과 같은 논리적 분석 방법을 반드시 익혀둘 필요가 있기 때문이었다. 그리고 드디어 실전 아이랙에 들어가게 된 것이다.

이슈부터 시작되었다.

"이 케이스의 이슈는 과연 피고들을 살인죄로 처벌해야 되는지의 여부입니다. 여러분의 생각은 어떤가요?"

'생각은 무슨 생각?'

나를 비롯한 많은 학생들의 얼굴에는 피고들에 대한 경멸의 표정이 역력했다. 물론 예상했던 대로, 바늘로 찔러도 피 한 방울 안 나올 것 같은 싸늘한 표정을 지으며 '난 보통 사람들과 달리 감정 따위에 휩쓸리지 않는 논리적이고 냉철한 사람이야'라고 말하는 듯한 녀석들도 여럿 있었다. 나는 그들을 향해 '그래, 너희들은 벌써 변호사 다 됐구나'라며 마음속으로 조소를 보냈다. 곧 한 학생이 자발적으로 손을 들고 말을 하기 시작했다.

"그들에게는 선택의 여지가 없었습니다. 그들이 누군가를 죽여 목숨을 연명하지 못했다면 결국 한 명이 아닌 더 많은 사람이 죽었을 테니까요. '논리적으로' 생각해볼 때 그들이 그렇게라도 해서 목숨을 부지하지 않았더라면 법정에 설 수도 없었을 테니 그들이 용서받아야 하는 건 당연한 일입니다."

어떤 주장이 설득력을 갖는 건 그 어조가 단호해서도 아니요, '논리적으로'나 '명백히'와 같은 단어 때문도 아니요, 말 그대로 그 주장과 그것을 뒷받침하는 이유가 논리적이기 때문이다. 하지만 이 주장은 이제 막 로스쿨에 들어온 풋내기 학생의 '가슴'에서 나오는, 논리적 주장에 대한 흉내 같은 것이었다.

"무엇무엇 했더라면…… 무엇무엇 했더라면…… 가정의 연속이군요. 그렇다면 그들이 그 아이를 죽여 목숨을 부지했지만 구조선이 며칠 뒤에 나타나지 '않았더라면' 어떻게 되었을까요?"

교수님이 되물으시자 학생은 말을 더듬기 시작했다.

"그건…… 그건…… 만약 구조선이 며칠 후 곧 나타나지 않았더라면 그들은 법정에 서게 되지도 않았을 겁니다. 그러므로 그들에게 죄를 묻는다는 것은 '논리적'이지 못합니다."

그 학생의 말 중 '논리적'이라는 단어가 유난히 귀에 거슬렸다.

"그래요? 그렇다면 바다 한가운데에서 구조된다는 확신도 없이 그저 며칠을 더 살기 위해 갑판에 힘없이 누워 있던 아이를 일방적으로 죽인 것은 '논리적'인가요?"

교수님도 나처럼 그 학생의 '논리적'이라는 단어가 귀에 거슬렸던 것 같다. 잠시 망설이던 학생이 대답을 이어갔다.

"아마도 그들은 제정신이 아니었을 것입니다. 며칠 동안 아무것도 먹지 못한 상태에서 그들이 올바른 의사 결정을 내린다는 것은 불가능하…….”

순간 교수님은 학생의 말을 끊으며 단호한 목소리로 끼어드셨다.

“사실만 가지고 이야기하세요(Stick with the facts)! 무엇무엇이었더라면! 무엇무엇 했더라면! 그들이 정신이 나갔다는 증거가 도대체 어디에 있습니까? 그리고 피고들 또한 당시 자신들이 제정신이 아니었다고 주장한 적은 전혀 없습니다.”

교수님 말씀 그대로였다. 로스쿨에서의 토론은 일반적으로 하듯 자유롭게 자신의 의사를 밝히는 시간이 아니다. 철저하게 케이스의 사실을 바탕으로 논점을 만들어야 한다. 그래서 로스쿨에서는 일반적으로 ‘무엇무엇 했더라면’과 같은 가정이 허용되지 않는데, 그 친구는 로스쿨의 요구와 전혀 동떨어진 성격의 토론을 하려 했던 것이다. 하지만 강의실에 앉아 있던 80여 명의 학생 중 사실에 입각해 토론하는 훈련이 이미 되어 있는 학생이 몇이나 되겠는가. 강의실 안의 공기가 순식간에 싸늘해졌다. 그때 한 학생이 입을 열었다.

“다른 이들을 위해 한 사람이 목숨을 희생해야 했던 것은 여기서 중요하지 않습니다. 지적해야 할 것은 그들이 그 아이를 빼놓고 ‘희생될 그 누군가’를 결정했다는 것이고, 바로 그것이 문제입니다. 어린아이가 단지 신체적으로 약해 생존의 가능성이 좀 더 낮았다는 이유만으로, ‘자발적 선택’이 아닌 ‘일방적으로’ 죽임을 당했기 때문에 이것은 명백히 살인인 것입니다."

적어도 내가 듣기에는 논리적으로 들렸다. 교수님 또한 만족하셨는지 계속 해보라는 손짓을 하셨다. 힘이 났는지 그 학생은 거침없이 말을 이어갔다.

"그들의 죗값은 분명합니다. 그들과 같은 죄인은 처벌을 하여 사회에 본보기를 보여야 하며 사회에서 격리시켜 선량한 사람들을 보호해야 합니다."

감동적이었다. 하지만 감정적이었다. 교수님은 다시 한 번 냉정한 어조로 학생을 몰아붙이기 시작하셨다.

"그들의 죗값이 분명하다는 것은 저도 인정하겠습니다. 하지만 사회에 본보기를 보인다는 건 무슨 말이죠?"

교수님의 질문에 학생은 자신 있게 대답했다.

"그들을 처벌해 다른 사람들도 함부로 살인을 하지 못하게……."

"계산을 했다고 생각합니까?"

또 한 번 교수님은 학생의 말을 끊었다.

"네?"

학생은 도무지 무슨 소리인지 알 수 없다는 표정을 지었다.

"며칠을 굶었습니다. 곧 죽을지도 몰라요. 그런 상황에 처한 사람들이 과연 내가 이 아이를 죽였을 때 어떤 형벌을 받게 될지를 계산해보고 살인을 할 거라고 생각하나요?"

"글쎄요…… 그건……."

학생이 머뭇거리자 교수님은 다시 한 번 학생을 몰아붙이셨다.

"그리고 보통 사람이 이렇게 극한 상황을 맞이하게 되는 경우가 과연 얼마나 있을까요? 그런데도 본보기를 보여줄 필요가 있을까요?"

학생은 침묵했다. 하지만 교수님은 공격을 계속 이어갔다.

"마지막으로 또 하나. 사회에서 그들을 격리시켜 다른 이들을 보호해야 한다고 말했나요? 다시 한 번 말하지만 이런 극한 상황이 우리 주위에서 자주 생긴다고 생각합니까?"

학생은 침묵했다. 그 순간 학생들 사이를 돌던 좌석배치표가 교수님 손에 전달됐다.

"그럼 어디, 다른 사람의 의견을 한번 들어볼까요?"

교수님의 시선이 좌석표를 향했다. 순간, 내가 호명되면 어쩌나 걱정이 되었다. 책에 있는 내용을 질문하신다면 어느 정도야 대답하겠지만 지금과 같은 질문에 조리 있게 답변할 자신은 없었다. 다행히도 교수님은 다른 학생의 이름을 부르셨다. 그 학생은 잠시 망설이다 답변을 하기 시작했다.

"그들을 처벌하는 이유는 단지 그들이 처벌받을 만한 죄를 지었기 때문입니다. 다시 말해 그들을 처벌하는 것은 그들의 행동이 잘못되었다는 사회의 메시지를 전달하기 위해서입니다."

교수님은 만족스럽다는 표정을 지으시더니 다른 케이스를 한번 생각해보자며 즉흥적으로 케이스를 만들어내기 시작하셨다. 곧 강의실 안은 교수님의 말을 놓치지 않으려는 학생들의 노트북 키보드 두드리는 소리로 가득해졌다.

나는 당황하기 시작했다. 이제 미국에서 공부한 지 3년째, 길다면 길고 짧다면 짧은 이 시간 동안 내 영어 실력이 많이 향상되긴 했지만, 교수님이 빠른 속도로 만드는 케이스의 구체적인 사실들을 하나하나 모두 받아 적는 것은 아직 불가능했기 때문이다. 그래서 나는 교수님의 말을 그대로 받아 적는 대신 대략의 내용을 파악하며 중요한 단어만을 적어내려 노력했다. 교수님이 제시한 케이스의 요점은 음주운전을 한 '착실하고 성적도 우수한 모범 대학생'을 어떻게 처벌해야 하느냐는 것이었다. 그리고 교수님은 우리에게 3분 동안 이 케이스의 올바른 판결을 생각해보라고 하셨다.

형법에서 말하는 처벌의 목적은 크게 네 가지이다. 죗값을 치르게 하고 그 행동이 잘못되었다는 메시지를 보내는 '징벌(retribution)', 범죄자와 사회 구성원 전체에게 처벌을 보임으로써 그러한 범죄가 다시 일어나지 않게 하기 위한 '제재(deterrence)', 범죄자에 대한 여러 가지 사회화 교육을 통하여 그 사람을 바람직한 사회구성원으로 다시 태어나게 하는 '갱생(rehabilitation)', 그리고 마지막으로 범죄자를 감옥에 가둠으로써 사회에 위협을 줄 가능성이 있는 그들을 사회로부터 '격리(incapacitation)'시키는 것이 바로 처벌의 주요 목적이다. 그리고 교수님은 이 네 가지 측면을 종합적으로 따져보아 올바른 판결을 도출하라는 주문을 하신 것이었다.

주어진 3분 동안 나는 노트북 화면을 멍하니 바라볼 뿐 아무것도 할 수 없었다. '형법 몇 조에는 음주운전에 대한 처벌이 이렇게 나와 있으니 법대로 이렇게 처벌하라'는 식의 답변은 우리들에게 허용되지 않기 때문이다. 내가 호명이 된다면 뭐라고 말해야 될지 정신이 없었다.

"자 그럼 저쪽으로 한번 가볼까요? 저쪽 뒤에, 안경 쓰고 머리 묶은 여학생?"

3분이 지나자 교수님이 내 근처에 앉은 학생의 이름을 부르셨다. 순간 오금이 저려왔다. 앞서 그랬던 것처럼 교수님의 공격적인 질문은 쉴 틈 없이 계속되었다. 내 옆의 친구, 내 주변의 학생이 호명될 때마다 겁이 났다. 순간, 양옆으로 포탄과 총알이 오가는 전쟁터의 한복판에 철모도 무기도 없이 맨몸으로 내던져진 느낌이었다.

형법 수업에서는 징벌이 무엇인지 제재란 무엇인지와 같이 단순히 책만 읽어보면 알 수 있는 내용은 전혀 다뤄지지 않고 있었다. 그 대신 앞서 언급한 처벌의 목적을 네 가지 측면에서 다각도로 따져보면서 교수님이 즉흥적으로 만들어내는 수많은 케이스 각각에 대한 올바른 판결이 무엇인지를 생각하도록 요구받았다. 그런 질문에, 어젯밤 겨우 책 한 번 읽어온 나로서는 대답할 수가 없는 것이 당연했다. 게다가 폭포수처럼 쏟아지는 교수님의 가정을 따라가기가 너무나도 벅찼고, 심지어 가끔은 교수님의 질문 자체를 이해하지 못하기도 했다. 다른 학생이 받은 질문에 간혹 속으로 대답을 시도해보았지만 겨우 몇 단어만이 떠오를 뿐이었다.

교수님은 배치표를 보고 호명할 학생을 찾으실 때 "미스터" 혹은 "미스"로 말문을 여셨는데 그때마다 나는 교수님의 "미스터" 소리에는 남자로 태어난 것을 무척이나 원망하며 긴장감에 덜덜 떨어야 했고, "미스"라는 한마디에는 앞으로 최소한 몇 분간은 살아남을 수 있겠구나 싶은 생각에 더없는 안도감을 느끼곤 했다. 어쨌든 다행스럽게도 그 수업 시간에 나는 호명되지 않았다. 하지만 강의실에서 나오던 내 모습은 완전히 겁에 질려 있었다. 캄캄했다. 즉흥적으로 오가는 토론을 도저히 이해할 수가 없었다. 내가 미국의 로스쿨에 간다고 했을 때 원어민이 아니면 정말 힘들다며 나를 걱정의 눈빛으로 바라보던 주위 사람들이 떠올랐다. 그리고 해보지도 않고 안 된다는 약한 생각부터 할 수는 없다며 그들의 의견을 묵살했던 내가 무모했다는 생각이 들었다. 3년 전 한국의 대학에서 미국 대학으로 편입했을 때도 결코 쉽지는 않았지만, 단 한순간도 '이건 안 되겠다'고 생각한 적은 없었는데, 이곳에서는 도저히 다른 학생들을 따라갈 자신이 없었다.

집에 와서 책을 펼쳐도 마찬가지였다. 다음날 있을 불법행위법과 민사소송법(Civil Procedure) 두 과목의 수업을 듣기 위해 읽어야 할 책의 분량이 너무도 방대했기 때문이다. 뿐만 아니라 한 페이지 한 페이지가 깨알 같은 글씨로 가득 차 있었다. 더욱 암담한 것은 그 용어와 내용이 너무 낯설어 마치 전혀 본 적 없는 또 다른 외국어를 대하는 느낌이 든다는 것이었다. 심지어 앞서 언급한 레지나 v. 더들리 케이스를 처음 읽을 때는 케이스 본문을 아무리 찾아보아도 레지나라는 이름을 찾을 수가 없어 당황스러워했었는데, 나중에 알고 보니 레지나는 사람 이름이 아니라 영국의 형법 케이스에서 여왕, 즉 국가를 가리키는 단어였다. 뿐만 아니라 내가 미국 법 제도에 익숙하지 못한 외국인이기 때문에 '소환장(summons)', '판결문(verdict)'과 같은 기본적인 법률 용어들의 개념에 대해 잘 알지 못하는 것도 나를 상당히 힘들게 하는 요인이었다.

단 한 번의 수업이 영어 실력, 수업 방식, 법 공부에 대한 자신감을 뒤죽박죽 뒤섞어 지금까지의 나를 송두리째 의심하고 앞으로의 나를 부정하는 듯했다. 그날 나는 울면서 공부했다는 표현이 정말 딱 맞을 정도로 책을 읽어보려 처절하게 애썼다. 오후부터 밥도 못 먹고 잠시도 쉬지 못한 채 책을 읽어내려갔지만 자정이 되어도 다음날 수업들을 위해 읽어야 할 케이스들의 반도 읽지 못했다. 정말 기막힐 노릇이었다.

사실 이것은 외국인인 나의 책 읽는 속도가 다른 학생보다 조금 더 느리기 때문에 생겨나는 문제만은 아니었다. 모든 로스쿨 신입생들은 낯선 용어와 막대한 공부량 때문에 나와 같은 어려움을 겪는다. 그나마 다른 친구들이 수업을 잘 따라가는 것처럼 보였던 것은 그들이 책을 수업 진도보다 훨씬 앞서 읽어나가고 있기 때문이었다. 하지만 나에게 미리 책을 사서 읽어보라고 말해준 사람은 아무도 없었을뿐더러, 사실 나는 초장부터 힘을 빼다가는 정작 학기가 한창 진행될 쯤엔 지쳐버릴지도 모른다고 생각해서 미리 책을 읽어두지 않았던 것이다. 하지만 그건 너무나도 큰 실수였다. 로스쿨에서의 첫 학기는 개강일이 아니라 이미 그 몇 주 전부터 시작되어 있었던 것이다! 그렇기 때문에 수업 겨우 하루 전에 낯선 법률 용어가 가득한 책을 한 번 읽는 것으로 수업을 준비한다는 것은 불가능에 가까운 일이었다.

나는 새벽 5시까지 책을 읽었다. 13시간 동안 쉬지 않고 책을 읽었지만 그래도 수업을 위한 분량을 모두 읽지는 못했다. 암담했다. 책을 읽는 밤 내내 형법 여교수님이 쩌렁쩌렁한 목소리로 내 이름을 부르는 듯한 환청에 시달려야 했다. 수년을 꿈꿔왔던 로스쿨에서의 첫날은 상상했던 것과는 전혀 다른 모습으로 이렇게 시작되었다. 마치 내가 로스쿨에 내던져진 것처럼.

로스쿨 둘째날

소크라테스식 문답법

로스쿨에서의 둘째날.

2시간 정도 잠을 자고, 전날같이 지각 아닌 지각은 하지 않으려고 수업 시간보다 30분 일찍 학교에 도착했다. 한쪽 구석에 브랜든이 보였다.

"일찍 왔네."

내가 말을 걸자 강의실 앞 테라스에 앉아 책을 보던 브랜든은 나를 물끄러미 올려보며 "응, 왔니"라고 짧게 대답하고는 곧 다시 책으로 눈을 돌렸다. 녀석. 그래도 왠지 밉지 않다. 브랜든은 아이비리그 대학을 나온 재미교포 친구로 나보다는 2살이 어렸다. 미국에서 법조인이 되기 위하여 일반적으로 거치는 3년 코스의 로스쿨 J.D.(Juris Doctor) 과정에는 경영전문대학원 MBA(Master of Business Administration)와는 달리 지원자들의 직업 경력을 요구하지 않는다. 따라서 브랜든처럼 대학을 졸업하고 곧바로 진학을 하는 학생들이나 1년 정도의 직업 경력을 가진 24~25세의 학생들이 대부분이다. 하지만 특정 분야에서 오랫동안 일을 하다가 뒤늦게 J.D. 과정에 진학하는 경우도 꽤 있어서, 내가 속한 섹션만 보아도 30대 이상의 학생들, 심지어는 내 나이의 자녀를 둔 만학도도 두어 명 찾아볼 수 있다.

테라스에 앉아 긴장된 마음으로 수업에서 다루어질 내용들을 살펴보다가 브랜든에게 어제 혼자 읽었던 부분 중 모르는 것에 대해 물어보았다. 그러자 브랜든은 나를 쳐다보지도 않고 언뜻 보기에도 정리가 잘 된 두툼한 노트를 내 쪽으로 슬쩍 밀어줬다. 개강한 지 이제 겨우 하루가 지났을 뿐인데 이 많은 것들을 언제 정리했단 말인가. 노트를 대강 훑어보니 이미 다음 주의 수업 진도까지 일목요연하게 정리되어 있었다. 시중에서 파는 참고서인 것 같은 느낌마저 들 정도였다. 모두들 이렇게나 노력하고 있는 것인가?

"이야~ 대단한데! 너 이거 언제 했어? 네가 직접 한 거야?"

"어제. 이렇게 하지 않으면 수업 시간에 아무것도 못 알아들을 것 같아. 나는 어제 무슨 소리를 하는지도 모르겠더라. 휴……."

학생들이 수업 시간에 말을 줄줄 쏟아내길래 나는 그 친구들은 미국인이니까 그것이 당연하다고 생각했었다. 그러나 사실 그것은 순전히 그들이 수업 전에 공부를 많이 해왔기 때문이었던 것이다. 순간, 어떻게 그렇게 나의 부족한 영어 실력을 합리화하려고만 했었는지 나 스스로가 부끄러워졌다.

"수업 시작이다."

브랜든이 한마디 툭 던지더니 주섬주섬 책을 챙기기 시작했다. 결국 이곳 로스쿨에서 의지할 것은 내 노력밖에 없다는 절대적 사실을 다시 한 번 확인하면서, 나는 여전히 불안한 마음으로 강의실에 들어갔다.

교수님은 어제 배운 내용을 간단히 요약하시고는 "자, 그럼 누구 자진해서 개럿 케이스를 요약해볼 사람 있나요?" 하고 물으셨다. 개럿 v. 데일리(*Garrett v. Dailey 279 P.2d 1091 Wash. 1955*●) 케이스

● 케이스를 표기하는 데에는 엄격한 규칙이 있으며, 그 각각은 케이스에 대한 정보를 담고 있다. 'Garrett v. Dailey'는 원고와 피고의 이름을 순서대로 쓴 것으로 이것이 케이스의 이름이 된다. '279 P. 2d 1091'은 케이스를 묶어놓은 『리포터(Repoter)』라는 책자에 대한 정보이다. 이 케이스는 애리조나와 캘리포니아를 포함한 미국 서부 지역 주의 케이스를 묶은 『퍼시픽 리포터(Pacific Reporter)』의 두번째 시리즈(2d) 중 279권의 1091쪽에 실려 있다는 뜻이다. 마지막으로 'Wash. 1955'는 해당 케이스를 판결한 법정과 연도를 의미한다. 즉 이 케이스는 원고 Garrett과 피고 Dailey의 재판에 대해 워싱턴 주 대법원에서 1955년에 판결한 것이다.

는 여섯 살배기 어린아이가 의자를 잡아 빼서 의자에 앉으려던 할머니가 바닥에 넘어져 큰 부상을 입었다는 내용이다. 아이 측 주장은 꼬마가 할머니에게 부상을 입히려는 의도가 없었다는 것이고 할머니 측은 아이가 '의도적'으로 의자를 잡아 뺐기 때문에 불법행위법상의 배터리(battery)에 따라 그 책임을 져야 한다는 것이다.

배터리는 일상적으로는 '건전지'라는 의미로 쓰이지만, 불법행위법에서는 '고의적인 의도를 가지고 행한 상대방에 대한 공격적이고 해로운 신체적 접촉'이라는 의미로 사용한다. 이 용어를 접할 때마다 한국에서 쓰는 '빠떼리'가 떠올라 한동안 용어에 대한 감을 못 잡고 혼란스러했던 데다가 케이스 판결까지 복잡해서 나의 혼란은 더욱 가중되었다.

재판이 시작된 하급법원에서는 아이의 주장을 받아들여, 어린아이의 행동에 '부상을 입히려는 의도'나 '공격적인 접촉을 하려는 고의적 시도'가 없다는 두 가지 이유를 들어 아이에게 무죄를 선고했다. 하지만 항소심에서는 아이가 할머니에게 '부상을 입히려는 의도'는 없었더라도 의자를 뺀 행위 그 자체가 '의지에 의한 의도적' 행위이고, 여섯 살이면 의자를 빼서 할머니가 주저앉으면 다칠 것이라는 것을 예상할 수 있거나 예상해야 되기 때문에 배터리가 성립된다며 원심을 뒤집었다. 다시 말해 이 케이스의 논점은 '고의적' 혹은 '의도적'이라는 조건이 '상대방에게 피해를 입히려는 고의적인 의도'인지 아니면 단순히 '행위 자체가 고의적이고 의도적' 이기만 해도 배터리가 성립하는지의 여부였다.

"어디, 누가 발표할 건가요?"

교수님 말씀에 여러 명의 학생이 손을 들었고 그 중 한 학생이 호명되었다.

"자, 그럼 이 케이스의 사건 내용(facts)을 말해보겠습니까?"

"1951년 7월 16일……."

"좋아요. 날짜는 언제나 중요한 사실입니다."

교수님은 고개를 끄덕거리며 작게 말씀하셨다.

"피고 데일리가 원고의 집에……."

말의 흐름을 끊으며 교수님이 끼어드셨다.

"피고 데일리에 대해 이 사건의 판결에 관련된 사실들(relevant facts)이 더 없나요?"

"아, 5살 9개월 된 아이인 피고 데일리가……."

"그렇죠."

"원고의 자매인 나오미와 함께……."

불과 몇 단어밖에 말하지 못했는데 다시 한 번 교수님이 학생의 말을 차갑게 끊고 들어오셨다.

"그게 이 사건과 관련 있는 사실인가요(Is that a relevant facts)?"

이 말은 형법 첫 시간 때 들었던 '사실만을 근거해 주장하라(Stick

with the facts)'는 것과 함께 로스쿨 신입생들이 학기 초에 가장 많이 듣게 되는 주문 중 하나인데, 로스쿨 공부를 하기 위해서 가장 기본적으로 요구되는 능력이 바로 사건의 여러 사실들 중 판결에 영향을 끼치는 관련 사실들을 제대로 골라내는 것이기 때문이다.

"네?"

"나오미가 원고와 자매지간이라는 사실이 이 사건 판결에 영향을 미칩니까?"

"아니오."

자신감에 넘쳐 자발적으로 발표를 시작했던 학생의 기가 한풀 꺾였다.

"그럼 다시 해보세요."

"후……."

학생이 심호흡을 하고 다시 말을 시작했다.

"5살 9개월 된 피고 데일리와 나오미는 원고 개럿의 집을 방문하였습니다."

"그렇죠, 잘했어요. 근데 나오미는 왜 이 사건과 연관이 있는 사실인 거죠?"

"그건……."

그 학생이 우물쭈물하고 있을 때 누군가가 손을 들고 대답했다.

"나오미가 사건과 관계 있는 이유는 그녀가 이 사건의 유일한 목격자이기 때문입니다."

"맞았어요. 그럼…… 발표하던 학생, 계속해보세요."

그 후로도 교수님은 학생이 말하는 단어 하나하나를 지적하며 말을 멈춰 세우셨고, 오랜 시간에 걸쳐 이런 식의 대화가 오가면서 사건의 사실들에 대한 정리가 이루어졌다. 강의실 안에는 슬슬 긴장감이 돌기 시작했다.

"잘했어요! 자, 사건에 관계된 사실은 그게 전부입니다."

교수님은 학생의 기를 죽이는 말씀만큼이나 '잘했다'는 말도 자주 하셨기 때문에 나에게는 교수님의 '잘했다'는 소리가 꼭 못했다는 소리로 들렸다.

"그럼 이 케이스의 이슈는 무엇이죠?"

사실 형법 첫 시간의 토론은 전형적인 로스쿨의 수업 방식과는 거리가 있는 것으로, 로스쿨의 처음 몇 주간의 수업은 이 불법행위법 수업처럼 철저하게 아이랙을 사용하여 케이스를 논리적으로 분석해나가는 모습을 띠게 된다. 그렇기 때문에 로스쿨의 수업은 토론식 수업이라고 하기보다는 교수님과의 문답을 통해 배우는 방식이라고 표현하는 게 더 정확하다.

"원고의 행위가 배터리를 성립시키는지 아닌지의 여부가 이 케이스의 이슈입니다."

"흠. 너무 뭉뚱그렸어요. 더 구체적으로 말해보세요."

"음…… 원고가 배터리를 의도했느냐 안 했느냐 하는 것입니다."

"배터리를 '의도'했느냐고요? 진짜 그것이 이슈입니까? 배터리의 성립 요건들(elements)이 무엇입니까? 뭉뚱그리지 말고 성립 요건을 하나씩! 하나씩! 쪼개보세요!"

교수님은 '하나씩! 하나씩!'을 힘을 주어 강조하셨다.

배터리의 성립을 위해서는 다음의 세 가지 요건들이 충족되어야 한다.

1. 피해자에게 해를 끼친 행위(act) 혹은 피해자를 향한 공격적 접촉(offensive contact)이 있었는지의 여부
2. 피해자에게 해를 끼치거나 공격적인 접촉을 하려는 의도(intent)가 있었는지의 여부
3. 원고가 가해자의 그 의도된 행위나 접촉 때문에 피해를 입었다는 인과관계(causation)의 증명

발표하고 있는 학생은 배터리 성립을 위한 세 가지 요건 중 하나인 피고의 '의도(intent)' 부분을 '피고가 배터리를 의도했는지의 여부'로 뭉뚱그려 말하고 있는 것이다. 이미 우리의 용감한 발표자는 전의를 상실했다. 그의 얼굴에서 더 이상 당당함은 찾아볼 수 없었으며 이 순간이 빨리 끝나기만을 바라는 표정이 역력했다. 이때 아

까 나서서 답변을 했던 누군가가 대답을 했다.

"배터리의 성립을 위해서는 행위, 의도, 인과관계 세 가지가 성립되어야 합니다."

"맞아요. 자, 그럼 다시 원래의 발표자에게 돌아가보겠습니다."

교수님은 잔인하셨다. 그 학생이 의욕을 잃었다는 것은 교수님이 더 잘 알고 계실 텐데도 결코 그 학생을 놓아주지 않으셨다.

"잘하고 있어요. 처음부터 완벽하게 할 수는 없어요. 그래서 로스쿨에 온 것 아닙니까?"

교수님은 부드러운 목소리로 학생을 달래듯 말씀하셨다. 사실 교수님의 말투나 억양 그리고 사용하는 단어 하나하나가 공격적이었던 것은 아니지만, 그럼에도 심하게 공격받고 있는 것 같았다. 이런 묘한 느낌과 많은 스트레스 때문에 로스쿨의 대표적 수업 방식인 '소크라테스식 문답법(Socratic Method)'은 대부분의 학생들에게 불만과 공포의 대상이 된다. 논리를 좋아하고 언쟁을 즐긴다고 말하는 로스쿨 학생들에게조차 말이다. 그리고 공포스러운 질문과 답변을 통해 답을 도출해내는 이 수업이야말로 소크라테스식 문답법이 사용되는 로스쿨의 전형적인 수업 모습인 것이다. 아쉽게도 학부와 비슷한 형식의 '강의'는 첫날 첫 수업에서 끝나버린 것이다.

"계속해보세요. 행위, 의도, 인과관계가 배터리 성립 조건이라면 이 케이스의 이슈는 어떻게 정리될 수 있습니까?"

이쯤 되면 교수님이 직접 이슈를 말씀해주실 만도 한데, 답을 유도해줄지언정 절대 교수님이 직접 답을 꺼내진 않으셨다. 또한 한 번 호명되면 답을 말할 때까지 절대로 놔주지 않는 게 악명 높은 이 소크라테스식 문답법이다. 만약 이제 겨우 로스쿨에 발을 들여놓은 햇병아리가 유창하게 대답을 한다면? 괘씸죄에 걸려 그 학생이 버벅거리며 공포심을 느낄 때까지 질문의 수준을 높여가며 절대로 놔주지 않는 것도 소크라테스식 문답법의 특징 중 하나이다.

"자…… 괜찮아요, 괜찮아요. 천천히 생각해보세요. 어제 수업 때 이슈는 보통 어떤 단어로 시작한다고 했죠?"

학생이 입을 열고 'whether'란 단어를 조심스럽게 꺼내자 교수님은 갑자기 웃는 얼굴로 소리치셨다.

"엑~~~~~설런트!!!"

'아, 깜짝이야!'

순간 깜짝 놀랐다. 속된 말로 그것은 '오버'였다. 단어 하나 말한 것을 가지고 학생의 말을 끊으며 저토록 칭찬을 하시다니. 교수님은 학생의 사기를 조금이라도 더 죽였다간 곤란하겠다 싶으셨는지 그 학생의 사기를 심하게 올려주시려 하셨다. 학생은 계속 답을 이어갔다.

"과연 배터리의 성립 요건이……."

하지만 그 친구는 한 단어 한 단어를 입 밖으로 꺼내놓을 때마다 교수님의 눈치를 살폈다. 그제야 나는 우리가 느끼는 위협이 교수님이 단어 한두 개 단위로 잘못을 지적하며 말을 끊고 들어오시기 때문이라는 것을 눈치 챘다. 단어 하나를 잘못 말하는 것도 용납이 안 되기 때문에 단어를 선택할 때 하나하나에 조심하게 되고 그러다보면 말은 시작조차 할 수 없게 되는 것이다.

"좋아요, 계속해요."

"과연 배터리의 성립 요건이 충족되는지……."

"그래요, 충족되는지…… 그다음은 어떻게 되죠?"

그 후로도 소크라테스식 문답법은 단어 하나하나에 초점을 두고 상당 시간, 정말 한참 동안 계속되었다. 학생 입에서 교수님이 원하는 아래의 긴 이슈가 나올 때까지 말이다.

"이 케이스의 이슈는, 피고가 비록 원고에게 '해를 끼치려는 의도'는 없었지만, 원고가 바닥에 넘어질 것이라는 것을 확실히 알고 있거나 확실히 알아야 할 의무가 있을 때 과연 배터리의 성립 요건인 피고의 '의도'가 충족되는지의 여부입니다(The issue here is whether the intent element of battery can be satisfied where the defendant did not intend to harm but knew or should have known with substantial certainly that plaintiff would fall down)."

도대체 어떻게 저 이슈가 "원고의 행위가 배터리로 성립되느냐 아니냐가 이 케이스의 이슈입니다"라고 말했던 학생의 입에서 나오도록 유도된 것인지 믿기지는 않지만, 분명히 학생은 자기 힘으로, 스스로 이슈를 이끌어냈다. 물론 고통의 대가를 너무도 충분히 치렀지만 말이다. 하지만 결코 그것이 끝이 아니었다.

"잘했어요, 학생. 그러면 이제 아이랙에 따라 I 다음의 R, 다시 말해 룰로 넘어가볼까요? 계속해봅시다. 우리는 이 케이스의 사실관계(facts)를 따져보았고 그다음 이슈(issue)를 보았습니다. 학생! 그렇다면 이 케이스의 룰(rule)은 뭔가요?"

오, 주여!

그 순간 우리 모두는 분명 그 학생을 동정하고 있었지만 교수님의 질문이 자신에게로 오지 않고 계속하여 그 친구가 희생양이 되고 있는 것에 더 큰 감사의 마음을 가질 수밖에 없었다.

수업이 끝나고 강의실을 나오며 나는 내가 걸리면 어떻게 해야 할지 상상해보았다. 하지만 끝내 답은 나오지 않았다. 그래서 다른 학생들이 여유롭게 점심을 즐기는 동안에도 나는 점점 커지는 불안감을 어쩔 줄 몰라하며 미처 준비를 끝내지 못한 오후 수업 민사소송법 책 읽기에 여념이 없었다.

그렇게 점심시간을 마치고, 또 어떤 교수님을 만나게 될지 기대 반 걱정 반으로 강의실에 들어섰다. 양복을 점잖게 차려입은 금발의 중년 교수님이 보였다. 말투도 여유롭고 상당히 유머러스하셨다. 특징이 뚜렷한 다른 교수님들에 비해 뭔가 밍밍한 느낌조차 들었지만, 소크라테스식 문답법에는 이 교수님도 예외가 아니셨으며 오히려 더 짓궂은 면도 갖고 계셨다. 교수님은 간단한 인사말을 건네신 후 대뜸 트럼프 크기의 카드 80여 장을 꺼내셨다.

"여기 카드가 보이죠? 카드 한 장 한 장에는 여러분의 이름과 사진이 있습니다. 자, 잘 섞어볼까요?"

교수님께서는 괴팍하게도 그렇게 매시간 학생들의 이름이 적혀 있는 카드를 들고 다니며 그 중 하나의 카드를 뽑아 그날의 소크라테스식 문답법의 목표물을 정하셨다.

미국의 수도인 워싱턴 D.C., 50개 주(州), 그리고 푸에르토리코를 비롯한 미국령들이 제각기 고유한 법을 가지고 있다는 점이 미국의 소송 절차를 복잡하게 만들고 있기 때문에 이것 역시 그리 간단하지는 않았지만, 그래도 나에게는 그나마 이 과목이 가장 수월하게 느껴졌다. 민사소송법 시간은 다른 과목과는 달리 일종의 '법조항'을 많이 참고하기 때문에 그나마 수업의 역동성이 좀 떨어졌던 것이다.

민사소송법 수업을 마치고 자리에서 일어나다가 옆자리에 앉았던 베럼과 눈이 마주쳤다. 베럼은 이란 출신으로 그곳에서 영어권 학교를 다니다가 초등학생 때 미국으로 이민을 온 30대의 친구(?)로, 10년 정도 특허 관련 일을 하다가 특허를 다루는 지적재산권 분야의 전문 변호사가 되기 위해 뒤늦게 로스쿨에 진학한 경우였다. 수업을 마친 베럼의 표정도 '정신없다'는 나의 그것과 별반 다르지 않았다. 베럼도 그렇게 생각했는지 내 등을 가볍게 두드리며 말했다.

"이제 겨우 이틀째야. 우리가 아무것도 모르는 건 당연하잖아?"

아무것도 모르는 것은 당연한 것 같은데, 로스쿨 수업이 시작된 지 이제 겨우 이틀밖에 지나지 않았다는 것은 전혀 당연하게 들리지 않았다.

첫 주 마지막 날

내 생애 가장 긴 한 주

로스쿨에서의 첫 주, 그 마지막 날. 예외 없이 거의 밤을 새우다시피 하며 예습을 했다. 돌이켜보면 잠을 잔 시간이 이번 주 내내 거의 없었으니 몸 상태는 정말 말이 아니었다. 게다가 이날은 토지나 건물 같은 부동산, 애완동물 같은 동산을 포함한 개인 재산과 관련된 권리를 배우는 재산법(Property Law) 수업이 아침 8시 30분부터 있었다.

재산법 교수님은 키가 족히 190센티미터는 되어 보이는 장신에, 말투와 제스처가 상당히 재미있으신 할아버지였다. 불법행위법 교수님이 일반적으로 미국의 동부 지방이라고 할 때 이유 없이 떠올리는 좀 보수적인 이미지라면, 이 교수님은 그와는 정반대의 자유로운 서부 이미지를 가진 교육자라는 느낌을 준다. 그런 이유로 많은 학생들이 이 교수님을 마치 친할아버지 대하듯 친근하게 느꼈으며 대형 강의실의 첫 줄 제일 가까운 자리에서 교수님을 대면하고 있는 나 또한 그랬다.

재산법 교수님이 학생을 호명하시는 방법은 우리나라 고등학교 선생님들과 비슷했다. 교수님은 한 줄의 가장 끝자리 학생에게 먼저 질문하시고는 그 옆자리, 그 옆자리 하는 식이셨기 때문에 한 줄의 누군가가 걸리면 일순간 그 줄의 모든 학생들이 고개를 숙이고 책을 들여다보며 자신에게 곧 던져질 질문에 대비하느라 정신없이 바빠지는, 익숙하면서도 웃지 못할 풍경이 연출되곤 한다.

불행히도 이날 교수님의 첫 선택은 내가 앉아 있던 줄이었다. 대충 순서를 계산해보니 새벽에 일어나 겨우 정리를 마친 케이스가 내가 발표할 것이었다. 한 명 한 명 지나면서 내 차례가 가까워질수록 점점 더 긴장이 되었다. 잠시 후 내 차례가 되었을 때 교수님은 좌석배치표를 보시며 잠시 뜸을 들이시는 것 같았다.

"관둑(Gwanduc)?!"

내 이름은 '권덕'이지만, 여행사 직원의 실수로 철자가 잘못 표기된 내 이름을 교수님은 어떻게 발음해야 할지 고민하시다가 나름대로 정확히 발음해보려 노력하셨다.

"가달드 v. 윈첼(*Goddard v. Winchell 86 Iowa 71, 52 N.W. 1124*)이 어떤 케이스인지 발표해보세요."

이 케이스는 하늘에서 떨어진 운석의 소유권을 놓고, 자신의 땅에서 발견된 것이니 자신의 것이라고 주장하는 땅 주인과 하늘에서 떨어진 임자 없는 물건이니 발견한 사람 소유라는 운석 발견자의 법정 다툼이 그 내용이었다. 나는 노트북의 화면을 바라보며 준비해온 브리프(brief)의 내용을 읽어나갔다. 브리프란 그날 있을 수업을 위해서 케이스의 관련 사실을 정리하고 판결문 내용을 아이랙에 따라 요약하는 것을 말하는데, 브리프하는 것에 익숙해지기까지는 상당한 연습과 시간이 요구되기 때문에 모든 로스쿨 신입생들은 적어도 처음 몇 주간은 브리프 준비에 고생을 많이 한다.

간단히 몇 마디를 하고 나니 교수님께서 질문을 던지셨다. 하지만 나는 어이없게도 질문 자체를 이해하지 못했다. 꿀 먹은 벙어리처럼 앉아 있는 내게 교수님도 당황하셨다. 결국 "다시 한 번 말씀해주시겠습니까?"라고 부탁할 수밖에 없었던 나는 정말 그 순간 쥐구멍이라도 있으면 숨고 싶었다. 게다가 교수님이 다시 한 번 질문을 해주셨음에도 불구하고 그 뜻을 몰라 그냥 분위기를 보고는 "No!"라고 대답해버렸는데, 아쉽게도 그것은 오답이었다. 결국 내 뒤에 앉은 누군가가 정답을 말했고, 교수님은 그 후로 간혹 가다 내게 아주 간단한 Yes/No의 단답형 질문만을 몇 번 더 던지실 뿐이었다. 외국인이기 때문에 어쩔 수 없는 면도 있었지만 그때의 당혹감과 수치심은 내게 두고두고 잊혀지지 않는 기억이 되었다.

사실 인디애나 대학교 시절 경영학을 전공하면서 수많은 프레젠테이션을 해내야만 했기 때문에 많은 사람들 앞에서 영어로 이야기를 하는 것은 전혀 새삼스러운 일이 아니다. 철저하게 준비를 해서 친구들에게 학급의 일원으로 당당히 인정받을 수 있는 기회인 프레젠테이션을 위해, 나는 늘 10분가량의 프레젠테이션 대본과 예상 질문들에 대한 답변을 토씨 하나 빼놓지 않고 모두 외우고 발음교정을 수차례 받았음은 물론이고 자연스러움을 더하기 위해 중간중간에 계산되고 연습된 농담과 손짓, 시선 교정과 수차례의 예행연습까지 완벽한 연기를 준비했다. 그리고 발표 당일, 나는 '과연 저 동양인이 어떤 말을 할까?' 호기심 어린 표정을 짓던 친구들 앞에서 꽤나 괜찮은 연기를 선보였다. 대중 앞에서 발표를 해본 사람은 알겠지만 연설에 대한 청중의 반응은 극명히 나뉘어 나타난다. 연설에 몰입하고 있는지 아니면 지루해하고 있는지. 그렇게 미국 친구들에게 철저하게 '연출'된 모습만을 보임으로써 나는 그들과 다르지 않다는 거짓 의식을 심어주었고, 그 후 미국인 친구들이 팀 발표를 같이 하자고 내게 제안할 정도로 그것은 친구들에게 내 영어가 그들과 같은 수준에 있다고 착각하게 만들기에 충분했었다.

한번은 이런 경우도 있었다. 미국 대학의 경우 보통 퍼블릭 스피

킹(public speaking)이라고 해서 많은 사람들 앞에서 특정 주제에 대해 발표하는 필수 교양 수업이 있는데, 한 학기 동안 여러 분야에 대해 발표를 해야 하는 이 수업은 미국인 학생들도 부담스러워하는 수업 중 하나이다. 그 수업은 한 학기 동안 4번의 '연설'과 그 중간 중간에 제비뽑기하듯 종이를 뽑아 거기에 적힌 주제에 대해 발표하는 '즉흥 연설' 시간이 3번 있었는데, 나는 철저하게 연기한 연설을 성공리에 마친 뒤 준비되지 못한 즉흥 연설을 하기 위해 다시 한 번 친구들 앞에 서게 되었다. '저 말 잘하는 동양인이 이번에는 어떤 말을 할까' 호기심 가득한 눈으로 주의를 기울이던 친구들의 얼굴은 곧 '도대체 뭔 소리 하는 거야?'라는 듯 의아함과 따분함이 교차되는 표정으로 바뀌었다. 그러다 다시 며칠 후, 지난번의 도무지 알아먹을 수 없는 즉흥 연설로 내게 아무런 기대도 하지 않았던 친구들은 나의 완벽한 연기에 또 다시 어리둥절해했다. 그 수업을 같이 들은 친구들은 너무나도 판이하게 달라지는 나의 두 모습에 꽤나 혼란스러웠을 것이다.

하지만 지금은 기댈 곳이 없었다. 언제, 어떤 질문이 날아올지 모르는 로스쿨 수업 시간은 벌거벗은 내 모습을 그대로 보여줄 수밖에 없는 즉흥 연설과 같았다.

아무도 로스쿨 학생과는 사귀려 하지 않아

새로운 시작에 들떠 있던 로스쿨 1학년, One L들에게 오리엔테이션에서 한 초청 연사는 그러한 설렘은 곧 끝나게 될 것이며 이제 하루 24시간 동안 언제 어느 곳에서건 우리가 말하고 생각하는 모든 것은 법과 로스쿨에 대한 것이 될 거라고 장담했다. 그리고 그 말은 사흘 만에 사실로 증명되었다. 화기애애했던 점심시간의 분위기는 며칠 못 가서 사라져버리고, 대부분의 학생들이 집에서 싸온 샌드위치를 대충 베어 물면서 강의실 근처에 삼삼오오 모여 앉아 책을 보거나 수업에 대한 토론을 나누기 시작한 것이다. 나 또한 몇 명의 친구들과 모여 다음 수업 내용에 대해 한참 의견을 나누고 있는데 다른 섹션 친구인 피터가 대뜸 "휴……." 하고 한숨을 쉬었다.

"너희들 그거 알아? 올해 우리 학교 졸업생 취업 통계가 막 나왔는데 평균 초봉이 67,500달러 정도래. 그럼 평균 성적을 못 받으면 어떻게 된다는 거야? 나 10만 달러도 넘게 대출받았는데, 성적이 바닥을 기어봐. 빚더미에 앉아 그거 갚느라 허덕일 거 아냐. 생각만 해도 끔찍하다."

한 친구가 거들었다.

"맞아. One L 성적이 상위 10퍼센트 안에 들기만 하면 큰돈을 벌 수 있겠지만, 그게 어디 쉬운 일이겠냐? 그래도 너무 걱정하지 마. 열심히 하면 어떻게 되겠지."

그때 어디선가 피터와 같은 섹션의 여학생 한 명이 다가왔다.

"얘들아, 오늘 통계가 나왔는데 말이야, 취업 걱정은 안 해도 돼. 우리 학교 졸업하면 95퍼센트는 다 취직한대."

우리는 서로를 쳐다보며 우리가 나누던 대화의 화제를 그 친구가 어떻게 알았는지 신기하다는 표정을 지었다. 또한 우리의 그 표정에는 속사정도 잘 모르면서 순진하게 여유로운 소리 한다는 의미도 담겨 있었던 것 같다.

"너 그럼 졸업생들 평균 연봉이 얼마인지는 알고 있어?"

피터의 말에 그 여학생은 지체 없이 받아쳤다.

"나는 취업 걱정하지 말라고 그랬지 그게 '좋은' 직장인지 '나쁜' 직장인지는 얘기하지 않았어."

'디테일'을 앞세우는 전형적인 로스쿨 학생의 말투다웠다. 좋은 직장, 나쁜 직장이라…… 생각이 복잡해졌다.

미국의 로스쿨은 입학 성적 우수학생에게 장학금을 지급하고 있고 재학중에도 꽤 많은 장학금 수혜의 기회를 주지만, 외국인을 제외한 미국 학생들은 대부분 학교를 통해 낮은 금리로 3년간의 등록금을 대출받는다. 대출 금액은 피터가 말한 것처럼 일반적으로 10만 달러 정도거나 그보다 약간 많은 수준이다. 10만 달러면 원화로 1억이 넘으니 그 돈을 어떻게 갚아나가야 할지 암담할 만도 하다.

물론 이것은 단기간에 쉽게 갚을 수 있는 액수가 아니기 때문에 대부분의 로스쿨 졸업생들은 10여 년 이상의 기간에 걸쳐 매달 천 달러 정도씩 빚을 갚고 있다. 이렇게 미래에 벌어들일 소득 중 일부를 현재 로스쿨을 다니는 등록금으로 미리 사용한다고 생각하는 개념은 미국 로스쿨에서는 일반적인 것으로, 우리나라에 로스쿨이 도입될 때 이런 제도적 장치와 미국 학생들 사이에 자리 잡은 등록금에 대한 개념까지 들어온다면, 실력과 꿈은 있는데 경제적 어려움 때문에 로스쿨에 진학조차 못 하는 일은 일어나지 않을 것 같다.

그렇다면 미국 로스쿨을 졸업하고 로펌에 막 취업을 한 초임 변호사(first year associate)는 어느 정도의 보수를 받을까? 최근 미국 로펌들의 연봉은 '12만 5천 달러' '8만 달러' '5만 달러 이하' 이렇게 세 가지로 나뉜다고 말해도 큰 무리가 없을 것 같다. 연봉 12만 5천 달러는 미국의 소위 Top 100, 즉 주로 기업법(Corporate Law)을 다루는 대형 로펌에 취직을 하는 경우에 보장된다. 흔히들 변호사라고 하면 법정에 서 있는 모습만 떠올리고, 서류나 검토하는 변호사는 반쪽짜리 변호사라고 생각하는 경향이 있는데, 적어도 보수는 서류 검토가 소송 진행보다 더 높다. 그렇기 때문에 소송 변호사가 되는 것에 개인적으로 특별한 애착이나 꿈이 있는 게 아닐 경우, 현실적인 이유로 기업법을 다루는 변호사가 되기를 희망하는 학생들이 많고 당연히 그 경쟁 또한 더 치열하다. 요즘 우리나라 의대에서도 피부과, 안과, 성형외과처럼 소위 말해 '돈이 되는' 전공으로 지원자가 몰리고 의술의 꽃이라고도 불렸던 외과처럼 돈 안 되고 고달픈 전공 지원자는 그 수가 갈수록 줄어들고 있다고 하는데, 소송 변호사에 뜻이 있는 사람들에게는 죄송스러운 말이지만 돈벌이 안 되는 소송 변호사는 기업법 변호사가 되지 못한 로스쿨 졸업생들이 채우는 것으로 인식되고 있는 것이 요즘 로스쿨의 현실이다.

연봉 8만 달러는 그보다 작은 규모의 중견 로펌, 5만 달러 혹은 그 이하는 작은 로펌들 혹은 정부 쪽의 일을 하는 경우에 받는 연봉이라고 보면 된다. 중견 로펌에만 취직해도 초봉이 우리나라 돈으로 1억에 가까우니 눈이 휘둥그레질지도 모르겠지만, 전문직에 적용되는 살인적인 세금과 앞서 언급한 등록금의 상환, 그리고 일반적으로 대형 로펌의 변호사라면 각오해야 할 대도시의 높은 물가, 여기에 로스쿨 3년간의 기회비용까지 포함한다면 실상 눈이 휘둥그레질 만큼 그렇게 큰 액수는 아니다.

그렇다면 이런 초임 변호사의 연봉 차이는 어떻게 생겨나게 되는가? 무리는 있지만 굳이 일반화된 기준을 제시하자면 무엇보다도 로스쿨의 수준 차이이며, 부차적으로는 로스쿨에서의 개인 성적 차이라고 할 수 있다. 현재 미국 변호사 협회(ABA: American Bar Association)에서 인정하는 190여 개 로스쿨 중 상위 10여 개 정도의 학교에서는 중간 정도의 성적만 유지하면 성적이 특별히 모자란 경우가 아닌 이상 졸업생의 대부분이 대형 로펌에 높은 연봉을 받으며 취직하는 경우가 많다. 그다음 40~50위 정도까지의 로스쿨 졸업생들의 경우에도 상위 10퍼센트와 같은 뛰어난 성적을 보이면 누구 못지않은 높은 연봉을 받으며 쉽게 취직할 수 있다고 한다. 하지만 장밋빛 꿈은 여기까지이다. 나머지 로스쿨에서 특출한 성적을 받지 못하게 되면 등록금을 그나마 수월하게 상환할 수 있는 8만 달러 정도의 연봉을 목표로 잡아야 하는데, 이 정도의 연봉을 보장받으려면 상위 50퍼센트 정도의 성적이 필수적이다. 하지만 로스쿨은 이미 치열한 경쟁을 뚫고 입학한 학생들이 모여 있기 때문에 '반 이상만' 하는 것이 그리 호락호락한 일만은 아니다.

로스쿨이 어느 도시에 위치하고 있느냐는 사실도 졸업생의 취업과 연봉을 설명할 때 빠뜨릴 수 없다. 상위 10여 개 로스쿨의 경우에는 다른 주나 도시에 위치한 대형 로펌들에서도 적극적으로 리크루터를 파견하지만, 대부분의 로펌들은 같은 주나 도시에 속해 있는 로스쿨에만 리크루터를 파견하고 있다. 그런데 로스쿨 학생들의 대부분은 빡빡한 수업 일정 때문에 일자리를 찾아다니는 데 많은 시간을 쏟을 수가 없기에, 일반적으로 자신의 학교로 찾아온 로펌의 리크루터를 통해 인턴의 기회와 졸업 후의 일자리를 구하게 된다. 그러므로 로스쿨의 경우는 아무래도 학교 순위 한두 개 차이보다는 로스쿨이 위치한 도시가 대도시인지 아닌지가 직장을 결정하는 더욱 중요한 요소가 되는 것이다. 또 팔은 안으로 굽는다고 리크루터 또한 가능한 한 자신의 모교 졸업생을 뽑으려고 하기 때문에 특정 도시의 로펌에 근무하는 변호사는 그 도시에 위치한 로스쿨 졸업생들로 채워지는 것이 일반적이다.

지난 겨울, 로스쿨 입학시험(LSAT: Law School Admission Test)에서 최상위권 로스쿨에 진학할 점수를 받지 못했을 때, 어떤 로스쿨을 선택할지 고민을 많이 했었다. 아무래도 한국에 이름이 많이 알려진 학교들은 한적한 주에 위치한 주립대학교의 로스쿨이지만, 결국 나는 취업할 때의 이점과 인디애나 대학 시절 느낀 대도시 생활에 대한 향수 때문에 안전한 LSAT 점수로 이곳 로욜라 로스쿨(Loyola Law School)에 지원했다. 하지만 지금 그 선택이 올바른 것이었냐는 질문에는 선뜻 대답할 수 없다. 왜냐하면 실제 이곳 로스쿨에서는 상위권 성적을 얻기 위한 경쟁과 스트레스가 상당하기 때문이다. 그리고 대도시에 있는 작은 로스쿨의 경우에는 외국인 학생이 드물기 때문에 교수님들이나 학생들이 외국인 학생들의 고충을 제대로 이해하려 하지 않는다. 더구나 One L 시기에는 집과 학교 도서관 이외에는 그 어디도 맘 편하게 돌아다닐 수 있는 시간이 허락되지 않기 때문에, 대도시에서 살고 있다는 느낌을 받을 수도 없다. 이런 이유들을 생각하면 차라리 소도시 주립대를 택하는 것이 나았던 것이 아닌가 하는 생각을 하게 된다.

한국의 미국 로스쿨 유학 준비생들은 내가 그랬듯 대부분 각종 통계를 뒤적여 취업률과 연봉 등을 따져가며 학교를 결정하는데, 경험자로서 냉정하게 한마디 하자면 외국인 학생들은 통계로 치면 오차범위에 들어가기 때문에 미국 학생들의 취업과 평균 연봉은 유학생들에게 학교 선택의 지표로 사용되기에 약간의 무리가 있음을 고려하라는 것이다. 오히려 학교 분위기가 외국 학생들에게 우호적인지와 같이 외국 학생에게만 적용되는 수치화되지 않는 정보가 로스쿨을 결정하는 데에 훨씬 더 유용한 정보가 될 것이다.

어쨌든 이렇게 취업과 연봉, 그리고 상위권 성적에 대한 부담과 스트레스가 입학한 지 불과 며칠 만에 한꺼번에 몰아닥친 것이다.

"그 평균 초봉 말이야, 정부 쪽 일도 합친 거잖아. 로펌 취직하면 8만 달러가 평균이라는 소리야. 그러니까 걱정하지 마. 그쯤이면 된 거 아냐? 옆을 한번 둘러봐서, 너보다 멍청해 보이는 애 한 명만 보이면 그걸로 넌 50퍼센트 이상이라는 소리니까 안심해. 상위 50퍼센트 이상이라면 95퍼센트의 취직률과 함께 연봉 8만 달러는 보장되는 것이니까 주위에서 한 명만 찾아보라구! 멍청해 보이는 놈으로!"

우리와 함께 앉아 있던 한 녀석이 짓궂게 웃으며 이야기했다. 하지만 실력이 비슷비슷한 녀석들 중 상위 50퍼센트 안에 든다는 것은 그 친구의 말처럼 결코 호락호락한 것이 아니지 않은가! 이내 팀이 대화에 끼어들었다.

"휴…… 그래도 빚 갚을 생각하면 나는 로스쿨 학생들하고는 절대 데이트하지 않을 거야. 바빠서 데이트할 시간도 없는 여자인 데다가 빚더미에 깔린 채 졸업할 텐데 어떻게 그 여자와 결혼을 하냐. 나도 빚쟁이인데."

모두들 웃으며 팀의 말에 동의하는 눈치였다. 그때 옆에 있던 한 여학생의 지극히 현실적인 발언이 그 대화에 참여하고 있던 모든 남자들의 사기를 한순간에 꺾어버렸다.

"맞아. 난 돈 많은 의사랑 결혼하는 게 목표야. 그리고 빚더미에 앉아 있는 로스쿨 학생하고는 절대 데이트도 결혼도 안 할 거야."

웃을 수만은 없는 말. 나는 그 후로도 친구들의 입에서 나오는 이런 푸념을 종종 들었다. 아, 비정하고도 슬픈 현실이여!

"모든 사람들이 변호사와 사귀기를 원하지만, 아무도 로스쿨 학생과는 사귀려고 하지 않아(Everybody wants to go out with a lawyer, but nobody wants to go out with a law student)."

거북이, 결국 토끼에게 따라잡히다

작문(Writing) 수업의 과제를 하느라 밤을 꼬박 새웠다. 수업부터 과제까지 로스쿨에서의 모든 교육은 사례 중심으로 이루어진다. 즉 실제로 변호사가 사건을 수임했을 때를 가정하여 교수님들이 설정한 구체적인 사례와 기존의 법원 판례를 제시받고 그 케이스에 어떤 법을 적용할지를 하나하나 따져가며 배우는 것이다. 하지만 이번 과제만큼은 예외적으로 구체적인 법의 적용을 다루는 글이 아니라 좀 더 변호사의 근본 자질에 대한 것이었다. 그 내용은 범죄 조직의 일원을 심문할 때, 과연 그 범죄자를 해당 법에 따라서만 처벌을 해야 되는지 아니면 조직의 더 큰 범죄에 대한 정보를 얻기 위해 그에 대한 정보를 주면 형을 감량해주겠다는 식의 유인책을 제시하는 것이 더 바람직한지, 과연 어떤 것이 윤리적인지에 대한 자신의 입장을 서술하는 것이었다.

인디애나 대학으로 편입을 한 이후 많은 글을 써보았지만, 외국인인 나에게 작문 수업은 여전히 부담스러운 수업이었다. 기본적인 영어 문법과 읽기에서는 인디애나 대학 시절 많은 양의 읽기 연습을 통해 단기간에 가시적 실력 향상을 볼 수 있었지만, 작문의 경우는 책을 읽으며 공부하기에 바빠 많은 글을 써볼 기회가 없었기 때문이다.

게다가 대부분의 미국 대학에는 작문 튜터(tutor)가 있어 과제 제출 전에 그들을 찾아가면 여러 가지 조언과 도움을 얻을 수 있었지만, 로스쿨은 그런 것이 원천적으로 봉쇄되어 있다. 작문 수업 첫날에 모든 학생들은, 작문과 관련된 어떤 도움도 받지 않고 누구와도 협력하지 않을 것이며 이를 어길 경우 어떠한 불이익도 감수하겠다는 문서에 서명을 해야 하기 때문이다. 또한 수업 시간에 말을 못하는 것은 학점에 직접적으로 영향을 끼치는 것이 아니지만 작문 수업에서는 글을 쓰는 것 그 자체로 학점을 받기 때문에 그 부담은 더했다.

"아마도 여러분이 로펌에 들어가서 가장 먼저 하게 될 일은 글을 쓰는 것이 될 거예요. 하지만 로스쿨 학생 중에서도 글 쓰는 것에 자신 있다고 말하는 학생이 별로 없어요. 정치학(Political Science)을 전공한 학생들 빼고는 말이죠."

교수님은 '정치학'을 유난히 강조하시며 웃으셨다.

"근데 문제는 로스쿨에서의 글쓰기는 '정치학'에서 쓰는 글과는 판이하다는 것입니다. 나 또한 학부에서 정치학을 전공했지만, 정치학 전공자들의 글은 대부분이 '쓰레기'예요."

순간 강의실은 웃음바다가 되었다. 정치학 전공자들의 글이라 하면 난해한 단어와 불필요한 수식어들이 뒤범벅된 긴 문장들이 떠오르지 않는가.

"로스쿨에서의 글은 간결하고 명확해야 합니다. 과거의 법조문과 케이스 판결문 중에는 변호사가 보기에도 도무지 무슨 소린지 이해가 안 될 정도로 난해하고 복잡한 글이 많았어요. 하지만 이를 비판하는 목소리는 점점 높아지고 있지요. 오늘날 변호사의 글은 누가 읽어도 쉽게 이해할 수 있도록 문장이 간결하고 명료해야 합니다. 그런 점에서 정치학 전공자들은 논리적인 글을 쓰고 싶다면 '논리적으로'나 '명백히'와 같이 보기에만 그럴듯한 쓰레기 단어들을 글에서 다 빼버려야 해요. 정치학 전공자들의 글을 읽어보면 '논리적으로' '명백히'와 같은 온갖 미사여구는 다 가져다 붙여놨는데, 정작 읽어보면 그게 하나도 논리적이지 않다는 점이 문제예요."

강의실은 또 한 번 웃음바다가 되었다.

"여기 혹시 수학 전공자나 공대 나온 학생 있나요?"

뒤에서 한 학생이 공대를 나왔다며 손을 들었다.

"한 명밖에 없어요? 어쨌든 학생은 3년 후 취업 시즌에 인기가 좋겠군요. 요즘은 공대 쪽의 전문 지식을 가진 변호사의 수요가 높습니다. 어쨌든 내가 하고 싶었던 말은 그게 아니라, 로스쿨에서 글을 쓰는 데 가장 유리한 사람이 수학 전공자나 공대를 나온 학생일지도 모른다는 것입니다. 수학에서의 논리적이고 단계적인 문제풀이처럼 로스쿨에서 쓰는 글도 하나하나 그 문장을 쪼개가며 논리적으로 써야 하기 때문이죠."

나는 그 말에 전적으로 동감했다. 겨우 며칠 동안이었지만 로스쿨에서의 공부는 수학 공부를 연상시켰다. 고등학교 수학 선생님이 문제에 주어진 조건들을 하나하나 나누고 칠판에 풀이과정을 하나하나 전개해나가며 답을 이끌어내시던 것처럼, 로스쿨에서의 케이스 분석도 케이스의 부분부분을 하나하나 쪼개고 그것들을 논리적으로 풀어나가는 일련의 과정인 셈이다. 그렇기 때문에 흔히들 생각하는 것처럼 정치학이 로스쿨 공부와 변호사 업무에 가장 도움이 되는 전공인 것은 아니며, 오히려 그 반대에 가깝다고 할 수 있다. 하지만 여전히 미국 로스쿨에는 국제관계, 역사학, 문학, 공학 등에 비해 정치학 전공자의 비중이 높은 것 같다.

꼭 학부에서 전공한 것과 관련된 분야의 변호사가 되는 것은 아니지만, 나 같은 경우에는 외국인 변호사로서 그나마 유망하다고 생각되는 기업법, 국제무역법, 은행법, 지적재산권 등의 분야에서 일하고자 로스쿨을 목표로 학부에서 경영학을 전공했다. 하지만 이런 법들은 2학년 때부터 배우기 때문에 One L 시기에는 경영학 지식의 도움을 거의 받을 수 없었을뿐더러 어려운 영어에 진땀을 흘릴 때면 차라리 영어 실력을 더 늘릴 수 있는 학부전공을 선택할걸 하는 생각에 약간 후회가 되기도 한다. 경영학에서는 아무래도 숫자를 많이 사용하고, 그리 복잡하거나 어려운 영어가 많이 사용되지 않기 때문이다.

아무튼 그렇게 비몽사몽으로 모든 수업을 마쳤다. 드디어 한 주의 수업이 모두 끝나고 주말이 온 것이다. 친구들의 얼굴을 살펴보니 모두들 긴장감이 풀려 녹초가 된 분위기였다. 그러면서도 많은 친구들은 예습을 해놓은 범위가 다 따라잡혔다며 다음 주 예습을 하려면 주말에 쉴 틈이 도저히 날 것 같지 않다고 서로에게 하소연을 해댔다. 조금이라도 미리 책을 읽어놓았다면 그나마 다행이지, 나 같은 경우는 빠른 수업 진도를 따라잡지 못하고 그날그날 예습하기에 바빴기에 어떤 과목은 오히려 수업 진도보다 뒤처져 있기도 했다. 결국 주말이라고 해봤자 우리에게 허락된 것은 도서관에 처박혀서 다음 주 수업을 예습하는 것뿐이었다. 소크라테스식 문답법의 희생양이 되어 교수님과 친구들 앞에서 톡톡히 망신당하는 것을 간절히 원하는 게 아니라면 말이다.

수업을 마친 우리 섹션의 80여 햇병아리들은 그렇게 기다리던 로스쿨에서의 첫 주말을 맞이했다.

"저도 첫 주말을 앞둔 여러분의 즐거움을 압니다. 하지만 한 마디만 하지요. 로스쿨은 이제 막 시작됐습니다. 앞으로 여러분들은 이런 한 주를 16번 반복해야 이번 한 학기를 마친다는 것만 명심하세요."

교수님은 기쁨에 들뜬 우리에게 짓궂게도 찬물을 끼얹으려 하셨다. 하지만 그럼에도 그 어느 때보다 긴 일주일을 보낸 우리가 느끼는 해방감은 사그러들 줄 몰랐다. 옆자리에서 가방을 챙기던 베럼의 표정 역시 그렇게 밝을 수 없었다.

"휴…… 이제껏 겪었던 일주일 중에 가장 길었던 시간이었어."

내가 말을 건네자 베럼이 웃으며 답했다.

"더 놀라운 건 뭔지 아니? 이번 주는 꽉 찬 일주일도 아니었고 불과 나흘뿐이었다는 거지. 생각해봐. 월요일에는 수업이 없었으니, 이번 주는 화요일부터 오늘까지 겨우 4일 수업한 거였잖아."

왜 베럼은 언제나 사실이지만 쉽게 믿기지는 않는 소리만 하는 걸까? 하지만 학기가 시작된 지 4일밖에 안 됐다는 것은 믿을 수 없었지만 사실이었고, 그제야 이렇게 긴 일주일을 십수 차례 더 겪어야만 한 학기가 끝난다는 교수님의 말씀이 귀에 들어왔다. 그렇다. 로스쿨에서의 공부는 이제 막 시작된 것이다.

로스쿨 일주일 만에 깨달은 것

불과 일주일 만에 깨닫다

로스쿨에 들어오기 전까지 나는 많은 사람들로부터 한국의 법 공부는 무조건 앉아서 외워야 하기 때문에 비효율적이고, 미국에서의 그것은 철저하게 실무적이며 논리적 사고를 요하는 공부이기 때문에 뚝심 있게 엉덩이로 밀어붙일 필요는 없다는 이야기를 들어왔었다. 하지만 지금 마음 같아서는 그렇게 무책임한 추측성 발언으로 로스쿨에 대한 장밋빛 환상을 심어준 출처가 도대체 어디였는지 끝까지 한번 파헤쳐보고 싶은 욕구가 간절해진다. 로스쿨에서의 첫 일주일을 돌이켜보면 이것은 오히려 밥 먹고 공부만 했던 고3 생활보다 더하지 않은가?

로스쿨 첫해에는 과목 선택의 자유가 없으며 모든 법의 기본이 되는 필수 과목들인 불법행위법(Torts), 민사소송법(Civil Procedure), 재산법(Property Law), 형법(Criminal Law), 계약법(Contract Law), 헌법(Constitutional Law), 작문(Legal Writing & Research)을 배우게 된다. 먼저 불법행위법은 한국 법 체계에서는 찾아볼 수 없는 법이지만 대략 우리나라의 민법 정도로 이해하면 큰 무리가 없으며, 민사소송법은 간단히 말해 50개 주와 연방제를 채택하고 있는 미국의 복잡한 사법 제도 아래에서 어떤 법정에서 어떤 법을 가지고 어떠한 절차를 거쳐서 소송을 진행해야 하는지에 관한 법이며, 재산법은 토지와 같은 부동산과 그에 상응하는 개념인 동산을 포함한 모든 개인 재산에 대한 권리를 다루는 법이고, 형법은 범죄자를 다루는 법이다. 계약법 수업에서는 계약서의 작성과 해석에 관한 법을 다루고, 헌법 수업은 말 그대로 법치주의 국가의 모든 권력의 근원인 헌법을 배우며, 작문 과목에서는 일반적인 글쓰기가 아닌 각종 법률 문서 작성을 위한 글쓰기 방법과 사건 관련 케이스 및 법조문을 찾는 것을 다루게 된다.

괴테는 외국어를 배우는 것은 새로운 또 하나의 세계를 이해하는 것이라고 했다. 법 또한 일종의 외국어와 같아, 배우기 쉽고 어렵고를 떠나서 일단 법적 사고력을 갖추지 못한 일반인에게는 생소하게 느껴질 수가 있는데 더구나 미국 법 체계에 어떤 감도 없는 나에게는 특히나 민사소송법과 헌법이 그러하였다. 아, 이 미지의 제3외국어를 대체 어떻게 공부하란 말인가!

첫 학기에는 불법행위법(5학점), 형법(4학점), 재산법(3학점), 민사소송법(2학점), 작문(1학점) 이렇게 겨우(?) 다섯 과목만 수강하였다. 훗날 로스쿨을 졸업하고 법조인이 되기 위해 응시해야 하는 변호사 자격시험의 대부분이 이 과목들로 이루어져 있다는 점에서 알 수 있듯이, One L은 내용 면에서 중요한 과목들을 배우는 시기일 뿐만 아니라 변호사로서의 기본 자질을 어느 정도 완성하는 시기이므로 그 공부 범위와 양이 가히 살인적이라고 할 수 있다.

부끄러운 이야기일지 모르겠지만 한국에서 대학교를 다니던 시절에는 한 학기에 20학점 정도의 수업을 들으면서도 강의 외의 시간들은 전부 '자유 시간'이었을 만큼 캠퍼스의 낭만을 누릴 여유가 있었다. 하지만 로스쿨을 목표로 했던 인디애나 대학 시절부터는 시간표의 대부분이 '공부'로 메워졌다. 미국의 대학교에서는 보통 15학점 정도를 수강하는데, 17~18학점을 수강할 경우에는 정말 시간에 치이면서 공부를 해야 할 정도로 한 학기가 정신없이 진행된다. 그때 나는 로스쿨에 빨리 진학하겠다는 욕심으로 친구들에게 'study horse'라는 소리까지 들어가며 한 학기에 17~18학점씩을 신청하여 공부했다. 하지만 깨어 있는 동안에만 열심히 한다면 하루에 8시간씩 잠을 잘 수도 있었고 주말 몇 시간 정도는 긴장을 풀 여유도 있었다.

그러나 로스쿨에서의 15학점은 수업의 수준이 그때와는 비교할 수 없을 정도로 높은 것은 물론이거니와 학부 때의 25학점 이상으로 느껴질 정도로, 요구되는 공부량과 압박감이 대단했다. 거짓말 하나 안 보태고 지금 로스쿨에서의 시간표는 인간 생활을 유지하는 데 필요한 최소한의 취침과 식사 시간만을 제외하고는 모든 시간이 '공부'로 채워지고 있으며 심지어 없는 시간까지 우겨넣어 공부해야 한다는 스트레스에 시달리곤 한다.

로스쿨에서 한 시간의 수업을 듣기 위해서는 세 시간 이상의 예습 시간이 필요하다고들 한다. 그러므로 15학점의 수업을 위해서는 기본적으로 주당 45시간의 예습 시간이 필요하다는 계산이 나온다. 그리고 전문적인 법 지식과 분석력이 갖춰져 있지 않은 One L들에게는 예습 시간만큼의 복습 시간 역시 반드시 필요하다. 그러므로 그 심적 부담은 차치하고 산술적으로만 따져보아도 One L들에게는 '공부' 이외에는 다른 생활을 즐길 여유가 없다는 결론이 너무도 자연스럽게 나온다. 이제까지의 설명은 영어를 외국어로 사용하는 나의 특수한 상황을 설명한 것이 아니라 일반적인 미국인 로스쿨 학생들을 기준으로 이야기한 것이다. 여기에 미국 학생들과 달리 외국어로 공부해야 하는 유학생의 어려움까지 덧붙인다면…… 그걸 굳이 설명할 시간에 케이스를 하나라도 더 읽어야겠다.

미국 로스쿨 진학을 생각하고 있는 사람들은 선배의 경험과 조언을 들을 때 '내가 과연 유학생의 부족한 영어 실력으로 이 모든 과정을 얼마나 잘 겪어낼 수 있을까' 고민을 하면서도 '가서 열심히 하면 어떻게든 되겠지'라고 생각하는 경우가 많을 것이다. 내가 예전에 그랬듯이 말이다. 하지만 그런 생각은 대단히 위험하다.

One L 시기에는 미국 학생들도 공부에만 전념해야 될 정도로 수준이 높고 공부할 양이 많기 때문에 한 번 뒤처지게 되면 수업을 따라가는 것이 불가능하다. 그런데 로스쿨에서 공부할 수준의 영어 실력을 갖추지 못한 유학생들은 불가피하게 처음부터 뒤처지게 되고, 설령 시간이 어느 정도 지나 영어 실력이 향상되더라도 그때에는 이미 모든 것을 따라잡기가 불가능해진다. 심지어는 미국 학생들의 경우도 한 번 뒤처진 진도 때문에 로스쿨 첫해를 거의 다 보내고 기말고사를 불과 며칠 앞둔 상태에서 학교를 그만두기도 한다. 내가 어려움을 겪었다고 다른 이들 또한 같은 어려움을 겪을 것이라고 말하는 것은 결코 아니지만, 한 가지 확실하게 말할 수 있는 것은 영어 실력이 원어민처럼 유창하지 못한 외국 학생이 J.D. 과정을 이수하는 것은 절대 노력만으로 채울 수 있는 문제가 아니라는 것이다.

미국의 경우 보통 로스쿨에 진학한다고 하면 3년(6학기)으로 이루어진 J.D. 과정에 진학하는 것을 뜻한다. 이 로스쿨 J.D. 과정의 수업은 첫째도 판결문 분석이요, 둘째도 판결문 분석이다. 그리고 그 분석의 시작은 브리프이고 마무리는 요약이다. 브리프는 케이스의 판결문을 꼼꼼히 읽고, 해당 케이스의 구체적인 사실들을 정리한 뒤, 아이랙에 따라 케이스를 정리하는 것을 의미한다. 그리고 준비한 브리프를 가지고 수업에 들어가서 교수님과 소크라테스식 문답법을 통해 자신이 한 브리프가 얼마나 맞았는가를 확인해보고, 케이스에서 끌어낼 수 있는 법의 적용 방법과 중요 개념들을 요약한다. 그리고 이 모든 것을 압축하여 시험 대비 요약노트를 만드는 것이 바로 로스쿨 공부와 수업의 모든 것이다.

우리나라의 사법고시 격인 미국의 변호사 자격시험(Bar Exam)은 이미 오래 전부터 그 응시 자격을 로스쿨 졸업자로 제한하고 있다. 하지만 로스쿨은 전공 제한 없이 입학생을 선발하고, 로스쿨 입학시험도 전문적인 법 지식이 아니라 논리력과 사고력을 측정하기 위해 출제되기 때문에, 로스쿨 신입생은 법 공부를 본격적으로 해보지 않은 경우가 대부분이다. 그러므로 법이라는 전문 지식을 처음으로 배우기 시작하는 로스쿨 첫 학기, 그 중에서 특히 처음 몇 달간은 특히나 고생스러운 시기가 된다.

하지만 한 학기라는 적응기만으로 법 공부에 완전히 익숙해지는 것은 아니다. 로스쿨에서 한 학기를 보내고 2학기에 미국의 헌법을 공부할 때에도 쉽게 이해할 수 없는 내용이 여럿 있었기 때문이다. 예를 들면, 법을 제정할 때 그 법 자체가 옳은 법인지의 여부와는 상관없이, 법 제정 권한을 가진 입법부가 아닌 단순히 법 집행 권한만을 가진 행정부의 수장인 대통령이 만든 법이라는 이유만으로 '위헌' 결정이 내려지는 것에 대해 처음에는 의아한 마음이 들 수밖에 없었다. 아니 법 자체가 사회에 이익이 되는 좋은 법이라면, 누가 만들었건 그게 뭐가 그리 중요하단 말인가? (One L을 마친 지금 생각해보면 누가 만들었는지는 정말 심각하게 중요한 문제이긴 하다.) 어쨌거나 이런 혼란의 One L 시기를 거치면 2학년 때에는 몇 가지 필수 과목들과 엔터테인먼트법(Entertainment Law), 기업법, 환경법(Environmental Law) 등과 같이 본인의 의사에 따라 특정 분야의 전공 과목들을 배울 수 있게 된다.

아무튼 영어가 유창하지 못한 외국인들에게뿐만 아니라 미국 학생들에게도 로스쿨 입학은 치열한 입시 경쟁 후에 도달하는 '고생 끝'이 아니라 진정한 '고생의 시작'이라는 것을 느낄 수 있었다. 이러한 내 말에, 한 로스쿨 입학시험 준비생은 "축구 시합으로 치면 로스쿨 입학시험은 전반전이고 로스쿨에서의 공부는 후반전이네요?"라는 말을 했다. 그때는 차마 대꾸할 수 없었지만 지금이라면 이렇게 말할 것 같다. 로스쿨 입시 준비는 본 게임에 들어가기 전에 하는 기념 촬영 정도라고.

이렇게 일주일 만에 로스쿨에 대한 환상이 깨졌다. 3년의 교육 과정을 마친 로스쿨 졸업생들은 대부분 변호사 자격시험을 단번에 별 어려움 없이 합격하고 있는데, 나의 환상은 그런 점만을 보고 더 커진 것인지도 모른다. 하지만 실제로 적지 않은 학생들이 로스쿨 공부를 하면서 하루에도 몇 번씩 몰려드는 회의감과 수업 강도가 주는 부담 때문에 어렵게 들어온 로스쿨을 자퇴하는 일이 발생하는 것은 환상 속에 감춰진 현실이다. 로스쿨 과정을 견디고 살아남는 게 변호사 자격시험의 1차 관문쯤 되는 걸까? 예전에 누가 의대를 들어갔는데 얼마 못 다니고 그만 뒀다더라 하는 소리를 들었을 때, 입학하는 순간 장래가 보장되어 있는 의대에 들어갔는데 거기서 따라가기만 하는 것도 못 하나 하는 생각을 하곤 했었다. 그런데 로스쿨을 경험한 이제 와서 생각해보니 그 고통을 충분히 이해할 수 있겠다.

어쨌든 '지옥과 같은 시간'이라고 일컬어지는 One L 과정을 마치고 나면, 2학년 때부터는 이 생활에 어느 정도 이골이 나서 로스쿨의 빡빡한 스케줄도 무리 없이 따라가는 것이 일반적이다. 또한 2학년 때부터는 과목 선택의 자유가 있기 때문에 자신의 적성과 흥미에 맞는 과목을 들을 수 있으며, 학생들의 성적 평가도 One L 때보다는 조금 느슨하게 이루어지는 것이 학교 측의 공식 방침이어서 그나마 학교생활이 조금 편해진다. 대개의 경우 3년의 교육 과정이라 하면 상위 과정으로 올라갈수록 그 공부의 양과 난이도가 높아지는 것이 일반적이나 로스쿨의 경우는 1+2과정, 즉 향후 2년간의 교과 과정과 변호사의 빡빡한 업무를 따라갈 수 있는지를 처음 1년의 극한 과정을 통해서 시험한다고 이해할 수 있겠다.

사실 미국 로스쿨 J.D. 과정의 경우는 학교가 어디가 되었든 공통적으로 학생들에게 강도 높은 수업을 따라오도록 요구하기 때문에, 모든 One L들은 그저 첫 한 해를 무사히 마치는 것에만도 큰 부담을 느낀다. 오죽하면 One L의 단 한 가지 목표는 2L이 되는 것뿐이라고 하신 교수님이 계실까.

Success is not a doorway, but a staircase

전체적으로 이곳 로스쿨 교수님들은 열정을 가지고 학생들의 공부를 도우며 학생들과 거리를 좁히기 위해 노력하신다. 특히 불법행위법 교수님은 One L 과정에 누구보다도 많은 관심과 열정을 보이셨는데, 그것은 교수님이 우리들에게 요구하시는 수많은 요구사항만 봐도 잘 알 수 있다. 이런 관심과 열정 덕분에 우리는 하루에 수십 페이지씩 나가는 교과서의 진도를 따라잡고 그에 따른 수많은 보충 자료를 공부하면서 변호사가 갖춰야 할 기본적인 덕목과 테크닉까지 습득해야 했는데, 다른 과목들과 병행하며 이 모든 것을 소화해내는 것은 엄청난 시간적 부담이 따르는 일이었다. 교수님의 One L에 대한 지대한 관심은 수업이 끝나서도 그칠 줄을 몰랐다. 거의 매일 강의실에 남으셔서 학생들의 질문을 받으시거나 학생 식당에서 학생들과 이런저런 대화를 나누셨다. 불법행위법 다음 시간인 형법 수업도 같은 강의실에서 진행되기 때문에 나를 비롯한 몇몇 학생들은 강의실에 그대로 남아 빵조각을 뜯어먹으며 다음 시간을 준비하곤 했는데, 교수님은 그 막간에 학생들에게 여러 가지 말씀을 해주셨다. 교수님이 그때 특히 강조하셨던 것은 학생들의 가능성과 자신감이었다.

최근 몇 년간의 미국 경제 불황은 대졸자들로 하여금 대학원 진학, 특히 안정적인 고소득을 위한 로스쿨이나 메디컬 스쿨에 열을 올리게 했고 그 결과 로스쿨 입시 커트라인이 수직 상승하면서 그 어느 때보다 입학 경쟁이 치열해졌다. 그러다보니 과거에 비해 매년 입학생들의 실력은 월등히 좋아지고 있으며 과거 하위 25퍼센트와 같은 개념은 아예 없어진 듯하다는 것이 교수님 말씀이셨다. 그러니 지난 입시 결과에 대한 아쉬움은 다 떨쳐버리고 이곳에서 공부하게 된 것을 자랑스럽게 여기며 열심히 공부하라는 것이 교수님의 당부셨다. LA에는 우리 학교보다 명성이 높은 로스쿨이 두 곳 더 있는데 그곳 진학에 실패하여 우리 학교에 진학한 학생들이 상당히 많았기 때문에 교수님이 이런 말씀을 해주신 것 같다. 오리엔테이션 때 우리 학교를 졸업하고 변호사로서 성공적인 경력을 쌓아가고 있는 한 초청 연사 역시 본인이 능력을 갖췄다면 뜻하는 바를 이루는 데 학교의 '간판'이 절대로 방해가 되지는 않는다고 하셨다.

나 역시 한국에서 대학에 입학할 때 그리고 미국 학부로 편입을 준비할 때 학교 이름 때문에 고민을 많이 했었고, 일종의 열등감을 느낀 적도 있었다. 하지만 지난 몇 년간 한국을 벗어나 여러 과정을 거치며 다양한 나라, 여러 학교 출신의 사람들을 접해본 결과, 성공이 순전히 학교 간판 때문에 판가름 나는 경우는 없었다. 덜 알려진 학교에 진학한 경우 시작은 힘들었지만 몇 개 차이의 학교 랭킹에 연연하지 않고 열심히 노력하여 그 누구 못지않은 결과를 만들어내는 사람들도 많이 보았다. 학교의 간판이 성공에 절대적인 것이 아니라는 이러한 사실은 아마도 10대 때는 쉽게 동의할 수 없겠지만 20대가 되면 몇 년을 그저 살아만 보아도 알게 되는 사실이다.

즉 좋은 학교를 들어갔다는 것 자체가 성공을 보장한다고 생각하면서 순간적인 성공에 안주해서는 안 된다는 것이다. 한 유명한 연설가는 "Success is not a doorway, but a staircase"라고 말했다. 의역을 하자면 "성공이라는 것은 문을 열고 들어갔다고 끝나는 것이 아니라 끊임없이 올라가야 하는 계단이다"는 것이다.

'한 방'에 결정할 수 있는 것은 아무것도 없을 뿐더러 설령 있다손

치더라도 그것은 출신 학교의 명성 덕은 절대로 아니다. 최선을 다했지만 결과가 만족스럽지 못해 아쉬움이 남더라도, 주어진 위치에서 최선을 다하다보면 기회는 꼭 다시 찾아오게 되어 있다고 믿는다.

전의를 상실하다

수업의 방관자

주말이면 으레 예습을 했고 그러면 한 주를 시작하는 마음이 그 어느 때보다 든든해지고 약간의 자신감도 생기는 것 같았다. 또한 점점 편안한 마음으로 수업에 임하고 있음을 느낄 수 있었으며, 심지어 교수님의 질문에 자발적으로 손을 들어 대답하고 싶은 욕구(!)마저 간혹 생겼다. 결국은 마음뿐이었지만 잠 못 자고 애쓴 예습의 보상은 그것으로도 충분했다.

도서관에 돌아오니 피터가 보였다. 우리는 작은 세미나실에 들어가 함께 공부를 했다. 얼마 지나 우리는 이런저런 이야기를 나누기 시작했는데, 피터는 수업과 공부에 대한 넋두리를 늘어놓다가 자기 섹션의 떠버리 둘을 목에 핏대를 세우며 욕하기 시작했다.

"휴, 정말 죽겠다. 우리 섹션에 떠버리 녀석 두 명이 있는데 말이야, 수업 시간마다 나서서 쓸데없는 소리를 해대는 통에 정말 죽을 맛이야. 나는 여기 비싼 돈 주고 배우러 왔다고. 그 녀석들 때문에 시간을 낭비하고 싶진 않아."

그런 녀석들은 어느 로스쿨, 어느 섹션에나 있기 마련인가보다. 우리 섹션도 예외는 아니었다. 첫 주에는 모든 학생이 아무것도 모르는 상황이었기 때문에 그 친구들이 줄줄줄 이야기한다는 것만으로도 '우와, 쟤는 정말 똑똑한가보다'라고 감탄을 했었지만, 조금 알고 나서 들어보니 그들의 입에서 나오는 말들은 수업과는 동떨어진 완전히 쓸데없는 이야기임을 깨닫게 되었다. 첫 학기가 끝날 무렵이면 학기 초에 시끄러웠던 학생들은 조용해지고 존재감 없이 강의실 뒤에 앉아 있던 학생들이 적극적으로 참여하기 시작하는데, 이런 모습은 어느 로스쿨에서나 보이는 공통적인 현상이라고 한다.

"그래도 걔네들이 이야기할 때 우리는 잠깐 쉴 수 있잖아. 정신없는 수업 시간에 잠깐 숨 돌릴 기회를 주니까 걔네들한테 고마워해야 해."

내가 웃으며 말하자 피터도 웃으며 고개를 끄덕인다.

"근데 그 둘 중 하나가 한국 학생인데, 걔는 영어를 정말 너무 못해! 걔가 입을 열면 애들 표정이 굳어지면서 '뭔 소리 하는 거야?'라는 표정을 짓거든. 외국 학생이니까 영어를 못할 수도 있다 치자. 그런데 애써 노력해서 그 말을 들어보면 또 정말 쓸데없는 이야기라는 게 더 문제라니깐!"

피터가 흥분해서 말했다. 하지만 나는 피터처럼 그 학생이 바보 같다고만 생각할 수가 없었다. 나는 최근 몇 번의 수업 동안 교수님의 질문에 답을 알아도 위축이 되어 발표를 할 수가 없었다. 그런데 수업 내용을 잘 알지도 못하는 외국인 유학생이, 그것도 유창하지도 못한 영어로 용기 있게 질문을 하고 발표를 하다니, 사실 마음 한편으로는 그런 용기가 존경스럽기도 하여 내 자신이 부끄러웠던 것이다.

도서관에 처박혀 혼자 읽고 혼자 공부하기에 바빠 말할 기회가 별로 없는 한국인 유학생들은 게다가 끼리끼리 모여 생활하기 때문에 능동적으로 수업에 참여하기가 쉽지 않다. 나 역시 인디애나 학부 시절, 한국에서처럼 수업에 적극적으로 참여하지 못하고 방관자 역할만 하고 있는 내 모습을 참을 수 없어서 수업에 적극적으로 참여하겠다고 마음을 먹은 적이 있었다. 하지만 그 후로도 한참 동안 나는 침묵을 지키고 있었다.

그러던 어느 날이었다. 200명 정도가 앉아 있는 대형 강의실에서, 이렇게 망설이기만 하다가는 졸업 때까지 계속 이 상태일 것 같다는 두려움을 느꼈다. 그때 마침 교수님이 질문을 던지셨고 나는 마치 날 둘러싸고 있던 껍질을 깨듯 힘차게 손을 들었다. 이윽고 교수님께서 나를 호명하셨고, 나는 드디어 입을 떼고 대답을 시작했다. 그때 내게 쏟아지던 400여 개의 눈동자와 내 말에 귀를 기울이시던 교수님의 표정을 나는 아직도 잊지 못한다. 큰 소리로 꽤 오랫동안 대답을 했던 것 같다. 그래봤자 30초를 넘기진 못했겠지만 말이다. 대답이 끝나자 교수님께서는 좋은 대답이었다고 짧게 말씀하시고는 학생들에게 또 다른 질문을 던지셨다. 교수님이 들으시기에 나의 대답이 여느 학생들의 것과 다르지 않은 그저 평범한 것이었겠지만, 내게 있어 그 자발적인 발표는 더 이상 수업의 방관자 역할만 하지는 않겠다는 발악이자 하나의 작은 사건이었다. 그 후 나는 대형 강의에서도 아주 가끔은 자발적으로 질문을 하기도 했고, 그렇게 하지 않더라도 적어도 심리적으로는 수업에 참여하고 있다고 느낄 수 있었다.

하지만 지금 이곳 로스쿨에서 수업에 적극적으로 참여하는 것은 그때와는 완전히 다른 상황이다. 재차 이야기하지만 로스쿨 수업에서는 학생들에게 어떠한 지식을 갖추고 있는지를 물어보지 않고 그 지식을 실제 사례에 적용할 수 있는지를 물어보기 때문에, 단순히 책을 읽고 그 내용을 달달 외운다고 해서 교수님의 질문에 대답할 수 있는 것이 아니었다. 어떠한 법이 있는지, 그 법의 성립 조건이 무엇인지를 대답해야 하는 것이 아니라, 우리가 공부하는 케이스,

즉 교수님이 '즉흥적으로' 제시하는 사례에 어떤 법이 어떻게 적용되는지, 어떤 결론이 어떻게 도출되는지를 논리적으로 설명해야 하기 때문에 단답형 혹은 문장 한두 개로 답을 하는 것은 불가능했다.

다시 수업에 들어와 교수님의 질문을 들으며 여전히 망설이고만 있는 나 자신에게 슬슬 화가 나기도 해서 한번 덤벼보고도 싶었지만, 머릿속으로 생각하고 있는 것을 아직은 제대로 표현할 수가 없을 것 같았다. 이런저런 생각에 머리가 복잡할 때 교수님의 질문에 한 학생이 손을 들어 자신 있게 대답했다. 유창한 영어였다. 그 학생에게는 모국어였지만 나는 그 유창한 영어가 너무나도 부러웠다. 비록 케이스의 이슈와는 동떨어진, 알맹이가 잘못된 발표여서 교수님이 학생의 사고법과 분석법을 이끌어주시고자 했지만, 모두가 배워가는 과정에 있으므로 답변이 틀렸다고 바보 취급되는 분위기는 아니었다. 하지만 말을 잘 못하는 내가 걱정하고 두려워하는 것은, 그들은 근본적으로 알 수 없는 성질의 창피함이었다.

전의 상실

다시 한 번 나는 수많은 질문과 답변이 포탄처럼 오가는 강의실 안에서 노트북 화면만을 응시한 채 완전히 얼어 있었다. 무언가 어려운 질문이 지나갔던 것 같다. 순간 적막이 흐르고 교수님의 입에서 "미스터 박!" 이라는 말이 떨어졌다. 난감했다. 지금 무슨 이야기가 오갔는지, 나에게 던져진 질문이 무엇인지 아무 생각이 없었다. 침묵할 수밖에 없었다.

"미스터 박! 쑥스러워하지 말고 논점을 한번 만들어봐요."

논점을 만들기는커녕 나는 지금 내게 던져진 케이스가 무엇인지, 질문이 무언지조차 모르고 있었다. 그렇다고 교수님께 이를 솔직하게 말할 수는 없지 않은가.

"논점이 없습니다."

그게 내가 이 수업에서 처음으로 꺼낸, 그리고 결코 잊을 수 없는 대답이었다. 교수님은 틀려도 괜찮으니 한번 해보라며 대답을 독촉하셨지만 나는 "죄송합니다. 모르겠습니다"를 되풀이할 수밖에 없었다. 그제서야 교수님은 못마땅한 얼굴로 다른 학생에게 질문을 넘기셨다. 그렇게 상황은 일단 종료되었다.

질문을 받으면 대답할 수 없을 것 같았고 그때마다 '어떻게든 되겠지'라며 애써 편하게 생각하며 버텨왔지만 막상 그 상황이 닥치니 정말 한 마디도 대답할 수 없었다. 말할 수 없는 치욕이었다. 솔직히 무섭고 겁이 났다. 사실 학부 시절부터 이제까지, 나는 외국인 학생이 뭘 하는 건 불가능하다고 말하는 것을 가장 싫어했다. 그리고 쉽지는 않았지만 그런 약한 소리를 하는 사람들 보란 듯이 더 열심히 노력했다. 하지만 지금은 도망치고 싶다는 생각밖에 들지 않았다. 아무리 생각해도 이번만큼은, 이곳 로스쿨만큼은 예외인 것 같았다.

쉴 틈 없이 계속된 2시간의 수업이 끝나자마자 모든 학생들이 동시에 기다렸다는 듯이 "휴우……" 하고 길게 한숨을 내쉬었다. 분명히 이 수업은 미국 학생들에게도 어려운 수업이었다. 하지만 우리 섹션 80여 명 중 영어가 모국어가 아닌 학생은 나뿐이었다. 이날 오후 나는 나의 열흘 남짓한 로스쿨 생활을 천천히 돌아보았다. 자신이 없었다. 아무리 생각해봐도, 영어가 유창하지 못한 외국인 학생이 J.D. 과정을 이수하는 것은 불가능에 가까웠다. 눈물이 났다. 아무 생각도 할 수 없었다. 이것이 내가 그토록 하고 싶었던 공부라는 생각도 더 이상 나를 지탱해주지 못했다. 가슴속의 정의감과 열정도 전혀 위로가 되지 못하는 이 상황에서, 로스쿨을 졸업하면 기대할 수 있는 경제적 보상과 사회적 지위가 위안이 될 리 없었다.

사실 나는 수업 첫날부터 앞으로의 로스쿨 생활이 이럴 것이라는 것을 너무나도 잘 알고 있었고 그것을 애써 무시하려 했던 것뿐이었다. 절망적인 마음에 한국에 있는 친한 친구에게 전화를 걸었다. 그 친구는 내 말 몇 마디를 듣기가 무섭게 "너 그럼 로스쿨 공부가 쉬울 줄 알았어? 어려울 거 예상 못 하고 간 거 아니잖아?"라며 쏘아붙였다. 원망스러웠다. 그 친구 말처럼 세상 그 어떤 일도 쉽지 않다는 것은 나도 잘 알고 있었다. 그렇지만 로스쿨에서 공부하는 것은 완전히 다른 이야기라며 항변이라도 하고 싶은 심정이었다. 비유를 하자면 영어가 원어민 수준이 아닌 외국인 학생이 J.D. 과정을 따라가려는 것은 다리가 불편한 사람이 목발을 짚고서 세계적인 축구 선수가 되겠다는 것과 같았다. 아무리 노력을 한다 해도 외국어에 대한 두려움과, 같은 분량을 읽고 소화하는 데 걸리는 엄청난 시간차 등 처음부터 한계는 명확히 정해져 있었다. 이것은 무작정 노력으로 채울 수 있는 것이 아니었다. 위축되고 지치는 일이었다.

다른 많은 외국인 지원자처럼 로스쿨 입학시험을 준비하면서 영어 실력이 많이 부족하다는 것을 느꼈건만, 왜 그때는 로스쿨에 입학하기만 하면 이 모든 어려움이 끝날 것이라고 내 멋대로 생각했을까? 대체 나는 왜 '실패자가 되기를 각오한 사람만이 커다란 성공을 이룰 수 있다'는 한 정치인의 말을 가슴속에 그토록 고이 품고 살아왔던 것일까? 나는 언제나 도전 그 자체에서 만족을 느꼈기에, 그리고 로스쿨이 다른 그 무엇보다 매력적인 도전 목표이기에 이 길을 선택한 것은 아니었을까? 나를 지탱하고 있던 모든 것이 그 뿌리부터 흔들리고 있었다.

나는 왜 로스쿨에 왔는가?

피터와 대화를 나누고 있는데 또 다른 교포 친구인 윌이 세미나실에 들어왔다. 로스쿨에 무슨 재미교포가 그렇게 많은가 의문이 생길 수도 있겠다. 사실 그때 피터와 나는 로스쿨에 유난히 한국 교포들과 한국 학생이 많은 이유에 대하여 이야기하고 있었다. 우리가 내린 결론은 한국 부모들의 교육열, 그러니까 자식들이 안정된 전문직에 종사하기를 바라는 한국 부모들의 열망 때문이라는 것이다. 물론 자식들에 대한 이런 기대는 미국인 부모들에게서도 찾아볼 수 있지만, 결코 한국 부모들의 그것과는 비교할 수 없는 것 같다.

하지만 로스쿨 학생들이 꼭 부모의 기대나 다른 외부적 이유 때문에 로스쿨에 진학하는 것은 아니다. 여러 친구들과 이야기를 나눠본 결과 그들 중에는 정의감에 불타서 혹은 특정 분야에 대한 뚜렷한 목표를 갖고서 로스쿨에 진학한 학생들도 많기 때문이다. 하지만 그보다 로스쿨이 보장하는 혹은 그렇다고 믿고 있는 경제적인 측면을 바라보고 온 학생들도 많은 것 같다. 고가의 스포츠카 사진을 우리에게 보여주며 로스쿨을 졸업하고 수년 내에 이 차를 꼭 구입하겠다며 그것이 자신이 로스쿨에 온 이유라고 당당히 말하는 친구들도 있으니 말이다.

그렇다면 나, 나는 왜 로스쿨에 왔는가. 로스쿨에 들어와 한동안을 나는 로스쿨에 진학한 것이 과연 올바른 선택이었는지, 이것이 진정 내가 그토록 원하던 공부였는지에 대한 회의감에 빠져 지냈다. 공부가 손에 잡히지 않아 재섭이 형에게 전화를 걸어 무작정 만

나자고 했다. 재섭이 형은 LA 교포로 올해 미국 최상위권 로스쿨을 졸업하고 LA의 대형 로펌에서 이제 막 일을 시작한 초년생 변호사이다. 답답한 마음에 형에게 고민을 털어놨다.

"형, 내가 잘할 수 있는 것과 내가 하고 싶다고 생각했던 공부가 너무 달라서 고민이에요. 내가 잘할 수 있는 것은 경영 관련 일이거든요. 변호사 되는 게 뭐 그리 대단하다고 내가 이 고생을 사서 해야 되나 싶어요. 변호사만이 선망의 직업이 아니잖아요. 돈이요? 변호사 아니더라도 돈을 벌 기회는 다른 일에도 많고 또 무엇보다 그런 일을 내가 잘할 수 있고요. 로스쿨과 변호사는 내가 하고 싶다고 생각했던 것이지만, 잘할 수 있는 일은 아닌 것 같아요. 아무리 내 가슴이 원하는 일이면 뭐 해요? 아무리 가치가 있는 일이면 뭐 해요? 내가 잘할 수 없는 일인데. 굳이 여기서 내가 이 고생을 해야 되나, 그냥 국제 통상 공부나 계속하는 것이 더 현실적인 선택이 아니었나 싶어요."

이런 나의 고민에 재섭이 형이 준 조언은, 로스쿨에 진학한 것이 올바른 선택이었는지에 대한 판단은 One L 과정을 마치는 순간까지 미뤄두라는 것이었다. 그리고 하고 싶은 일과 자신이 잘할 수 있는 일은 어느 순간에는 만나게 되어 있다며 나를 위로해주었다. 그런 형의 위로는 로스쿨 오리엔테이션 때 들었던 한 교수님의 말씀을 생각나게 하였고, 내 안에서 꺼져가던 열정의 불씨를 다시 한 번

타오르게 해주었다.

"법조인으로서의 여러분의 경력은 로스쿨에 발을 들여놓은 지금 이 순간부터 시작되었습니다. 이제까지 여러분이 겪은 그 어떤 어려움도 향후 3년간 로스쿨에서 겪을 어려움에 비하면 아무것도 아닐 거라고 전 자신 있게 말할 수 있습니다. 로스쿨은 여러분을 법조인이라는 목적지까지 편안하게 태워다주는 열차가 아니기 때문입니다. 화려해 보이기만 하는 법조인의 이면에는 직업적 전문성을 획득하기 위한 치열하고도 힘겨운 과정이 존재하고 있기 때문에 여러분들 모두는 앞으로 1년간 펼쳐질 시간 동안 분명히 좌절감을 맛보게 될 것입니다. 내가 과연 할 수 있을까? 내가 과연 올바른 길을 선택한 것인가? 직업적 회의감과 학업의 어려움은 모든 로스쿨 학생들이 언젠가는 한 번씩 맞닥뜨리는 장애물입니다. 하지만 결코 포기해서는 안 됩니다. 여러분들은 그 누구보다도 훌륭한 법조인이 될 자질을 가지고 있기에 수많은 관문을 뚫고 이곳에 서 있다는 것을 명심하시길 바랍니다. 지금 여러분 안에 꿈틀거리고 있는 그 뜨거운 열정을 끝까지 간직하고 여러분이 선택해서 들어온 이 로스쿨에서 3년간의 혹독한 훈련 과정을 이겨내어 우리 사회가 꼭 필요로 하는 훌륭한 법조인으로 성장하시기 바랍니다."

이런저런 생각에 빠져 있던 나는 이내 생각을 접고 다시 책을 보기 시작했다. 재섭이 형의 말대로 이미 로스쿨에 들어와버린 이상 지금은 그 선택이 옳은 것이었는지에 대해 고민할 때가 아닌 것 같았기 때문이다. 그렇다. 로스쿨이라는 운명은 내가 선택한 것이다. 스스로의 의지로 선택한 로스쿨에서의 일 분 일 초는 결과에 대한 의심과 회의감을 품으며 헛되이 보낼 순간들이 아니라 그런 생각들이 떠오를 겨를조차 없을 정도로 주어진 상황에 최선을 다해야 하는 시간들인 것이다.

One L의 노트

Nulla Poena Sine Lege●

미국 로스쿨에서 공부를 시작하며 처음으로 호기심을 느낀 것은 독일과 일본의 영향을 받아 '대륙법' 제도를 채택하고 있는 우리나라의 사법 제도와 성격이 다른, 영어권 국가들이 채택하고 있다는 이유로 흔히 '영미법'으로 불리는 '불문법' 제도의 특징이었다.

대륙법은 '법 조항'을 우선시하여 판결을 내리지만, 불문법의 경우는 '판례'에 우선을 두어 판결을 내린다. 그래서 불문법 제도를 따르는 미국의 사법 제도는 관습법(Common Law) 제도라고 불리는데, 여기서 관습이라는 것은 '습관화된 규칙'이라는 일반적 의미보다는 판사의 판결 그 자체가 법이 되어 훗날의 비슷한 사건에 구속력을 갖는 것(Judge-made Law)이라고 이해해야 할 것이다. 그래서 영미법을 설명할 때 빠지지 않고 나오는 말이 선례구속성(stare decisis)이라는 용어이다. 이는 판사가 사건의 판결을 내릴 때 기존의 판례와 상급법원의 판결에 구속을 받는다는 관습법 제도의 기본

● 라틴어로 '해당하는 법 없이는 처벌이 불가능하다'는 뜻

원칙을 잘 설명하고 있다. 그러므로 간혹 생기는 오해처럼 미국의 재판은 판사가 어떤 것에도 구속받지 않고 재량껏 판결하는 '솔로몬의 재판'이 아닌 것이다.

미국의 관습법 제도와 관련된 오해 중 다른 하나는 미국에는 '법 조항'이 없거나 그 역할이 미미하다는 것이다. 하지만 미국은 우리나라와 마찬가지로 헌법과, 우리나라의 국회가 만드는 법 조항처럼 의회가 만드는 법, 그리고 우리나라의 행정조례와 같이 행정 기관이 만드는 법령을 비롯한 수많은 법 조항을 가지고 있으며 많은 경우 이러한 법 조항에 의거해 판결을 한다. 그렇기 때문에 오늘날의 미국 법 제도는 오히려 판례가 판결에 절대적으로 작용하는 순수 관습법 제도에서 그 성격이 점점 멀어지고 있다고 한다.

미국이 따르는 관습법 제도의 큰 특징 중 한 가지는 판사가 기존의 판례를 따라 그대로 판결하는 데에만 그치지 않고, 기존의 케이스에 대한 판례가 더 이상 오늘날의 규범에 맞지 않는다고 생각될 때에는 판사가 그 판례를 따르지 않을 수 있는 재량권을 가지고 있다는 것이다. 이는 법이 그 자체로만 의미가 있는 것이 아니라 그 시대를 살아가는 사람들이 타당하다고 믿는 가치에 바탕을 두고 생겨난 규칙이라는 점을 생각해보면 지극히 당연한 것이다. 그래서 우리나라의 "법대로 하라"는 말처럼 미국에서는 '합리적인 사회 구성원의 일반적인 기준(reasonably prudent person standard)'에 따라 "어떠한 행동이 과연 오늘날 합리적인 사람들이 일반적으로 합당하다고 생각하는 기준에 부합되는지를 따져보라"는 말이 흔히 쓰인다.

'*Nulla poena sine lege*'라는 말이 있다. 이 말은 라틴어로 '해당하는 법 없이는 처벌이 불가능하다'라는 뜻으로, 어떤 죄의 처벌을 위해서는 그 죄를 다스리는 법이 있어야만 한다는 것이다. 하지만 급격히 변화하는 현대 사회에서는 기존의 법 조항과 판례들만으로는 판결하기 힘든 사건이 많이 발생하고 있다. 하지만 관습법 제도하에서는 판사가 재량권을 가지기 때문에 법이 없어서 처벌을 못하는 폐단을 최소화할 수 있다. 즉 변화된 사회 환경에서 판례가 없는 새로운 문제가 발생하였다면, 그 시대의 사람들이 그에 대해 합리적이고 옳다고 여기는 기준에 따라 판결을 내릴 수 있는 것이다. 따라서 죄인 줄은 알지만 법이 없어서 처벌하지 못하는 상황을 최소화할 수 있다. 그래서 관습법은 역동적이라고 이야기된다.

이때 물론 미국의 법 제도에서 민주주의의 핵심인 권력분립과 상호견제는 그 무엇보다 중요한 원칙이기 때문에 판사에게 재량권을 허용하는 것과 마찬가지로 국회에서는 판결을 구속하는 규칙, 즉 법 조항(statute)을 만들어서 판사의 재량권 남용으로 생길 수 있는 폐단을 방지할 수 있는 권리를 제도화해놓고 있다. 또한 사법부는 국회의 법 조항이 잘못됐다고 판단될 경우 이에 이의를 제기할 권리를 가져서 국회의 횡포를 견제할 수 있다. 이렇듯 미국의 권력분립과 상호견제의 원칙은 마치 오른손과 왼손이 끊임없이 층계를 쌓아 올라가는 것처럼 권력을 나누고 서로를 견제하면서 철저히 민주주의 정신에 입각한 체계를 만들고 있는 것이다.

결론적으로 미국의 사법 제도는 판사와 시민들로 이루어진 배심원들이 내리는 일종의 넓은 규범(standard)과, 입법부에서 만들어내는 법 조항으로 된 규칙(rule)으로 이루어진 복합 체제이다. 한 시대의 옳고 그른 행동 기준을 모두 법으로 만들어낸다거나 반대로 전적으로 기존의 판례에만 의존하는 것이 현실적으로 많은 문제를 발생시킬 수밖에 없다는 점을 생각해보면, 이런 체제는 지극히 합리적인 것 같다. 사실 나 또한 관습법을 이제 막 배우기 시작한 학생일 뿐이지만, 한 가지 확실하게 이야기할 수 있는 것은 이방인의 시각으로 바라본 미국의 사법 제도는 오랜 시간 동안 민주주의 정신에 입각하여 언제나 합리적인 방향으로 발전하는 것을 목표로 해왔다는 것이다. 도서관에서 공부를 하다 수십 년 혹은 수백 년 전의 케이스를 접하며, 미국의 법조인들이 그 오래 전부터 바로 이 목표를 위해 노력해온 그 한결같음에 놀라곤 한다. 그리고 그때마다, 내가 이곳 로스쿨 유학을 마음먹었던 것도 같은 이유 때문임을 다시 한 번 떠올리며 더 많은 것을 배우겠다고 다짐해본다.

누군가는 One L 과정을 통해 법을 사랑하는 법을 배운다는 멋진 말을 남겼다. 아마도 그 사랑은 애증인가보다. 숨이 턱 막힐 정도로 많은 책들에 둘러싸여 있을 때면 나 역시 법을 '죽도록' 사랑하고 있다는 것을 느낀다. 죽도록…… 아주 죽도록…….

2부

공부 공부 공부

로스쿨 학생이 되어간다는 것

First Mission: Find a Legal Eagle!

로스쿨의 분위기는 그 어디보다도 경쟁적이다. 최상위권 로스쿨의 경우 정말 우수하거나 정말 뒤떨어지는 학생들을 제외하고는 80퍼센트가량이 B학점을 받기도 하는데, 우리 학교의 경우 One L 각 섹션의 평가는 철저하게 상대평가로 이루어지고 그 평균을 B^-로 맞추도록 규정되어 있다. 아무튼 학점 하나하나가 1년 뒤의 인턴십 기회부터 앞으로의 변호사 경력에까지 큰 영향을 끼치기 때문에 학생들 사이의 보이지 않는 경쟁은 실로 대단하다. 그리고 그런 경쟁심은 우선 학생들 사이에서 우수한 학생들을 가려내는 것, 즉 섹션 학생들에 대한 일종의 분위기 파악으로 표출되기 시작한다. 로스쿨에서의 첫번째 임무가 주어진 것이다.

로스쿨에서는 매 수업마다 지정된 자리에 앉기 때문에 우리들 머릿속에는 교수님의 좌석배치표와 같이 각 학생들의 자리가 입력되어 있다. 언젠가는 친구들과 대화를 하다가 정말 놀랍게도 많은 친구들이 누가 수업 시간에 몇 번 대답을 했는지, 틀린 대답을 했는지 맞는 대답을 했는지, 심지어 수업에 지각을 했는지 결석을 했는지까지 줄줄이 꿰고 있다는 것을 알게 되었다. 아마도 그들 머릿속에서는 그런 정보들을 바탕으로 80여 명의 학생들에 대한 평가가 부지런히 이루어지고 있을 것이다. 나 또한 예외가 아니었으니, 우리 섹션 학생들의 얼굴을 모두 익히지는 못했지만 내 머릿속에는 80여 명의 자리가 모두 입력되어 있었다. 그리고 우습게도, 수업 시간마다 훌륭한 답변을 하는 학생들 자리에는 동그라미와 함께 '경계' 표시가, 매번 틀린 대답을 하는 학생들 자리에는 엑스와 함께 '탈락' 표시가 머릿속에 들어오는 것 같았다.

그런 나의 경계/탈락 배치도에 '초 경계' 경보가 울리도록 만든 학생이 있었으니, 민사소송법 시간에 내 옆자리에 앉는 린지가 그 주인공이다. 학생들 사이에 떠도는 소문에 의하면 린지는 3대째 내려오는 법조인 집안에서 태어났다고 하는데, 정말 법조인 집안의 '모범적 유전자'를 타고난 것인지 의문이 들 정도로 린지는 불가사의 그 자체였다. 일단 옆에서 지켜본 바로는 수업 준비는 착실하게 해오는 듯했다. 하지만 정작 날 놀라게 한 것은 정말 기이한 린지의 수업 태도였다.

린지는 수업 내내 노트북에 두 개의 창을 띄워놓는다. 오른쪽 창은 브리프해온 그날 수업 내용이고 왼쪽 창은 인터넷에 연결된 십자말풀이 퍼즐이었다. 수업 내내 린지는 퍼즐에 조용히 그러나 미친 듯이 열중했다. 간혹 가다 퍼즐이 잘 안 풀리면 신경질이 난 듯 조그맣게 탄성을 내뱉기도 하고 내게 장난을 걸어오기도 했다. 또 가끔은 인터넷 메신저창을 띄워놓고 누군가와 채팅을 하기도 했다. 하지만 그 와중에도 린지는 늘 교수님의 말씀을 경청하고 있었다.

그게 가능한 일인가? 하지만 정말 린지는 퍼즐에 열중하다가도 교수님의 말씀 도중 손을 번쩍 들고서 여전히 모니터의 퍼즐에 시선을 고정한 채 질문을 하기도 했고, 한 손으로는 퍼즐을 맞추면서 눈으로는 자신이 요약해온 내용을 보며 교수님이 강조하시는 부분을 확인하기도 했다. 또 퍼즐에 열중하던 도중, 교수님의 말씀에서 중요하다고 생각되는 것은 자신의 요약물 중 해당 부분을 찾아내어 얼른 적어넣기도 했다. 더욱 놀라운 것은 교수님은 쳐다보지도 않은 채 퍼즐을 맞추며 린지가 던지는 질문들은 하나같이 예리했고, 린지의 입에서 나오는 대답은 틀린 것이 거의 없다는 사실이었다. 이제까지 한국과 미국의 갖가지 수업을 거치면서, 수업 시간에 다른 책을 펴놓거나 딴 짓에만 몰두하는 학생들은 봤어도, 수업 시간에 딴 짓을 하면서 수업을 듣고 거기다가 그 둘 모두를 제대로 하는 경우는 린지가 처음이었다. 어쨌든 다른 학생들은 모르겠지만 린지가 수업 시간에 어떤 기행을 보이는지 아는 나에게 린지는 가장 유력한 경쟁 상대로 지목되었다.

그 밖에도 우리 섹션에는 두각을 나타내는 학생들이 몇 명 더 있었다. 언젠가 피터는 내게 주위를 둘러봐서 나보다 똑똑해 보이는 학생들이 여덟 명이 넘는다면 A학점을 기대하는 건 힘들 것이라고 말했는데, 나의 분석에 따르면 그 여덟 자리 중 이미 반 정도는 확실히 채워져 있는 것 같았다.

하지만 교수님들의 말씀에 따르면 우리의 이런 분석은 대부분 정확하지 못하다고 한다. 즉 수업 시간에 여러 모로 두드러지는 학생들의 경우 막상 첫 학기 성적이 나와보면 기대와는 전혀 다른 학점을 받는 경우가 많고 반대로 강의실 어디에 앉아 있는지도 모를 만큼 존재감 없는 학생들이 높은 학점을 받는 일이 로스쿨에서는 일반적이라고 한다. 생각해보니 며칠 전 재섭이 형도 나에게 비슷한 충고를 해주었다.

"로스쿨에는 두 개의 경쟁이 동시에 진행되고 있어."

재섭이 형은 두 눈을 번뜩이며 무슨 밀고라도 하듯 말했다. 그러고는 두 팔을 앞으로 곧게 뻗어 오른팔이 왼팔의 위에 오게 하더니 말을 이었다.

"하나는 위로 드러나 있는 경쟁 즉 오른팔이고, 다른 하나는 이 왼팔, 즉 밑에 깔려 있어 안 보이는 경쟁이지. 보이는 것만 믿으면 아마 큰코다칠 거야. 너 아까 답을 알고 있는데도 망설이다가 대답을 안 한다고 그랬지? 아마 너 말고도 많은 애들이 무슨 이유에서든 나서는 것을 망설이고 있을지 몰라. 어떤 애들은 의도적으로 자신의 실력을 다 보여주지 않고 뒤에서 모든 걸 지켜만 보고 있을걸? 어둠 속에 숨어 표적을 찾는 닌자처럼 말야. 하하하. 그러니 정작 조심해야 할 것은 바로 아래에 놓인 이 왼손, 보이지 않는 경쟁이야!"

로스쿨 공부와 치킨 요리

로스쿨 학생들과 가장 많은 시간을 보내는 세 사람은 '이매뉴얼(Emanuel)' '길버트(Gilbert)' 그리고 '도서관 경비 아저씨'라는 소리가 있다. 이매뉴얼과 길버트는 참고서 이름인데, 로스쿨 학생들이 가장 많이 하는 일이 도서관에 앉아 책, 특히 참고서와 씨름하는 것임을 표현한 것이다. 나 또한 참고서에 의존하여 공부하곤 하는데 교수님 중에는 이런 참고서를 이용하지 말라고 하시는 분도 계신다. 참고서로 공부를 하다보면 스스로 생각하는 능력을 기르지 못하고 그저 참고서에 쓰인 케이스를 달달 외울 뿐이기 때문이다. 하지만 교수님의 그 충고를 곧이곧대로 따르는 순진한 One L들을 찾아보기란 힘든 것 또한 사실이다.

언젠가 로스쿨의 기말시험에 대해 설명을 하던 한 학원 강사는 이런 말을 한 적이 있다.

"로스쿨은 게임이고, 모든 게임에는 룰이 있습니다. 이 로스쿨 게임에서 그 룰을 빨리 깨닫는 자가 게임을 지배하게 되는 것이죠."

지나치게 속물 같은 소리로 들릴지 모르나, 사실 이것이 전적으로 틀린 말은 아닌 것 같다. 내가 깨달은 로스쿨 게임의 룰 중 하나는 모든 참고서를 최대한 이용해야 한다는 것이다. 물론 다른 학생들도 모두 참고서의 도움을 받기 때문에 참고서로 공부를 한다고 해서 수업에서 두각을 나타낼 수 있는 것은 아니다. 하지만 수업 시간에 모든 학생들이 참고서에 실린 예리한 분석과 논리를 마치 자기 것인 양 이야기하는데 혼자만 그것을 모르고 있다면 무척 당황스럽고 위축될 수밖에 없다. 그렇기 때문에 참고서를 봐야 하는 것이다. 하지만 일부 교수님들의 의견처럼 지나치게 참고서에 의존하는 것이 나중에는 분명히 부정적으로 작용할 것이라는 점은 틀림없다. 언젠가 한 교수님은 다음과 같은 말씀을 하셨다.

"저명한 한 교수님께서는 로스쿨에서의 공부가 치킨을 요리하는 것과 같다고 하셨습니다. 뚱딴지같이 웬 치킨인지 나도 잘 모르겠지만 결국 이 말은 학생들이 케이스를 직접 '느껴봐야' 한다는 것입니다. 치킨 요리를 생각해보세요. 치킨 요리에는 손이 많이 갑니다.

손으로 치킨을 계속 만지면서 느껴야 비로소 요리가 완성됩니다. 케이스 분석이 바탕을 이루는 로스쿨 공부도 마찬가지입니다. 학생들이 직접 케이스를 읽으며 그것을 느껴봐야 합니다. 참고서에 요약된 내용 몇 줄만 읽고 핵심을 알게 된다고 끝나는 게 아닙니다. 여러분에게 참고서를 절대 이용하지 말라는 말은 하지 않겠습니다만, 어렵더라도 스스로의 힘으로 매일 케이스를 읽고 브리프하려고 노력해보세요. 바로 그러는 과정에서 케이스 분석 능력과 기말고사를 대비한 글쓰기 능력이 자연스럽게 길러지는 것입니다."

논점을 만드는 기계

살인적인 공부량과 스트레스에 무감각해진 학생들만큼이나, 교수님들 또한 학기 초와는 달리 강의실에 들어오시기가 무섭게 곧바로 수업의 한가운데로 들어가버리셨다.

불법행위법에서 다룬 몇 번째인지도 모를 케이스 중 스키장에서 부상을 입은 스키어에 관한 것이 있다. 한 스키장의 시즌권을 구입하여 스키를 즐기던 원고는 어느 날 스키장 슬로프에 있는 쇠기둥에 충돌하여 심한 부상을 당했고 안전관리에 소홀한 스키장의 과실를 물어 소송을 진행했다. 하지만 스키장 측에서는 시즌권 뒷면에 '스키장 측은 슬로프에서 발생하는 스키어들의 부상에 아무런 책임이 없다'는 계약 조항이 있음을 근거로, 시즌권을 사서 스키장을 이용하는 스키어들은 부상에 대한 위험을 감수한 것이며, 더 나아가 이런 위험에 대한 감수는 계약 조항에 나타나 있듯이 이미 합의가 된 것이라는 주장을 폈다.

"캐서린, 제가 지난주에 설명했던 판결의 정책적 근거들(policy reasons)을 기억하나요? 만약 학생이 지금 이 스키어의 변호사라면 어떤 정책적 근거들을 들어 변론을 펼칠 건가요?"

불법행위법 교수님은 사회 정책적 이유를 들어 기계적으로 논점을 강하게 만드는 연습을 강조하시는 분이다. 좀 더 적극적으로 피해자의 이익을 강조하는 측면의 논리 묶음인 A side arguments와, 좀 더 자유방임적인 성격의 또 다른 논리 묶음인 B side arguments를 제시하시며, 새로운 케이스를 공부할 때마다 이 상반되는 논리들에 케이스의 구체적인 사실들을 대입시켜 논점을 기계처럼 뽑아낼 것을 주문하셨다. 왜냐하면 로스쿨에 갓 입학한 학생들이 자유롭게 만들어낸 논점은 논점이라기보다 개인의 판단에 근거한 의견에 가까워서 연습이 필요하기 때문이다. 물론 판사가 내리는 판결은 철저하게 '법적 판결'에 국한되지만, 그러한 판결을 내릴 때에도 법 이외의 여러 도덕적 가치나 사회 정책적인 면을 고려하게 되므로, 교수님은 이런 사회 정책적 근거들을 들어 논점을 만들도록 요구하시는 것이다.

‘법대로 하라’는 말이 있다. 그리고 이 말은 아마도 법조문에 적혀 있는 내용을 글자 그대로 엄격하게 해석하여 적용하라는 의미일 것이다. 하지만 엄격한 법의 무조건적인 적용이 언제나 정의롭고 공평한 결과를 낳는 것은 아니다. 미국의 건국과 사법 제도의 근간을 만드는 데 많은 공을 세운 벤자민 프랭클린은 바로 이런 점을 헤아려 “가장 엄격한 법은 가장 불공정하고 정의롭지 못한 것이 될 수 있다”고 하였다. 따라서 법의 해석과 적용은 그 무엇보다도 유연해야 하고 여러 가지 요소들을 복합적으로 고려해야 하는 것이다.

그 이유는 일단 법 조항의 성격 때문이다. 예를 들어 다음과 같은 법 조항이 있다고 가정해보자. ‘인간의 목숨을 빼앗은 사람은 30년형에 처한다.’ 아마 이런 단순한 법 조항은 ‘법대로’ 해석하고 판결을 내리기에 가장 쉬운 것처럼 보인다. 하지만 이 법 조항 역시 그 해석과 적용이 간단치만은 않다. 인간이라 하면 무엇을 뜻하는가? 산모 뱃속의 태아도 인간으로 해석할 수 있는가? 목숨을 빼앗는다는 것은 무엇을 의미하는가? 뇌사상태도 목숨을 빼앗긴 것으로 해석할 수 있는가? 또한 의도하지 않은 살인과 악의적 계획에 의해 범한 살인을 같은 죄질로 취급할 수 있는가? 생활고에 시달리다못해 어머니가 아이를 안고 동반자살을 시도하였는데 결국 아이만 죽었을 때 그 어머니를 원한에 의해 계획적으로 사람을 살해한 자와 동일하게 위의 ‘법대로’ 판결해야 하는가? 아마도 대부분 그런 판결은 합리적이지 못하다고 생각할 것이다. 즉 '법대로 판결하라'는 말은 법조문 글자 그대로 판결하라는 말이 아니라 모든 상황과 정황을 고려하여 합리적으로 판결하라는 말로 이해되어야 한다.

따라서 교수님은 법적 책임을 강하게 묻는 입장을 가진 사람들이 펼칠 수 있는 여러 가지 논리와, 강력한 법적 책임을 묻는 것에 반대하는 사람들이 그 하나하나의 논리에 대하여 펼칠 수 있는 반론들을 가르치셨다. 그리고 그런 수십 개의 논리 샘플을 수업에서 다루는 모든 케이스에 적용하여 논점을 집어내도록 우리들을 훈련시키셨다. 즉 교수님은 캐서린에게 스키어의 입장에서 왜 스키장 측이 그들 과실에 대해 법적 책임을 져야 하는지를 주장해보라고 요구하신 것이다.

"첫번째, 도덕적 측면에서 스키장의 책임을 물을 수 있습니다. 즉 무고한 두 사람 중 어느 한편이 피해를 입었다면, 본의 아니게 피해를 준 다른 사람이 그 피해에 대해 보상해야 한다는 것입니다. 이 케이스에서 스키장 측은 스키어들의 부상을 원하지 않았고 슬로프 설계 등에서 어떤 고의성도 없었습니다. 그러나 스키어 또한 그 슬로프에서 스키를 탔을 뿐 술을 마신 뒤 스키를 탔다거나 아니면 자신의 수준에 맞지 않는 슬로프를 무리하게 탔다는 등의 스키어 과실에 대한 증거 또한 없습니다. 즉 스키어와 스키장 모두 아무런 과실이 없지만 그렇다 하여도 스키어가 입은 부상에 대해서 스키장 측은 도의적 측면에서 보상을 해야 합니다."

"좋아요. 스키어가 펼칠 수 있는 또 다른 주장은 어떤 게 있나요?"

"스키어는 스키장 측이 스키어들을 위험에 노출시킴으로써 부당하게 이익을 취하고 있다고 주장할 수 있습니다. 즉 스키장 측이 슬로프 내 안전시설에 적당한 투자를 하지 않고 슬로프를 위험한 상태로 방치시킨 채 스키어들에게 시즌권을 판매하여 부당한 이익을 얻고 있다는 것입니다."

"아주 잘했어요. 또 다른 주장들이 있나요? 계속해보세요."

"스키어 측은 판사의 강제적 개입을 요청할 수 있습니다. 사람들은 가끔씩 자신의 이익에 반하는 현명하지 못한 선택을 하기도 합니다. 원고가 이와 같은 선택을 한 경우 원고의 이익을 위해 판사가 개입해야 합니다. 즉 이 케이스에서 스키어는 슬로프에서 일어나는 모든 사고에 대해 스키장 측에 책임을 묻지 않는다는 계약 조건이 적혀 있는 시즌권을 구입하였지만 이는 자신의 이익에 반하는 현명하지 못한 선택이었습니다. 하지만 이런 선택에 대해 단순히 원고의 책임이라 말할 것이 아니라 스키장 측이 계약 전 이런 정보를 얼마나 적극적으로 구매자에게 알렸는지, 과연 구매자들이 이 조항을 읽어보고 그 조항이 자신들에게 끼칠 영향을 인지할 만한 지적 수준을 갖추고 있는지와 같은 여러 가지 사항들을 따져봐야 할 것입니다. 따라서 스키어는 이런 모든 사항들과, 사람들이 때때로 자신의 이익에 반하는 선택을 하는 것은 지극히 빈번히 발생하는 일이며 예상 가능한 일이라는 것 모두를 고려하여 원고의 이익을 되찾아줄 것을 판사에게 요청할 수 있습니다."

교수님이 예시해주셨던 논리 틀을 거의 완벽하게 이 케이스에 적용시키고 있는 캐서린을 보면서 교수님은 만족스럽다는 듯 웃으시며 계속해보라고 손짓을 하셨다.

"또한 스키어는 판사에게 이 사건을 사회의 경제적 측면에서 고려해줄 것을 요청할 수 있습니다. 무고한 두 사람 사이에서 발생한 경제적 손실에 대해서는 그것을 보상할 경제적 능력이 있는 사람에게 책임을 물어야 합니다. 심각한 부상을 입은 이 스키어 개인에게는 치료비 등의 경제적 부담이 상당히 큰 것입니다. 하지만 스키장은 시즌권의 가격을 아주 조금 올리는 식으로 경제적 손실을 쉽게 분산시킬 수가 있습니다. 그러므로 이 케이스에서 부상을 당한 스키어와 스키장 모두 무고하다 할지라도 이미 발생한 손실을 더 쉽게 만회할 수 있는 능력을 가진 스키장 측이 경제적 책임을 져야 합니다.

또한 이 케이스에서 스키장 측에 책임을 물을 경우 이 판결은 훗날 모든 스키장이 자신들에게 발생할지도 모르는 손실을 예방하기 위하여 스키장 내 안전장치를 자발적으로 설치, 강화하도록 장려하는, 다시 말해 스키장을 위험한 상태로 방치하는 것을 미연에 방지하는 결과를 낳을 수 있습니다. 그리고 이러한 현상은 사회 전체적으로 발생할 수 있는 경제적 손실을 보다 낮은 수준의 비용으로 예방해주므로 스키장 측의 보상이 그 사회의 경제적 측면에서도 이익이라는 것이 저의 주장입니다."

"잘했어요, 캐서린. 그런데 제가 예시한 사회 정책적 이유들이 몇 개 더 있을 텐데요? 그 중 하나 정도만 더 적용해보겠습니까?"

"스키어가 펼칠 수 있는 또 다른 주장으로는 슬로프에서의 스키어 부상은 당연하게 예상되는 것인데 이에 대해 스키장 측이 책임을 회피하는 것은 자신들이 안전장치 등에 투자해야 할 비용을 스키어들에게 전가하는 것이라는 주장을 펼칠 수 있습니다."

"흠. 그건 이제껏 발표했던 주장과 비슷한 것이기는 하지만 어쨌든 잘했습니다. 자, 그럼 캐서린, 이제는 반대로 스키장 측의 입장에서 변론해보세요."

순간 캐서린은 약간 당황스러운 표정을 지었다. 아마도 자신이 펼친 주장을 그 자리에서 곧바로 자신이 다시 공격해야 하는 모순 때문이 아닐까?

"왜 머뭇거리나요? 이제껏 한 대로 제가 예시했던 논리 샘플들을 이 케이스에 적용하면 조금 전 본인이 주장한 모든 논리에 대응하는 논리를 다시 펼칠 수 있을 텐데요?"

"하지만 제가 주장한 것을 제가 공격해서 깨부순다는 것이 좀 이상해서요. 그리고 저는 이 케이스에 대해 개인적으로 스키장 측에 책임을 묻는 것이 마땅하다고 믿고 있습니다."

순간 교수님은 재빠르게 캐서린의 말을 가로채시며 단호하게 말씀하셨다.

"캐서린? 그것이 무엇이든 변호사에게 본인의 믿음은 별로 중요하지가 않습니다. 변호사의 역할은 정의 구현이 아니라 이 사회 모든 사람들의 법적 권리를 대변해주는 것이기 때문이에요. 그렇기 때문에 변호사에게는 착한 사람과 나쁜 사람의 구분 또한 없어야 합니다. 나쁜 일을 저지른 사람의 죄를 덮어주라는 것이 아니라 그 사람이 저지른 죄에 대해서는 법적 책임을 묻되, 동시에 그 사람이 누릴 수 있고 누려야 하는 법적 권리는 지켜줘야 하는 것입니다. 그리고 그것이 변호사의 역할이고요. 알겠습니까?"

"하지만……."

캐서린이 계속 망설이자, 교수님은 상기된 표정으로 거의 소리치듯 말씀하셨다.

"변호사는 어떠한 상황에서도 논점을 만들어내야 합니다. 그게 변호사가 할 일이고 지금 여러분이 이곳에서 연습해야 하는 것입니다. 자, 캐서린, 빨리 스키장 측을 변호해보세요!"

교수님의 독촉에 캐서린은 못마땅하지만 어쩔 수 없다는 듯이 논점을 만들어내기 시작했다.

"첫번째, 스키어 측 변호사가 도덕적인 면에 근거해서 펼친 주장에 대한 반론으로는, 스키장 측에서 안전장치를 아무리 철저하게 설치하였다 하더라도 스키장 내 사고는 반드시 일어나기 마련이라는 것입니다. 다시 말해 스키장 측이 고의로 피해를 입히지도 않았으니 도덕적으로 비난을 들을 이유는 없는 것인데, 그저 사고가 일어났다는 이유만으로 법적 책임을 묻는 것은 부당하다는 것입니다. 어떤 법적 책임을 묻기 위해서는 언제나 최소한의 도덕적 잘못 정도는 있어야 합니다."

"계속해보세요."

캐서린은 힘없이 자신이 만든 주장을 스스로 계속해서 깨부수기 시작했다.

"모든 사람들은 자의에 의해 선택을 할 권리가 있는 동시에 그에 대한 책임 역시 자신이 져야 할 의무가 있습니다. 그렇기에 설령 사람들이 때때로 자신들의 이익에 반하는 잘못된 결정을 내리더라도 사법부가 나서서 그들을 구해줄 필요는 없는 것입니다. 만약 매번 사법부가 나서서 선택을 잘못한 개인을 구제해준다면 사법부가 도와줄 것을 은근히 기대하면서 부주의하고 무책임한 판단을 해도 되는 분위기를 조장할 것이므로 이는 사회적인 관점에서도 결코 좋지 못한 것입니다."

교수님께서는 고개를 끄덕이시며 계속해보라는 눈짓을 보내셨다.

"스키장 측에 책임을 묻는 것은 경제적인 측면에서도 결코 바람직하지 않습니다. 스키장이 슬로프를 만들고 리프트를 운행하기 위해서 쇠기둥을 세우는 것은 필요에 의한 것으로, 도덕적으로는 아무 문제가 없는 행동입니다. 하지만 이렇게 도덕적으로 어떤 문제도 없는 행동에 대해서도 책임을 져야 한다면 스키장 사업이 위축되고 심한 경우 결국은 모든 스키장이 폐업할 수 있기 때문에 이는 사회의 경제적 측면에서도 큰 손실입니다. 또 이러한 경제적 비용 때문에 스키장은 정작 그 비용이 쓰여야 할 다른 곳에 투자를 하지 못하게 되므로 스키장에 일종의 세금을 부과하는 역효과도 나타날 것입니다. 이 역시 경제적 측면에서 보면 손실입니다. 또 스키장 측에 그렇게 무조건적인 책임을 묻는다면 사람들은 스키를 탈 때 자신의 안전을 신경 쓰지 않을 것입니다. 왜냐하면 다치기만 하면 무조건 스키장에서 보상을 해주기 때문이죠. 이는 사회 경제적인 측면에서 보면 일어나지 않아도 되는, 방지할 수 있는 손실을 발생시키므로 결코 바람직하지 못합니다."

"그게 다인가요? 법 집행 측면에서는 어떠한 주장을 펼칠 수 있나요?"

캐서린은 기어들어가는 목소리로 말을 이어갔다.

"엄청난 수의 사람들이 스키장에서 스키를 즐기며 그들에게는 모두 잠재적 사고 가능성이 있습니다. 실제로 스키장 내 안전사고는 하루에도 몇 번이나 일어나며 일주일 동안, 한 달 아니 한 시즌 내내 일어나는 그 사고의 수는 헤아릴 수가 없을 정도입니다. 그런데 도덕적으로 아무런 비난의 소지도 없고 또한 과실도 없는 스키장에 사고에 대한 책임을 묻는다면 부상 정도와 상관없이, 심지어는 거짓으로라도 일단 스키어들은 소송을 걸 것이고 수많은 소송이 줄을 이어 법원으로 밀려들게 될 것입니다. 그리고 이런 현상은 한정된 시간과 인력을 가진 법원이 정작 판결을 내려야 하는 중요한 사건에 제대로 신경을 쓰지 못하게 하는 부정적인 결과를 가져올 것입니다."

캐서린이 교수님이 특히 중요하게 여기시는 정책적인 이유를 바탕으로 논점을 무리 없이 잘 만들어서였을까? 교수님은 한껏 상기된 표정으로 온몸에서 에너지를 내뿜으시며 캐서린에게 다시 한 번 방금 펼친 논점을 '또 다시' 뒤집어보라고 몰아붙이셨다. 그러자 캐서린은 기어들어가는 목소리로 울먹거리며 입을 열었다.

"교수님…… 너무 몰아붙이지 마세요. 저는 그저 조그만 여자아이라구요……."

순간 교수님의 표정은 '멍'해졌다. 교수님 자신은 너무 흥분해 있어서 미처 파악하지 못하셨겠지만(혹은 알고 계셨더라도 신경 쓰지 않으셨겠지만) 교수님의 강압적 요구에 이미 강의실 분위기는 썰렁해질 대로 썰렁해져 있었다. 교수님은 무언가 할 말이 남아 있는 듯했지만 잠깐 쉬자며 강의실을 빠져나가셨고, 순간 학생들의 웅성거리는 소리가 강의실을 가득 메웠다. 나는 곧 스스로에게 질문을 던져 보았다. 과연 내가 믿는 가치가 사건 의뢰자의 입장과 다르다면 어떻게 해야 하는가? 개인적 소신보다 직업적 사명감이 앞서야 할까? 중심 없이 의뢰인에 따라 내 가치관도 계속 뒤집어져야 하는가? 변호사는 자신의 소신과는 상관없이 어느 편에 서더라도 그럴듯한 논리를 만들어내야 하는 것일까?

로스쿨의 '훈련'에 대해서도 회의가 들었다. 자신이 만든 주장을 자신이 반론한다는 것은 좀 너무하지 않은가? 게다가 사실 캐서린은 교수님이 제시하신 논리 틀에 알맹이를 집어넣은 것뿐이니 엄격하게 말해 캐서린 자신이 만든 논리도 아니니다. 그러니 지금과 같은 훈련을 3년 동안 한 변호사들이 언제 어떤 상황에서도 그럴듯한 논리를 만들어내는 것은 너무도 당연한 결과일 것이다.

스키어, 스키장 측 모두 설득력 있는 주장을 펼칠 수 있었던 위의 케이스에서도 볼 수 있듯이, 사실 사회 정책적인 측면에서의 논점들에 정답은 없다. 그럼에도 불구하고 법적인 측면에서의 논점에 그러한 논리들을 추가하여 자신의 논리를 더욱 설득력 있게 만드는 것이 과연 무슨 의미가 있을까? 로스쿨 입학 직후부터 쏟아진 방대한 공부량과 요구 사항들 때문에 나 자신의 실력과 한계를 고통스럽게 느끼기에 바빠서 그동안 생각할 겨를도 없었던 이런 고민이 이 수업을 기점으로 시작된 것이다.

로스쿨 수업 속으로

볼펜 세대 v. 노트북 세대

간혹 예전 대중가요에 비해 요즘 유행가의 가사는 지나치게 감각적이고 가볍다는 느낌을 받곤 한다. 유행가라는 것이 시대를 잘 반영하는 것이니 요즘 젊은이들이 과거의 젊은이들보다 즉흥적이고 감각적이라고 결론을 내린다면 지나친 비약일까?

언제나 그랬듯 팽팽한 긴장감이 감도는 강의실에는 교수님의 차분한 질문과 이어지는 학생의 답변, 그리고 그 문답 과정을 하나도 빠뜨리지 않으려는 학생들의 노트북 키보드 두드리는 소리만이 가득했다. 빠르게 진행되는 수업을 통해 타이핑 속도들이 향상된 것일까? 교수님이 한 마디 한 마디 꺼내실 때마다 즉각적으로 학생들의 타이핑 소리가 요란스럽게 튀어나왔다.

"Implied Warranty of Habitability에 대해서는……."

교수님이 말씀을 꺼내시자마자 학생들은 또 다시 즉각적으로 손가락을 움직였다.

"다다다다닥!!!"

순간 유난히 컸던 타이핑 소리에 교수님은 움찔 놀라시며 말씀을 계속 이으려 하셨다.

"일단……."

"다다다다닥!!!!"

"무엇보다도……."

교수님은 학생들의 이런 즉각적인 반응을 질책하시듯 눈을 흘기시며 계속 말씀을 이어가셨다.

"브라운 v. 사우스홀 (다다닥) 케이스부터 (다다다다닥) 시작 (다다닥) 해야겠죠. (다다다다다닥)"

교수님의 말씀이 한두 단어를 넘어서면서 교수님의 목소리와 학생들의 키보드 두드리는 소리가 뒤섞여, 너무나도 익숙한 하모니를 만들어내고 있을 때였다.

"이런! 여러분은 내가 하는 말 토씨 하나까지 다 받아 적을 생각입니까?"

교수님께서는 매우 불만스러운 표정을 지으시며 학생들을 향해 언성을 높이셨다.

"여러분이 MTV 세대라 그런지 아니면 첨단 기술 때문인지 몰라도 학생들의 사고력은 점점 형편없어지고 있습니다. 수십 년 동안 로스쿨에서 강의를 해왔는데, 매년 신입생들을 접하면서 느끼는 것은 해가 갈수록 학생들의 입학 성적은 꾸준히 오르는 반면 내가 수업 시간에 피부로 느끼는 학생들 사고의 깊이는 갈수록 얕아지고 있다는 것입니다. 지금만 해도 그렇습니다. 그놈의 노트북이 여러분의 필기 속도를 향상시켜주는 바람에 여러분은 그저 생각 없이 수업 시간에 오가는 모든 말을 다 받아 적고 있는데, 손으로 필기할 때를 생각해보세요. 중요한 것들을 중심으로 본인이 일단 생각을 해보고 요약을 해서 필기를 하지 않았던가요? 기계처럼 생각 없이 키보드나 두드리면서 열심히 공부하는 양 흉내만 내지 말고, 실제로 머리를 좀 써서 생각을 하세요, 생각을!"

나 역시 어느 순간부터 강의실에 노트북을 들고 들어와 강의실 위를 떠다니는 모든 정보를 최대한 빠짐없이 적어내기 위해, 마치 기록을 위해 강의실에 앉아 있는 듯 노트북을 두드려댔다. 하지만 그 녹취록을 만들어놓고 뿌듯해한들 그것 자체가 내 지식이 아니라는 건 너무도 자명한 사실이 아닌가. 물론 처음에는 그 녹취록을 바탕으로 다시 한 번 수업 내용을 정리해야지 생각했지만, 그렇게 다시 꼼꼼히 볼 시간이 결코 없다. 게다가 로스쿨 시험이나 더 나아가 변호사에게 요구되는 능력은 귓등을 스치는 정보와 이야기들을 잡아내어 쓸모 있는 몇 가지 개념으로 만들어내는 사고력이지, 오만 가지 잡다한 것들의 완벽한 나열이 아닌 것이다.

나와 몇몇 학생들은 다시 노트와 볼펜을 들었다. 물론 어떤 정보를 놓치고 지나가는 것이 아닐까 불안감도 생겼지만 그렇기에 오히려 수업 시간에 더 집중할 수 있었다. 그러고 보니 나와 같이 노트 필기로 회귀한 에이미는 대학 졸업 후 초등학교에서 수년간 학생들을 가르친 경력이 있는 친구로, 나와 더불어 82년생이 주축이 되는 우리 섹션의 평균 연령을 높이는 학생 중 한 명이었다. 물론 네댓 살배기 딸이 있는 30대임에도 누구보다 열심히 노트북을 들고 다니는 레니 아저씨도 있었지만, 노트북 대신 다시 노트와 볼펜을 잡은 학생들은 대부분 우리 섹션의 평균 연령을 높이는 사람들이 아닌가 싶어 잠깐 서글퍼졌다.

합리적으로 생각해볼 때 충분히 예측 가능한 사건(Reasonably Foreseeable Event)

오전의 불법행위법 수업이 끝나고 점심시간이 되었지만 나는 강의실에 그대로 남아 다음 시간인 공포의 형법을 준비하고 있었다. 학기 초와 달리, 강의실에 남아 다음 수업을 준비하며 가져온 빵으로 점심을 대충 때우는 학생들의 수는 몇 배로 늘어나 있었다. 형법이 뭐길래!

그렇게 형법 책을 보고 있을 때, 강의실에 남아 학생들의 질문에 답을 해주시던 불법행위법 교수님이 남아 있는 학생들 전체에게 수업 평가를 부탁하셨다. 특히 수업 내용이 어려운지, 수업의 진행 속도가 빠르지는 않은지를 대답을 꺼리는 학생 한 명 한 명에게 집요하게 물으셨다. 내 앞에 있던 에이미는 수업 내용도 이해하기 쉽고 진행 속도도 적당해서 별 문제 없다고 대답했다. 과연 우리 섹션에서 수업 시간에 가장 많이 나서는 학생답게 자신감이 넘쳤다. 하지만 교수님의 얼굴은 어쩐지 그리 만족스러워 보이지 않았다.

같은 질문을 받은 학생들 모두가 그냥 짧게 '괜찮다'고 대답했으나 교수님의 표정은 역시 불만족스러웠다. 교수님이 내게 질문을 던지셨을 때 나는 잠시 고민에 빠졌다. 솔직하게 "수업 내용은 어려워도 공부할 만하지만 진도 나가는 속도가 너무 빠르고 읽을 분량이 너무 너무 많아서 고생스러워 죽겠다"고 말할까 하는 생각이 들었지만, 굳이 나만 튀는 소리 하고 싶지 않아서 짧게 '괜찮다'고 대답하고는 시선을 다시 형법 책에 고정시켰다. 그 후 내 뒤에 있던 몇 명의 학생들도 대략 같은 반응을 보였다. 잠시 후, 강의실 분위기가 썰렁해진 듯하여 고개를 들어보았더니 교수님은 깊은 실망에 빠진 듯한 표정을 짓고 계셨다.

"글쎄요, 나는 언제나 로스쿨 신입생들에게 약간의 도전 욕구를 일으켜주고 싶어합니다. 여러분에게도 마찬가지를 목표했었는데 내 수업이 뭔가 부족했나보군요."

한숨을 내쉬며 말씀하시고는 갑자기 음흉한 미소를 지으시면서 다음과 같이 짧게 말씀하셨다.

"알겠습니다. 여러분의 의견을 적극 수렴하기로 하지요."

'이런!'

순간 나를 비롯한 몇 명의 학생들은 우리가 방금 대단히 큰 실수를 저질렀음을 본능적으로 느낄 수 있었다. 그리고 실수의 대가는 불과 며칠 뒤에 그 잔인한 모습을 드러냈다. 불법행위법 수업의 속도가 예전과는 비교할 수 없을 정도로 빨라진 것이다. 지난주까지만 하더라도 1시간 45분의 수업 시간 동안 한두 개의 케이스만을 집중적으로 다루었지만, 이제는 케이스 각각의 핵심적인 사항만을 다루시고는 이내 다음 케이스로 넘어가버리시는 게 아닌가! 그렇게 정신없이 수업이 진행되다 10분간의 휴식 시간이 주어지면 주위의 많은 학생들은 곧바로 책상에 엎드려 토막잠을 청하기 시작했다. 아마 주말에도 예습하느라 제대로 쉬지 못했나보다. 정말 한국의 고3 교실 풍경이 따로 없었다. 20대의 다 큰 여학생들이 책상에 엎드려 피곤한 기색으로 잠을 청하는 것은 인디애나 대학 시절에는 상상도 할 수 없었던 일이었는데 여기서는 너나없이 아무렇지도 않게 하는 일이니 말이다.

하지만 더욱 충격적인 사건은 불법행위법 수업이 끝날 때쯤 일어났다. 누군가 강의실 문을 노크하더니 곧 너덧 명의 교직원들이 웬 큰 박스를 하나씩 들고 줄줄이 강의실로 들어오는 것이었다. 그 박스들이 교수님 옆에 차례차례 놓이자, 교수님은 예의 그 음흉한 미소를 다시 한 번 머금고 말씀하셨다.

"여러분, 제가 여러분에게 드리는 선물입니다. 아무쪼록 마음에 들었으면 좋겠네요. 한 명씩 차례로 나와서 박스에 담긴 각각의 자료들을 한 부씩 가져가도록 하세요."

영문을 모르는 학생들은 웅성거리기 시작했고, 이내 그 박스 안에 들어 있는 자료들의 실체를 알게 되었을 때 강의실 안 이곳저곳에서는 탄성이 터져나왔다. 자료란 것은 수십 장의 '종이 뭉치'였는데 한 장 한 장 넘겨보니 각 페이지는 깨알 같은 글씨로 빽빽이 채워져 있었고, 100장이 족히 넘어 한 손으로 쥐기도 힘들 정도의 분량이었다. 그런 종이 뭉치가 한 사람당 네 개나 주어진 것이다.

"그 자료들은 수업 교재에서 다루지 않는 가장 최근의 케이스들을 모은 겁니다. 어떤 케이스를 읽어와야 하는지 수업 진도에 맞춰서 적어놓았으니 빠짐없이 읽어오도록 하세요. 그 자료들은 그저 참고용이 아니라 수업 시간에 반드시 다루게 될 것입니다."

교수님은 그렇게 몇 마디를 던지시고는 훌쩍 강의실을 떠나버리셨다. 강의실에 남은 학생들은 왜 갑자기 이런 날벼락이 떨어졌는지 도저히 이해가 안 된다는 표정으로 그저 망연자실하여 앉아 있을 수밖에 없었다. 이 사단을 제공한 나와 몇 명의 학생들은 서로 얼굴이 마주칠 때마다 무언의 약속을 주고받았다. 지난 점심시간 교수님과의 대화에 대해서는 영영 함구하자고 말이다. 불법행위를 범했는지 범하지 않았는지 그 기준이 되는 것은 과연 그 피해가 합리적인 사회 구성원이 일반적으로 예측할 수 있는 것(reasonably foreseeable event)인지의 여부이니, 만약 나머지 친구들이 지난주 우리가 교수님께 저지른 크나큰 실수를 알게 된다면 불법행위를 범했다며 우리를 고소할지도 모른다고 생각해서였을까?

나무와 숲을 동시에 보라

로스쿨 생활 3, 4주차가 되면 학생들은 이제 좀 익숙해져 공부할 만하다고 느끼게 되지만, 이내 그런 생각이 착각이었음을 깨닫게 된다고 한다. 짓궂은 민사소송법 교수님이 말씀하셨다.

"불법행위법 교수님이 여러분에게 저지른(?) 일은 잘 들었습니다. 저도 가만있을 수는 없지요. 로스쿨 3, 4주차부터는 진도에 속도가 붙게 되어 있어요. 이제부터 여러분은 케이스 브리프를 통해 하루하루의 수업을 준비해야 할 뿐만 아니라 그 케이스가 큰 범주

어디에 들어가는지, 자신이 지금 공부하는 것이 한 학기 동안 공부할 큰 그림 중 어느 부분을 차지하고 있는지 전체를 크게 볼 수 있어야 합니다. 그렇다고 이제 매일의 수업 준비는 소홀히 해도 된다는 소리는 절대 아니라는 것, 잘 알고 있겠죠? 하하하. 자, 그럼 오늘 수업은 얼마나 잘 준비해왔나 봅시다. 베럼?"

내 옆에 앉은 베럼이 호명되자 순간 나는 무의식적으로 움찔거렸다.

"베럼? 인터내셔널 슈(International Shoe Co.) 케이스에서 문제가 되고 있는 사실관계를 말해보겠습니까? 사실 이 회사는 회사 이름부터 문제가 있어요. 신발을 한 짝만 파는 것도 아니고 '슈'가 뭡니까, '슈'가. '슈즈'면 몰라도. 하하하. 어쨌든 베럼, 무엇 때문에 이런 재판이 이루어지게 되었습니까?"

인터내셔널 슈 케이스(*International Shoe Co. v. State of Washington 326 U.S. 310 1945*)는 실제 많은 재판에서 자주 인용되는 케이스로 민사소송법 과목에서 가장 중요한 케이스 중 하나이다.

"이 케이스에서 인터내셔널 슈 회사가 워싱턴 주에서 자신들의 물건을 판매하는 상인들에게 지불하는 수수료에 대해 워싱턴 주는 세금을 부과하려고 하였습니다. 그러자 조지아 주를 사업 거점으로 삼고 있는 인터내셔널 슈는 워싱턴 주가 그런 세금을 거둘 자격이 없다며 소송을 건 것입니다."

"음, 좋아요. 먼저 이 케이스는 어떤 성격의 재판을 다루고 있습니까? 이 케이스에서 가장 먼저 떠올려야 할 것이 무엇이지요?"

교수님의 질문에 베럼은 자신이 외우고 있는 이 케이스의 아주 구체적인 내용들, 즉 회사 사무실이 워싱턴에 위치하고 있는지, 이 회사의 제품을 워싱턴 내에서 판매한 상인들이 이 회사에서 고용한 사원들인지와 같은 세부 사항들을 언급하며 답해보려고 했지만, 안타깝게도 그런 구체적인 사항들은 교수님이 원하는 답이 아니었다.

"너무 어렵게 생각하지 말아요. 이 케이스와 관련해서 첫번째로 떠올려야 하는 것은 주법원이 과연 해당 주에 위치하고 있지 않은 회사를 자신들의 법정에 세울 수 있는지의 여부입니다. 자, 그럼 인터내셔널 슈는 왜 워싱턴 주가 자신들에게서 세금을 거둘 자격이 없다고 주장하고 있나요?"

"글쎄요, 조지아 주를 주요 활동 무대로 삼고 있는 회사이기 때문이 아닐까요?"

"맞아요, 이 회사는 워싱턴 주가 아닌 조지아 주에서 사업을 하고 있습니다. 그렇다면 이 회사는 워싱턴 주와는 아무 관계도 없다고 할 수 있습니까?"

"네, 이 회사는 델라웨어 주에서 설립되어 조지아 주를 주요 사업지로 하고 있기 때문에 워싱턴 주와는 관계가 없습니다."

"오, 그래요? 그러면 이 회사의 신발들은 워싱턴 주에서는 판매가 되지 않았나요?'그것은 회사와 워싱턴 주의 관계라고 할 수 없나요?"

"아니오, 워싱턴 주에서도 판매가 되었지만, 그것은 회사가 직접 나선 것이 아니라 워싱턴 주의 상인들이 개별적으로 판 것입니다."

"음, 베럼? 이 케이스의 이슈가 무엇이죠? 워싱턴 주가 이 회사에 세금을 부과할 수 있는지의 문제는 너무나도 당연한 이슈이니, 그보다 구체적으로 이 케이스의 이슈를 설명해보겠습니까?"

아마도 교수님은 베럼이 열심히 공부는 해왔지만 큰 방향을 설정하지 않은 채 지나치게 세부적인 사항에만 집중해서 공부를 해왔다고 판단하셨는지, 케이스의 구체적인 내용을 다루기에 앞서 일종의 큰 틀을 제시해주시려는 듯했다. 교수님이 묻고 계신 이 케이스의 이슈는 타 주에서 설립되어 타 주에서 주요 사업을 벌이고 있는 회사에 대해 워싱턴 주가 세금을 부과해도 될 정도로 그 회사가 워싱턴 주와 충분한 관계를 맺고 있는지의 여부였다. 즉 베럼이 좀 전에 늘어놓았던 구체적인 사실들, 회사가 어디에서 설립되어서 어디를 주 사업지로 하고 있는지, 이 회사가 워싱턴 주에 사무실은 가지고 있는지, 이 회사 제품을 판매한 워싱턴 주의 상인은 이 회사가 고용한 직원인지 아니면 단지 독립적인 계약으로 물건을 공급하는 사이인지, 각각의 제품은 조지아 주에서 워싱턴 주의 소비자들에게 직접 배송되었는지 등은 '워싱턴 주와 이 회사의 관계'를 따져보기 위해서 필요한 것들이지 그 자체만으로는 별 의미가 없는 사실들인 것이다. 케이스의 아주 구체적인 내용까지도 외우고 있으며 빼곡하게 노트를 정리한 것으로 보아 베럼은 그 누구보다도 많은 시간을 투자해서 공부를 해온 것이 분명했다. 하지만 케이스의 특정 사실이 법적으로 어떠한 의미를 갖는지, 케이스의 큰 그림을 그리지는 못하는 듯했다.

케이스를 공부할 때는 먼저 그 케이스와 관련된 법적 사항들을 정리하여 큰 그림을 그리고, 그 큰 그림의 한 부분 한 부분을 케이스의 세부 사실들과 맞춰보아야 한다. 즉 국어 시간에 하듯 이 케이스의 가장 큰 주제는 무엇이고, 그에 따른 소주제들은 또 어떤 것들이 있으며, 그 각각의 소주제들을 위해서는 어떠한 것들을 살펴보아야 하는지 일종의 개요를 먼저 생각해야 하는 것이다.

케이스 분석에 비유할 수 있는 또 한 가지는 앞서도 언급한 수학 문제의 풀이과정이다. 중고등학교 시절 수학 선생님은 문제의 풀이 과정을 순서대로 적어가시며 문제를 푸셨고 그와는 대조적으로 학생들은 생각나는 대로 끄적거리며 순서 없이 문제를 풀어댔는데, 그 모습은 영락없이 로스쿨의 교수님과 정신없는 우리들이 아닌가.

무계획 무원칙, 닥치는 대로 한다

금요일 2시. 여느 때 같았으면 적어도 이 시간에는 한 주를 마쳤다는 해방감에 긴장이 풀어질 만했지만, 우리에게 그런 사치는 더 이상 허락되지 않았다. 5시까지 재산법 보충수업이 있는 날이었기 때문이다. 굳이 교수님께서 세 시간의 보충수업 자리를 만드신 것은 다 그럴 만한 이유가 있었다. 최근 다룬 케이스들이 학기 초와 달리 마치 실타래가 엉킬 대로 엉켰다는 느낌을 주는 복잡함 그 자체였기 때문이다. 예를 들면 다음과 같다.

"A는 'B에게 그의 일생 동안, 그리고 B가 죽은 뒤에는 C가 영화배우가 되었다는 조건하에 C와 그의 자손에게, 그다음에는 D에게' 토지를 양도한다. 이 양도의 결과는?(A conveys 'to B for life, then to C and his issue if C becomes an actor, then to D.' Result of this deed?)"

문제를 보니 이것에 대해 잠시라도 다시 생각해볼 마음이 싹 가실 정도로 신물이 나지만 그래도 간단히 설명을 하면, 위의 문제는 재산의 양도에서 발생할 수 있는 여러 가지 경우의 수를 보는 것이다. 즉 A는 B에게 B가 살아 있을 동안 어떤 토지에 대한 권리를 가질 수 있게 하고, B가 죽은 뒤에는 C가 영화배우가 되었을 경우에 C와 C의 상속인에게 그 권리를 주고, 그렇지 않은 경우에는 D에게 그 권리를 주기로 했다는 것이다. 글 자체만 읽어보면 이 양도가 간단한 것이라고 생각할 수도 있다. 하지만 B가 죽을 당시 C가 영화

배우가 되어 있는지 아닌지, 더 나아가 C가 살아 있는지, 또 과거 관습법과 오늘날의 현대법에 따라 어떤 경우가 발생할 수 있는지 등 양도에 대해 설명을 하려면 수많은 경우를 전부 다 따져보아야 한다. 학생들의 머리에 과부하가 걸렸다는 것이 느껴질 정도로 강의실에는 열기가 감돌았다. 교수님은 문제에 대한 답을 내놓으시기보다는 먼저 하나하나에 대해 질문함으로써 학생들 스스로 답을 이끌어내도록 하셨는데, 많은 학생들이 제대로 된 답을 내놓기보다는 엉뚱한 답변들을 내놓았기 때문에 세 시간의 보충수업은 학생들에게 오히려 더 큰 혼란을 안겨준 꼴이 되었다. 보충수업이 끝나자마자 강의실 문을 박차고 나온 팀이 화를 내며 소리를 질러댔다.

"도대체 이 수업 왜 한 거야? 내 피 같은 세 시간만 잡아먹었잖아. 저 수업 들어가기 전에 나는 내용을 다 알고 있었고 정리도 잘 되어 있었는데, 오히려 지금 더 혼란스러워졌잖아. 애들은 왜 그렇게 멍청한 질문만 하는 거야? 답변들은 또 그게 뭐고! 짜증나!"

보충수업을 통해 혼란이 가중되기만 했다는 말에는 동의할 수 있었지만, 보충수업에 들어가기 전에 모든 내용을 잘 정리해두었다는 말은 인정할 수 없었다. 본인만 확실히 알고 있으면, 주위 친구들이 어떤 황당한 경우를 아무리 많이 이야기하더라도 흔들리지 않을 수 있기 때문이다. 또 그래야만 정리가 제대로 된 상태였다고 말할 수 있을 것이고 말이다. 그리고 오히려 다른 친구들의 잘못된 문제풀이를 통해 자신의 정리 내용과 문제풀이를 더욱 확고히 할 근거를 얻을 수도 있었을 것이다.

금요일 5시. 머리에는 이미 과부하가 걸렸지만, 터벅터벅 나의 발걸음은 반 자동적으로 도서관을 향하고 있었다. 순간 내 앞을 가로막는 사람이 있어 고개를 들어보니 초췌한 얼굴의 피터가 머리에서 뜨거운 김을 내며 서 있었다. 오랜만에 보는 피터가 내게 공부 잘하고 있냐며 인사를 건넸다.

"말도 마. 다른 과목은 그래도 할 만한데, 불법행위법이 사람 잡는다. 너희 섹션에는 이번에 불법행위법이 없으니 다행인 줄 알아라."

이런 내 말에 피터는 어이없다는 표정을 지으며, 나의 말을 받아쳤다.

"불법행위법이 없어서 다행이라고? 네가 계약법이 어떤지 몰라서 그런 소리를 하는데, 진짜 사람 잡는 건 계약법이야. 넌 이번 학기에 계약법 공부 안 해도 되니 한 학기 거저 다닌 줄 알아라."

우리는 누가 먼저랄 것도 없이 웃음을 터뜨렸다. 아마 로스쿨 신입생들이 공부에서 느끼는 어려움은 과목의 학문적 수준 때문이라기보다는 시간의 절대 부족과 막대한 분량 때문인 것 같다. 그래서 내가 로스쿨 생활을 하며 나름대로 깨달은 것은, 로스쿨 공부는 원칙과 계획 없이 무조건 시작해야 한다는 것이다.

One L 과정에는 한 학기 동안 진행되는 과목과 1년 동안 진행되는 과목이 있다. 우리 섹션은 5학점짜리 불법행위법 과목을 1학기 동안 듣게 되었는데, 첫 시간과 비교해보면 지금 배우고 있는 내용의 수준은 엄청나게 높아져 있었다. 이제는 더 이상 케이스의 이슈를 다루는 데 수십 분을 투자한다거나, 케이스의 판결에 영향을 미치는 구체적 사실들을 솎아내는 데 시간을 끌지 않는다. 그토록 우리를 힘들게 했던, 논리를 찍어내라는 교수님의 요구도 그저 자연스럽게 물 흐르듯 이뤄질 뿐이지 우리들 중 어느 누구도 논점 하나를 만들어내는 데 힘들어하지 않는다.

다시 말해, 불법행위법 아니 전반적인 법 자체에 대한 지식이 전무한 학생들에게 한 학기 동안 불법행위법을 다 배우라는 것은, 숫자도 모르는 학생들에게 덧셈, 뺄셈 그리고 구구단을 가르치고, 그 준비단계를 거쳐 인수분해, 방정식 같은 연습을 한 후, 높은 수준의 사고력을 요하는 수학능력시험의 문제를 푸는, 이 모든 과정을 한 학기, 즉 석 달 동안 해치우라는 것과 같은 이야기였다. 생각해보면 학기 초 그렇게 오랜 시간을 투자해서 배웠던 아이랙이나 케이스 브리프 같은 기계적인 과정들은 그 자체로서는 별 의미가 없는 구구단, 인수분해와 같은 것이 아닌가? 이렇게 불법행위법 수업뿐 아니라 로스쿨에서의 모든 공부는 학기 초에 배운 의미 없어 보이는 기계적인 것들에 점점 더 살을 입혀가면서 한 학기를 지내야 비로소 그 형체가 눈에 보이기 시작한다. 그러니 우리가 석달이라는 짧은 시간 안에 이 모든 것을 해내기 위해서는 수업이 요구하는 모든 과정을 닥치는 대로 시작해야 하는 것이다.

게다가 One L들은 워낙 아무것도 모르는 백지 상태에서 각 과목마다 어마어마한 분량을 다뤄야 하기 때문에 어떤 확실한 순서를 가지고 공부하기가 어렵다. 나 역시 처음에는 계획을 세우고 순서를 정해서 공부를 하려 했었지만 결국에는 닥치는 대로 이것저것을, 마치 퍼즐을 하듯 부분부분을 맞춰나갔고 그러다보니 슬슬 전체의 그림이 보이기 시작한다는 느낌을 받을 수 있었다.

무엇이 진정 '옳은' 것인가?

형법 시간에는 교과서뿐만 아니라 그 외의 주제에 대해서도 토론이 자주 벌어졌는데, 한번은 법조인의 윤리에 대해 함께 의견을 나눈 적이 있었다. 교수님은 우리들에게 다음과 같은 상황에서 법조인으로서 어떻게 행동해야 하는지를 물어보셨다.

"은행에 무장강도가 들어 서른 명의 인질을 잡고 있습니다. 곧 경찰이 출동을 했고 현장에는 경찰 측 변호사가 동행했습니다. 경찰과 대치하고 있던 그 무장강도는 경찰 측의 협상 요청에 공적 변호사(public defender, 주로 범죄자를 변호하는 변호사)와의 전화 통화를 요구하며 난동을 부렸습니다. 그래서 경찰은 경찰 측 변호사를 공적 변호사인 것처럼 속여 그 무장강도와 통화를 하게 하였고 곧 변호사는 투항하도록 그를 설득하는 것에 성공했습니다. 과연 경찰의 이런 행동은 옳은 것인가요?"

경찰 측 변호사를 범죄자의 법적 권리를 보호해주는 공적 변호사로 속여 그 무장강도를 설득시켰으므로 경찰 측의 그러한 행동은 비윤리적이라는 견해를 가진 학생들과, 공적 변호사를 찾는 사이에도 인질들이 피해를 입을 수 있는 긴박한 상황에서 그 정도의 거짓말은 인정해주어야 한다고 주장하는 학생들 간의 설전이 시작되었다.

"주어진 사실만을 보았을 때는 그 변호사가 무장강도에게 범죄자로서의 그의 법적 권리에 대해서 올바르게 설명해주었는지 명확치 않습니다. 하지만 설령 진짜로 그 변호사가 공적 변호사처럼 그 무장강도의 법적 권리를 위해서 올바른 정보를 주었다고 하더라도, 소속과 신분을 속여 그 무장강도가 자신을 신뢰하도록 만들었기 때문에 그것은 비윤리적인 행동입니다."

환경과 사회 공공복지 등을 다루는 법(Public Interest Law)에 관심이 많은 한 친구의 주장이었다. 논리적으로 설명하기는 힘들었지만 왠지 이 분야에 대한 그 친구의 평소 관심과 '윤리'를 내세우는 지금의 주장에 일관성이 있다는 생각이 들었다. 그 친구의 주장에 우리 섹션에서 가장 터프한 여학생 세라가 엄청나게 흥분한 목소리로 덤벼들었다.

"권리는 무슨 권리! 도대체 총 들고 은행 털러 들어가서 삼십 명의 사람들에게 총을 겨눈 나쁜 놈에게 지켜줄 권리가 어디 있습니까? 설령 인간의 최소한의 법적 권리는 지켜줘야 한다고 해도, 소속을 속이는 정도, 또 투항하도록 유도하는 정도의 거짓말은 당연한 거 아닙니까?"

세라의 이런 주장 또한 평소 세라의 행동이나 말을 생각해보면 일관된 것이었다. 비록 그동안의 로스쿨 교육을 통해 많이 순화(?)되긴 했지만 말이다. 학기 초 언젠가 교수님은 우리에게 이런 질문을 던지셨다.

"한 사람이 가짜 총을 들고 상점을 털러 들어갔습니다. 가짜 총에서 알 수 있듯이 그 사람은 애초부터 물건을 훔칠 생각만 있었지 그 누구에게도 신체적 피해를 입히려는 의도는 없었습니다. 하지만 그 상점 주인은 가짜 총을 진짜 총으로 믿었고, 그 결과 심장마비를 일으켜 즉사했습니다."

교수님이 이 경우 살인을 할 의도는 없었던 그 범죄자에게 살인죄를 적용할 수 있는지를 물으셨을 때 세라는 벌개진 얼굴로 교수님의 말을 가로채며 강의실이 떠나가라 꽥꽥 소리를 질러대며 교수님에게 달려들었다.

"가게 주인을 죽일 의도는 없었다고요? 그게 무슨 상관입니까!!! 그 나쁜 XX가 총을 겨누어서 가게 주인이 죽은 것 아닙니까? 진짜 총이든 가짜 총이든 가게 주인이 실제로 위협을 느꼈고 그래서 사망했으면 당연히 살인죄인 것이지요! 그 나쁜 XX의 법적 권리요? 엿 바꿔 먹으라고 하세요!!"

이렇듯 세라와 다른 한 친구의 입장은 그야말로 극과 극이었다. 과연 로스쿨 3년간의 교육은 두 친구의 뿌리 깊은 기본 성품에서 나온 이러한 견해들을 어떻게 바꾸어놓을 것인가? 아니 바꾸어놓을 수는 있는가? 만약 교육을 통해서 학생들의 타고난 성품과 거기에서 파생되는 사회 현상에 대한 견해와 입장을 바꿀 수 없다면 나중에 이들이 법조인이 되었을 때 과연 주관을 배제한 공정한 변호나 판결을 할 수 있을지 의문이 든다.

로스쿨 희대의 사기극

희대의 사기극을 목격했다. 그저 공포스럽고 긴장되기만 했던 형법 수업의 실체가 드러났기 때문이다. 주말에 형법을 공부하다가 잘 이해되지 않는 부분이 있어 서점에서 참고서적을 찾던 중, 이매뉴얼이나 길버트가 아닌 잘 알려지지 않은 출판사의 참고서를 들춰보게 되었다 .그런데 언뜻 보기에 우리 수업 내용과 상당히 비슷한 것 같았다. 그래서 그 참고서를 사서 공부를 시작했는데 얼마 지나지 않아 놀라움에 입이 딱 벌어질 만한 발견을 했다. 교수님이 수업 시간에 즉흥적으로 만들어내시는 줄로만 알았던 케이스들이 전부 그 참고서에 제시된 예와 똑같았기 때문이다.

그 참고서로 공부를 하면서도 설마하며 반신반의했지만, 형법 시간에 그런 의구심은 깨끗이 사라져버렸다. 실제로 교수님이 제시하시는 케이스 대부분이 그 참고서의 예시와 거의 흡사해서 교수님의 어떤 질문에도 그 답을 쉽게 예측할 수 있었을 뿐더러 질문의 의도까지 파악할 수 있었기 때문이다. 그때부터 나는 형법 시간에 처음으로 긴장을 조금 풀고 앉아 있을 수 있게 되었다.

그렇게 긴장이 풀리자 주위를 한 번 돌아볼 여유도 생겼다. 많은 학생들이 교수님의 정신없이 빠른 수업을 따라가기 위해 분주한 모습이었다. 순간 나는 왜 다른 친구들은 이 참고서를 모를까 하는 생각이 들었다. 그럼 내가 나서서 이런 참고서가 있다는 정보를 친구들에게 적극적으로 알려줘야 할까? 부끄럽게도 그 순간 나는 망설이고 있었다.

수업이 끝나고 팀, 브랜든, 길로이, 캐서린과 함께 카페테리아로 가서 간단히 요기를 했다. 먹다 말고 팀이 한숨을 쉬며 말을 꺼냈다.

"야, 나 진짜 못 하겠어. 이제 의욕이 안 생겨. 매일매일 케이스만 읽는 똑같은 일과에, 수업은 여전히 어렵고 긴장되는데 이 생활을 언제까지 해야 하냐? 나 진짜 못 하겠다."

순간 정신없이 무언가에 쫓기듯 샌드위치를 먹던 브랜든이 쾌재를 불렀다.

"못 하겠다고? 그럼 그만둬. 경쟁자 한 명 줄어드니까 나야 좋지."

농담 반 진담 반이었다. 다시 말해 진심이 어느 정도는 섞여 있는 것이다. 그렇게 얄밉게 한 마디를 던지고는 브랜든은 얼른 가방을 싸서 도서관을 향해 뛰어가버렸다. 순간 화가 난 캐서린이 입을 열었다.

"브랜든 쟤 너무 하는 거 아냐? 쟤는 경쟁심이 너무 지나쳐. 우리 사이에 저럴 것까지는 없잖아. 그리고 좀 천천히 먹으면 안 된다니? 쟤는 아마 우리는 천천히 먹게 놔두고 그 시간에 자기는 책 한 줄이라도 더 보려고 저러는 것 같아."

로스쿨이라는 곳은 참 특이하다. 대학 시절과는 달리 한국의 중고등학교처럼 한 섹션의 학생들이 매일 함께 같은 수업을 듣게 되니 그 분위기는 대학교와 비교해서 훨씬 친밀하다고도 할 수 있지만, 동시에 학생들 간의 경쟁 또한 대단히 치열하다. 학부 때 문학 같은 순수 학문을 공부하던 친구들이 경영대학 건물에 들어오면 자신들의 단과대 분위기와는 전혀 다른 메마르고 경쟁적인 분위기에 놀란다고 한 적이 있는데, 여기 분위기는 그보다 훨씬 더 삭막한 것 같다.

'돈'을 좇는 메마른 감성의 경영학과를 졸업하고, 친구들보다 좀 더 빨리 식사를 마치고 책 한 장 더 읽으려고 하는 사람들 틈바구니에 들어와 있는 나야말로 감성이 말라 비틀어진 사람이 되어가는 것은 아닐까? 하지만 그런 사람이 되고 싶지는 않았다. 그래서 나는 충격적인 형법 수업의 실체를 친구들에게 털어놓았다. 책 한 장에 비교 못 할 엄청난 정보, 나의 이 '세기의 폭로'를 듣지 못한 것을 브랜든이 알게 된다면 땅을 치며 후회하겠지?

로스쿨 속 외국인

너는 왜 날 헷갈리게만 만드니?!

수업 시간에 다루어지는 케이스와 법 개념은 점점 더 복잡해졌지만, 이제는 수업 내용을 충분히 따라가는 수준이 되었다. 학기 초를 돌아보면, 그때는 법에 대한 구체적인 공부라기보다는 브리프나 아이랙과 같은 단순한 기술에 대한 것이었음에도 불구하고 더 어렵고 힘들어했던 것 같다. 그 이유는 아직 법률 용어와 개념에 익숙하지 못했던 탓도 있겠지만 아무래도 긴장감이 도는 수업 분위기와 '영어를 잘하는' 주위 사람들에게 주눅이 들어 있었던 점도 무시할 수 없을 만큼 크게 작용했으리라.

재산법 수업 시간에 다루어진 케이스는 이해 관계자와 소송인들이 얽히고 설켜 있어 그림을 그려서 그 구조를 이해해야 할 정도로 복잡했다. 수업이 끝나고 나는 친구들에게 오늘 배운 케이스에 대해 몇 가지 질문을 했다. 하지만 소용이 없었다. 영어를 잘 못하는 나는 열등생으로 낙인찍혀 있었고 그러한 내 입에서 나오는 정확치 못한 영어 질문들을 심각하게 받아들여주는 사람이 아무도 없었던 것이다. 심지어 팀은 내 질문이 자신을 헷갈리게 만든다며 오히려 나를 탓하기도 했다. 어이가 없었다. 그건 자신이 공부를 제대로 하지 않아 개념이 정립되어 있지 않기 때문이지, 내 질문이 엉뚱해서가 아닌데 말이다.

사실 이런 건 처음 겪는 일도 아니었다. 그래서 이런 상황에 어떻게 대처하고 어떻게 미연에 방지하는지에 대한 노하우도 생겼다. 그것을 간단히 압축하자면? 바로 '기선제압'이다. 예를 들어, 학부 시절에는 학기 초에 첫번째 팀 프로젝트가 주어지면 만반의 준비를 한 뒤 팀 미팅에 참여하여 그 누구보다도 먼저 정리가 잘된 의견을 외워 줄줄 말한다거나, 이미 풀어본 계산 문제의 풀이과정을 다시 빨리 적어내어 진땀을 뻘뻘 흘리며 애를 먹고 있는 친구들에게 답안지를 확 내민다거나 하는 식으로 '나는 실력 있는 학생이다'라는 인식을 심어주었다. 그리고 정말 내키지는 않았지만 시험을 보고 나서 내 시험 점수와 그동안의 학점을 자랑스럽게 말하기도 했었다. 경험상, 유학생이 자기 목소리를 제대로 내기 위해서는 이런 행동이 필수적이다. 적어도 제대로 된 의견임에 불구하고 '도무지 무슨 소리인지 알 수가 없다'라는 미국 학생들의 반응만은 피하려면 말이다.

하지만 여기서는 그것도 잘 안 통했다. 자존심이 상했다. 영어가 안 된다고 바보 취급을 당하다니. 하지만 유학생으로서 영어 실력이 미국인보다 현저히 떨어진다면 그들과의 차이를 인정해야 한다. 수업 시간에 다른 학생들만큼 말을 유창하게 할 수 없다고 해서, 다른 학생 수준의 노트 필기를 할 수 없다고 해서 괴로워하면서도 남들만큼 하는 양 가만히 앉아서 아무렇지 않은 듯 연기하는 것은 그만두어야 한다. 아마도 내가 그랬듯 많은 사람들이 앞에서는 그렇게 연기를 하고 뒤에서 몇 배로 열심히 노력해서 그 격차를 메워보겠다고 하겠지만 현실적으로 로스쿨은 그렇게 호락호락하지 않다. 언어 능력 차이를 당연하게 생각하고 인정하는 것부터 시작하는 것이 좋다. 그리고 수업 시간에 필기하지 못한 것이나 이해하지 못한 것이 있다면 면담 시간(office hour)에 교수님을 찾아뵙거나, 혹은 친구들에게 도움을 요청해야 한다. 자존심 상하고 창피할지 모르지만, 혼자의 힘으로만 그것을 따라잡으려 했을 때보다 결과는 좋을 것이다. 다시 한 번 다짐해본다. 뻔뻔해지자. 살아남으려면 뻔뻔해져야 한다.

로스쿨 영어는 고급 영어다?

Mens Rea나 Covenant of Quite Enjoyment 같은 법률 용어들을 쉽다고 느끼는 사람은 아마도 많지 않을 것이다. 실제로 법 조항들을 읽어보거나 판결문을 읽어봐도 단번에 이해하기는 힘들다. 그래서인지는 몰라도 많은 사람들이 로스쿨에서 쓰는 영어는 일반 영어와는 다른, 좀 더 수준 높은 '고급 영어'일 것이라고 생각하는 것 같다. 그 때문에 주위 사람들은 내가 미국 로스쿨에서 접하는 영어는 어떤 것인지, 내 입에서 나오는 영어는 어떨지 기대와 호기심을 갖곤 한다.

하지만 흔히 생각하는 로스쿨의 고급 영어라는 것이 로스쿨에서 목표로 하고 있는 '정확하고 간결한 영어'와는 정반대의 것임을 알고 있는 나로서는 그런 기대와 호기심이 여간 부담스러운 것이 아니다. 물론 로스쿨에서 쓰는 법률 용어들은 매우 생소한 것이기에 법 공부 초기에는 이를 어렵게 느낄 수도 있고 또 법 공부를 하지 않는 사람들의 눈에는 그런 영어가 고급 수준으로 보일 수도 있겠다. 하지만 이러한 용어들은 법 공부를 하다보면 차츰 익숙해지는 것들이기 때문에 '어려운' 영어나 '고급' 영어라기보다 '생소한' 어휘라고 말하는 것이 더 적절하며, 그런 어휘를 제외한 일상 회화야 로스쿨이라고 특별할 리 없다.

또 한 가지 짚고 넘어가고 싶은 것은 일반적으로 어려운 문장, 난

해한 구문을 사용하는 것이 '고급 영어'이고 또 로스쿨에서는 그러한 문장능력이 필수적이라고 생각하는 경우가 많은데, 이는 사실이 아니다. 다음의 문장을 보자.

The ruling by the trial judge was prejudicial error for the reason that it cut off cross-examination with respect to issues that were vital(판사의 판결은 절차상의 오류로, 그 이유는 해당 판결이 사건을 다루는 중요한 논점과 관련하여 증인 반대 심문을 생략했기 때문입니다).

많은 사람들이 이 같은 문장을 '고급 영어'라고 생각하는 것 같은데, 현대 미국의 로스쿨과 법조계에서는 이런 문장을 선호하지 않는다. 그 대신, 일반인들이 읽어도 쉽게 이해되는 간단하고 명료한 문장을 더 선호하기 때문에 로스쿨의 작문 수업에서는 평이하고 간결하면서도 명료한 문장 쓰기를 그 교육 목표로 하고 있다. 따라서 위 문장은 다음과 같은 식으로 고쳐쓰도록 훈련받는다.

The trial judge's ruling was prejudicial error because it cut off cross-examination on vital issues(판사의 판결은 중요한 사건의 논점에 대한 증인 반대 심문을 생략하였으므로 절차상의 오류입니다).

나를 비롯한 많은 유학생들은 오랜 미국 생활로 영어 실력이 조금 향상되었을 때쯤이면 우쭐해져서 글에 미사여구를 동원해가며 '겉멋'을 많이 부리게 된다. 내가 유학 초기에 쓴 글들을 지금 읽어보면 'by means of' 'by reason of' 'for the purpose of' 등 폼은 나지만 특별한 뜻은 없는 구문만을 많이 사용하였을 뿐 알맹이가 없다는 것을 느끼게 된다. 로스쿨에서는 이런 폼 나는 단어들을 'by' 'because of' 'to'로 간단히 대체하라고 가르친다. 또한 'in many cases you will find that was a situation in which the court' 같은 구문은 간단히 'often you will find there the court'로 바꾸면 그만이다.

간단하고 명료하게 해야 하는 것은 말 또한 마찬가지이다. 웃긴 일화가 하나 있다. 언젠가 박사 과정에 있는 한국인 강사의 영어 수업을 들은 적이 있었는데 한국 학생이었던 나를 제외한 그 수업에 참여했던 다른 모든 미국인 학생들은 전혀 그의 말을 이해하지 못했다. 그 이유는 'You know'로 시작해서 'You know'로 끝나는 영어 때문이었다.

"You know… a sort of… you know… the organization structure… is sort of… you know… um… this is a kind of… you know… um… a sort of important thing to be considered… you know…."

로스쿨이 학생들 입에서 나오기 원하는 문장은 이처럼 길고 폼나는 문장이 아니라 "the organization structure is important thing to be considered(기업 조직 구조는 중요하게 다루어져야 하는 부분이다)"와 같이 간결하면서도 핵심을 담은 것이다.

결론적으로 말해서, 로스쿨에서는 같은 말도 최대한 간결하면서 명확하게 표현하도록 교육받는다. 말이 간명할수록 그 사이의 논리는 더 분명하게 드러나기 때문이다. 아무튼 나중에 로스쿨에서 쓰는 영어가 고급 영어라는 절대 진리가 생기더라도 그것은 불필요하게 복잡하고 어려운 구문 때문이 아닌 것임은 분명하다.

한국 변호사 되기 v. 미국 변호사 되기

한국 친구들은 우리나라에 비하면 미국에서는 변호사 되기가 쉽지 않느냐는 말을 하곤 한다. 부분적으로는 맞는 말이지만 단순 비교는 어렵다. 일단 오래 전부터 로스쿨 제도를 시행하고 있는 미국에는 190여 개의 로스쿨이 있으니 학교의 수준차를 무시하고 단순히 입학 가능성만 이야기한다면 미국에서 로스쿨에 들어가는 것은 우리나라에서 사법고시에 합격하는 것과 비교할 수 없을 정도로 쉬운 것이고, 로스쿨을 정상적으로 졸업하게 되면 변호사 자격시험 또한 비교적 수월하게 통과하니 말이다. 실제로 미국 변호사 자격시험의 경우 로스쿨 졸업생들의 대부분이 첫번째 응시에서 그리 어렵지 않게 합격을 하며 1년에 두 번 있는 이 시험에 세 번 이상 응시하는 것은 정말 흔치 않은 경우이기까지 하다. 그러므로 우리나라 사법고시 합격률과 미국 변호사 자격시험 합격률만을 비교하자면 미국에서는 우리나라에서보다 쉽게 변호사가 될 수 있는 것이다.

하지만 단순한 시험 합격률 비교는 의미가 없는 것이, 우리나라의 경우는 특별한 자격 제한 없이 사법고시에 응시할 수 있지만 미국의 경우는 로스쿨 졸업생으로 그 자격을 제한하기 때문이다. 게다가 익히 알고 있듯 모든 미국 로스쿨들은 우리나라 의대와 같이 입학 자체가 법조인이 되는 것을 거의 보장해준다고 말해도 무리가 없긴 하지만 대신 유급과 퇴학 제도를 강력하게 시행하고 있다. 따라서 일단 입학만 하면 졸업 걱정은 할 필요 없는 우리나라와는 달리 미국 로스쿨은 입학도 어렵지만 졸업은 더욱 어렵다는 특징도 우리와 다르다.

또한 미국의 사법 체제는 많은 수의 변호사를 배출하고 그들에게 무한 경쟁을 요구하는 체제라는 점도 우리나라 현실과 단순 비교하기 어려운 요인 중 하나이다. 미국이라는 나라는 정말로 생활 근간에 '법'이라는 것이 깔려 있기 때문에 우리나라보다 훨씬 많은 수의 변호사를 필요로 한다. 많이 달라졌다고는 하지만 아직도 '정(情)'이 생활 속에서 일어나는 여러 가지 문제의 해결책인 우리나라와는 달리 미국은 법률 서비스에 대한 수요가 월등히 많다. 혹자는 닭이 먼저냐 달걀이 먼저냐 하는 식으로 변호사가 많고 그만큼 수임료도 싸져서 소송 건수가 많은 것이 아니냐는 생각을 할지도 모르지만, 미국인들의 법에 대한 인식과 의존률을 생각한다면 변호사의 수가 줄어들면 오히려 꼭 필요한 법률 서비스를 받지 못하는 사람들만 늘어나게 되지 않을까 하는 것이 개인적인 생각이다. 아무튼 이런 미국 현실에서는 변호사 되기는 쉬워도 능력 있는 변호사로 성공하기는 어려운 것이 아닌가 싶다.

아마도 로스쿨과 법조인에 대해 관심이 많은 사람이라면, 이쯤에서 '어떻게 그렇게 많은 한국인들이 미국의 명문 로스쿨을 졸업하고 국제 변호사로 성공했나' 하는 생각을 할지 모르겠다. 먼저 미국 로스쿨에는 몇 가지 과정이 있는데 그 중 J.D. 과정과 LL.M.● (Master of Laws) 과정을 반드시 구분할 필요가 있다. 일반적으로 말해 J.D. 과정은 미국에서 법조인이 되기를 희망하는 미국 학생들이 반드시 진학해야하는 과정이고, LL.M. 과정은 J.D. 과정을 이수한 미국 학생들과 외국에서 법을 배운 학생들이 다니는 과정이라고 할

● LL.M.은 라틴어 *Legum Magister*의 약자이다. Legum는 구체적인 법(specific laws)을 뜻하는 라틴어 Lex의 복수형인데, 라틴어에서 복수형 단어의 약자는 철자를 반복하는 형태로 쓴다. 따라서 'LL.'은 Law의 복수 'Laws'를 줄인 말로 사용되고 이것에 석사를 뜻하는 Master를 합하면 LL.M.은 영어로는 'Master of Laws'라는 의미가 된다.

수 있다. 그런데 이 LL.M. 과정의 본래 취지는 J.D. 로스쿨 졸업생이나 외국에서 법대를 졸업해 법에 대한 전반적인 지식이 있는 학생들을 대상으로 하여 1년 동안 특정 분야의 법을 집중적으로 가르치는 것인데, 실제로는 미국 변호사 자격 취득을 희망하는 일종의 외국인 대상 '연수' 과정이 되고 있다.

J.D. 과정에 외국인이 지원을 하게 되면 미국 학생들에 비해 로스쿨 입학시험 점수가 부족할 수 밖에 없어서 소위 말하는 명문 로스쿨에 진학하기가 무척 힘들다. 그렇지만 LL.M. 과정 입학은 외국인 지원자가 절대 다수를 이루므로 사실상 외국인 학생들끼리의 경쟁이며, 그들에게는 J.D. 과정 입학시 외국 학생들에게 가장 큰 약점이 되는 로스쿨 입학시험 점수가 요구되지 않는다. 대부분의 학교에서는 LL.M. 과정만을 위한 별도의 수업이 개설되어 있지만 일부 학교에서는 J.D. 과정의 학생과 LL.M. 과정의 학생이 같은 수업을 수강하기도 한다. 그런데 이 경우에도 LL.M. 학생에게는 시험 시간을 더 주는 등 여러 가지 편의를 봐주기 때문에, 지원 자격과 입학, 학업의 압박과 어려움 등 모든 면에서 LL.M. 과정을 J.D. 과정과 비교하기는 힘들다.

게다가 이 LL.M. 과정을 이수하게 되면 외국인이라도 뉴욕 주를 비롯한 미국의 몇 개 주에서 변호사 자격시험에 응시할 수 있다. 이 때문에 많은 한국의 법대 졸업생들이 비교적 쉽게 입학할 수 있는 미국 유명 대학의 로스쿨 LL.M. 과정에 입학하여 1년간의 LL.M. 과정을 이수한 뒤 변호사 자격시험의 응시 자격을 갖고, 무한 경쟁을 전제로 로스쿨 졸업생이라면 눈 감고도 합격할 정도로 평이하게 출제되는 변호사 자격시험에 합격하여 뉴욕 주의 '근사한 국제 변호사'가 될 수 있는 것이다.

물론 LL.M. 과정만 이수하면 별 노력 없이 국제 변호사가 될 수 있다는 것은 절대 아니지만, 이러한 큰 차이를 모르는 우리나라에서 J.D. 과정을 나왔건 LL.M. 과정을 졸업했건 똑같이 '미국 로스쿨 졸업' 혹은 '미 로스쿨 졸업 후 미국에서 국제 변호사로 활동중'으로 소개되고 있는 것을 볼 때면 유치하게도 조금은 억울하다는 생각이 든다.

지극히 '고3' 스러운

더 높이 더 멀리 더 빠르게

또 다시 한 주가 정신없이 지나고 주말이 돌아왔다. 암흑같이 길기만 했던 입학 첫 주가 아련할 정도로, 이제는 이곳의 한 주에 익숙해졌고 주말의 안도감과 해방감도 더 이상 큰 기쁨으로 다가오지 않았다. 수업 시간에 질문을 받으면 어쩌나 조마조마해하는 것에도, 다음날 수업을 준비하기 위해 매일매일 잠 못 자고 공부해야 하는 생활에도 완전히 적응했다. 그렇다고 몸의 피로나 심적 부담이 사라진 것은 결코 아니지만 말이다. 아무튼 수업 시간의 긴장감과 막대한 예습 분량에 익숙해질 쯤이면 모든 One L들에게 공통적으로 던져지는 새로운 과제가 있다. 그것은 바로 시험을 위한 아웃라인(outline)의 준비이다.

대개 로스쿨에서의 학점은 단 한 번의 기말고사로 결정된다. 또한 과목마다 차이는 있지만 대부분 에세이로 써야 하는 서술형 시험이 주를 이룬다. 또 과목에 따라 오픈북, 오픈노트 시험이나 한 학기 동안 배운 케이스들의 이름을 정확하게 외워 써야 하는 시험도 있다. 하지만 시험 형식이 어떻든 간에 모든 학생들은 한 학기 동안 다룬 전 범위를 구석구석 완벽하게 이해하고 이를 머릿속에 유기적으로 연결하고 있어야 하는데 그러기 위해서는 각각의 법과 케이스를 요약하는 것이 필수적이다.

로스쿨 수업 일주일 진도 범위는 학부에서 한 달 동안 공부하는 분량과 비슷한 것 같다. 그렇다고 학부에서의 공부량이 적다고 생각했었던 것은 아니다. 그때도 평일에는 자정까지, 주말에도 꼭 공부하는 것은 물론, 한 주의 수업이 모두 끝난 금요일 밤에도 도서관 가장 구석진 자리에서 늦도록 공부를 했었으니 말이다. 그래도 그 시절엔 그렇게 공부하면 최소한 복습과 예습을 할 시간이 주어졌었고 또 좋은 결과에 대한 확신도 가질 수 있었지만, 로스쿨에서는 복습은 아직 해볼 생각도 못 했고 학점에 대해서는 확신이나 기대는 커녕 불안감만이 쌓일 뿐이었다. 그러한 불안감은 무자비하게 빨리 나가는 진도를 따라가느라 복습을 할 여유조차 없다가, 겨우 익숙해진 환경 덕에 숨 돌릴 만한 여유가 생겼을 때에는 이미 우리가 배운 것들이 눈덩이처럼 불어나 있기 때문에 비롯된 것이었다. 학부 때보나 공부는 훨씬 더 많이 했지만 언제나 쫓기는 기분이 드는 것은 아마도 이 때문일 것이다.

로스쿨에 처음 들어왔을 때 우리는 아이랙 분석과 케이스 브리프를 집중적으로 훈련받았지만 그것에 익숙해지자마자 수많은 케이스를 빠른 시간에 읽도록 요구받았다. 그리고 이제는 거기에서 멈추지 말고 우리가 공부하고 있는 모든 내용을 유기적으로 정리하도록, 다시 한 번 한 단계 높은 수준으로 올라올 것을 요구받고 있는 것이다. 따라서 처음부터 끝까지 일정한 페이스를 유지해야 하는 마라톤보다는 '더 높이, 더 멀리, 더 빠르게'라는 표어가 로스쿨 한 학기에 더 적확한 비유가 될 것이다. 하지만 아직은 그 막대한 분량을 어떻게 요약하여 아웃라인을 만들어야 할지 부담감만 안은 채 시간이 빠르게 흘러가는 것에 그저 불안해할 수밖에 없었다.

Believe It or Not!

수업이 세 개씩 들어 있는 목요일과 금요일은 고통 그 자체였다. 잠을 거의 자지 못한 채 새벽같이 일어나 재산법 수업을 듣고 작문 수업 강의실로 이동했다.

"어때요, 여러분! 로스쿨에서의 생활과 공부가 너무나도 재미있고 흥미진진하지요? 왜요? MBA를 갔어야 되는데 로스쿨에 온 게 잘못된 선택으로 판명됐나요?"

교수님 농담에 강의실 이곳저곳에서 야유와 웃음이 동시에 터져 나왔다. 많은 한국 유학생들과 마찬가지로 미국 학생들에게도 MBA와 로스쿨은 같은 고려 대상군에 속해 있는 모양이다. 나는 학부에서 경영학을 공부했지만, 법과 경영학은 학문적인 면에서는 공통분모를 찾기 힘들었다. 그렇다면 왜? 아마도 공부 외적인 요인, 즉 졸업 후의 소득이나 사회적 지위 때문에 이 둘을 같은 군에 놓고 견주고 비교하는 것이리라. MBA와 로스쿨 진학을 계획하는 학생들 중에는 그와 동시에 메디컬 스쿨을 고려하는 학생도 종종 있다는 점은 이러한 나의 추측을 더욱 설득력 있게 만들어준다.

"그동안 내가 깜빡하고 전해주지 못했는데, 이제라도 여러분에게 성공적인 로스쿨 생활을 위한 몇 가지 조언을 해주고 싶네요."

강의실 곳곳에서 계속되던 야유가 교수님의 이 말씀에 순식간에 사그라졌다.

"먼저, 그 무엇보다도 중요한 것은 절대로! 절대로! 아프지 말라는 것입니다."

순간 나는 내 귀를 의심했다. 이것은 내가 고3이 되었을 때 우리 담임선생님께서 하셨던 말씀의 영어 버전이었기 때문이다.

"여러분은 아파서도 안 됩니다. 한 번 심하게 아파서 수업을 빠지고 공부를 못 하게 되면, 바로 그 순간 여러분은 뒤처지게 됩니다. 절대로 진도를 따라잡을 수가 없어요. 아프지 않고 건강을 유지하려면 규칙적인 생활을 하세요. 바쁘지만 시간을 내서 규칙적으로 운동을 꼭 해야 합니다."

정말 지극히 한국의 고3스럽다.

"여러분들에게 허락된 것은 공부밖에 없습니다. 특히 가족들에게 단단히 일러두세요. 적어도 1년 동안 여러분은 없는 사람이라고 말입니다. 여러분은 이제 그들에겐 없는 사람이에요!"

이것이 과연 고3 때와는 비교도 안 되게 큰 생활 범위와 관심 영역을 가지고 있는 20대 중반의 우리들에게 어울리는 말일까? 갑자기 이렇게 외치고 싶었다.

"교수님! 우리는 성인이고 공부 말고도 이것저것 할 게 많단 말입니다! 기계처럼 공부만 해야 하는 고3 때와는 다르게 저도 이제 챙겨야 할 제 생활이 있단 말이에요!"

오리엔테이션 때 비슷한 조언을 듣긴 했지만 이렇게 노골적이진 않았다. 인디애나 대학에서 있었던 일이 생각난다. 나는 영어 실력 향상이라는 일념 하나로 기숙사에서 미국 친구와 방을 같이 쓰기로 했다. 미국 중부의 시골 주인 인디애나는 백인 인구가 압도적으로 많은 곳이어서, 기숙사에도 단 한 명의 흑인 학생과 단 한 명의 외국인인 나를 제외하고는 전부 백인 학생들이었다. 그 결과 당연히 기숙사 친구들에게 나는 호기심의 대상이었다. 그래서 때때로 친구들은 내 방을 찾아와 김일성을 아는지, 남북한은 어떤 관계인지, 미국에서도 고유 명사가 된 'Chaebol(재벌)'은 어떠한 형태의 기업인지 등 여러 가지를 물어왔었다. 하루는 나와 가깝게 지냈던 한 친구가 예전에 〈Believe It or Not!〉라는 텔레비전 오락 프로그램에서 한국의 고등학생들은 새벽부터 밤까지 공부만 한다고 소개하는 것을 봤는데 그건 당연히 과장이거나 거짓말이 아니냐며 흥분 반 호기심 반인 어조로 질문을 던진 적이 있었다. 그때 나는 평범한 대한민국 고3의 일과를 가감 없이 이야기해줬다. 7시 30분까지 등교를 해서 5시 30분까지 수업을 듣고 이어지는 야간 자율 학습과 보충수업, 자정이 지난 시간까지 계속되는 학원 수업까지 챙겨야 한다는 사실들을 말이다. 그 말을 들은 친구는 인간으로서 그런 생활은 불가능하다며, 그렇다면 친구나 가족들과는 언제 시간을 보내느냐며 흥분했고, 내가 거짓말을 하고 있으며 자기는 그런 고등학교생활은 상상할 수도 없다며 침을 튀겼다.

그런데 그 미국인들이 상상도 할 수 없는, 한국의 고등학교생활과 별반 다르지 않은 생활이 20대의 혈기왕성한 미국인 학생들에게 당연하게 강요되는 곳이 바로 이곳, 로스쿨인 것이다. 그러한 로스쿨에서 우리는 또 한 번의 주말을 맞이하였다. 수업을 마치고 나오는 학생들의 입에서 투덜투덜 불평이 터져나왔다.

"젠장! 금요일은 즐거워야 하는 거 아냐? 당장 공부할 게 쌓여 있으니 도대체 언제 내 시간을 가져보냐. 나도 놀고 싶어! 즐기고 싶다고!"

"어떻게 하겠어. 조금만 더 참자. 그러면 좀 나아지겠지."

학생들 사이에서 이런 대화가 오가는데, 옆에서 대화를 들으신 민사소송법 교수님은 짓궂게도 또 한 번 우리의 가슴에 비수를 꽂으셨다.

"과연 그럴까요? 이번 학기가 끝나면 다음 학기가 있고, 이번 학년이 끝나면 다음 학년이 있고, 로스쿨 다음에는 로펌이 있습니다. 앞으로 여러분 인생에 달콤한 금요일이 있을까요? 하하하."

석 달 만에 카레이서가 되라!

주말이 어떻게 지나간 줄도 모르게 로스쿨에서의 또 다른 한 주가 시작되었다. 주섬주섬 책을 꺼내며 불법행위법 수업을 준비하고 있었는데 순간 내 옆에 앉아 있던 두 친구의 대화가 귀에 들어왔다. 한 친구가 "야! 너 책이 그게 뭐니! 형광펜은 말 그대로 중요한 내용을 표시하라고 있는 거야. 그런데 한 페이지 전부를 형광펜으로 그어놓으면 어떡해?"라고 말하며 터져나오는 웃음을 참으려 애쓰고 있었다. 도대체 형광펜으로 책을 얼마나 도배했기에 그러나 싶어 그 친구의 책을 보니, 펼쳐진 책의 양쪽 페이지 80퍼센트 정도가 한 가지 색의 형광펜으로 뒤덮여 있었다. 나도 웃음이 터지는 걸 참지 못해 마구 웃어대기 시작하자 그 친구는 부끄럽다는 듯 말했다.

"중요한 것만 줄쳐야 하는 것은 나도 잘 알아. 하지만 내 눈에는 다 중요한 것처럼 보이는데 어떡해. 하나도 그냥 지나칠 것이 없잖아."

앞서 말했듯이, 미국 로스쿨의 수업은 판결문을 분석하고 판결에까지 이르는 논리의 전개 과정을 공부하는 것이 주가 된다. 이때 이 판결문에는 사건의 이슈와 판결의 논리적 도출을 위해 한 단어 한 단어가 신중하게 선택, 사용되기 때문에 그 친구의 말처럼 이제 막 법 공부를 시작한 One L의 눈에는 모든 단어들이 그냥 지나칠 수 없는 것으로 보이는 것이다. 사실 One L 중에는 가지각색의 형광펜을 한가득 들고 다니며 이슈는 빨간색, 사실관계는 노란색 하는 식으로 아이랙과 브리프를 위해 필요한 내용들을 각각 다른 색깔로 줄긋는 학생들이 꽤 많다. 그래서 로스쿨 신입생들의 책은 그 어떤 전공자의 책보다 화려하다는 둥, 책에 무지개가 떴다는 둥 하는 우스갯소리의 소재가 되곤 한다.

이제 막 법 공부를 시작한 로스쿨 신입생들이 낯선 법률 용어들로 가득한 판결문을 수월하게 읽을 수 있을 때까지는 당연히 상당한 시간과 노력이 필요할 것이다. 그렇게 학기가 시작되고 한두 달이 지나면 대부분의 로스쿨 학생들은 판결문 분석에 상당히 익숙해져 짧은 시간 안에 보다 정확하게 판결문을 읽어낼 수 있게 된다.

하지만 아무리 생각해봐도 판결문을 분석하는 것은 이제까지 내가 경험해본 지적 사고 과정 중 단연코 가장 어려운 것이다. 그런데도 한두 달 만에 아주 어렵고 낯선 기술을 익히고 그것을 사용하는 데에 많이 익숙해진다니, 이는 앞뒤가 안 맞는 소리처럼 들릴지 모르겠다. 이건 마치 핸들을 처음 잡은 운전자가 보름 만에 운전면허를 따고 석 달 뒤 자동차 경주에 나가는 것과 같은 것인데 말이다. 즉 남들보다 뒤처지지 않으려면 그 한두 달 동안 죽도록 읽고 연습해야 한다는 소리다. 인간에게 진정 불가능은 없다고 하지 않는가. 모든 숙식을 차에서 해결하고 프로 선수가 옆에 붙어 하루 24시간 동안을 석 달 내내 운전만 시키면 가능할지도 모른다. One L들에게 케이스를 분석하는 것은 처음 해보는 운전이며, 도서관은 자동차이고, 교수님은 프로 드라이버이다. 그리고 마지막으로 석 달 후의 기말고사는 자동차 경주인 것이다. 더 무슨 말이 필요한가! 로스쿨에서 살아남으려면 무조건 석 달 뒤에 자동차 경주에 나가야 한다.

로스쿨이 One L에게 진정으로 의도하는 것은?

달력을 볼 때마다 어리둥절할 정도로 시간은 빨리 흘러 어느덧 10월도 막바지를 향해 치닫고 있었다. 학기가 시작된 지 얼마 안 된 것 같은데 8월과 9월이 지나고 이제 10월도 끝이 보이다니. 주위에서 한 친구가 "이제 곧 11월이 된다는 것이 도저히 믿기지가 않아"라고 이야기하자, 또 다른 친구가 "그러게. 나는 아직도 9월 초인 것 같아"라며 맞장구를 쳤다. 나 또한 비슷한 심정이었다. 로스쿨에서의 첫 주는 한 달같이 느껴졌지만 그 후로는 시간이 너무나도 빨리 흐른다는 생각이 들어 역시 그만큼 빠른 속도로 기말고사에 대한 부담감을 느끼기 시작했다.

도서관에서 공부를 하다 저녁때가 되어 재섭이 형을 만났다. 저녁을 먹으며 재섭이 형은 나에게 로스쿨 생활에 대해 충고를 많이 해주었다. 참 신기한 것은 미국의 모든 로스쿨 One L 과정은 너무나도 정형화되어 있어, 학생들이 특정 시기에 무엇을 해야 하며 어떠한 어려움에 직면하며 또 심지어는 그때마다 학생들이 어떤 느낌을 갖게 되고 어떤 고민을 하는지까지도 판박이처럼 똑같은 모습을 하고 있다는 것이다. 그렇기 때문에 나보다 몇 년 앞서 같은 경험을 한 재섭이 형의 조언은 정말 큰 도움이 되었다. 게다가 어떤 일이든 겪어보지 않고서 나온 조언은 교과서 같을 뿐이지만 로스쿨의 실체를 알고 조언해주는 재섭이 형은 가뭄에 단비 같은 존재였음은 당연한 것일 테다. 이런저런 이야기를 나누다 내가 시계를 보며 불안해하자 형은, "그래, 나도 로스쿨에 다닐 땐 늘 시간에 쫓겼지. 아, 정말 내가 로스쿨을 졸업했다는 사실 그 자체가 얼마나 좋은지 모르겠다"며 로스쿨이 다시 생각하기도 싫은 기억이라는 듯 얼굴을 찡그렸다.

"형, 나 지금 그 로스쿨 안에 있거든요? 그런 발언은 좀 삼가지 그래요?"

재섭이 형은 미안하다는 듯 웃음을 터뜨렸다. 나를 학교로 데려다주는 형의 차 안에서 우리 대화의 초점은 로스쿨 생활의 어려움에 맞춰졌다.

"형, 진짜 아무도 로스쿨이 다른 대학원과 다르다는 것을 이해해주지 않아 답답하고 속상해 죽겠어."

"로스쿨을 다녀보지 않고서야 그 안의 생활을 알 수가 없으니까 그런 말이 나올 수밖에 없지. 하지만 로스쿨은 진짜 다른 대학이나 대학원과는 달라. 최소한 다른 대학이나 대학원에서는 뭔가를 가르치는 것을 목표로 하잖아."

기대 이상의 답변이었다. 그 말을 들은 나는 눈이 휘둥그레져 형을 쳐다봤다. 다른 대학이나 대학원에서는 뭘 가르치려 하는데 로스쿨은 그렇지 않다고? 그럼 로스쿨에서는 아무것도 안 가르친다는 소리인가? 그런 의문을 담은 표정으로 재섭이 형을 바라보니 형은

"하하하. 그래, 생각해보면 로스쿨, 특히 One L 과정의 목표는 무엇을 가르치는 데에 있는 게 아니라 가능한 한 많은 과제와 스트레스를 던져주고 학생들이 그것을 감당할 수 있는지, 어디까지가 한계인지를 측정해보는 것을 목적으로 하는 것 같아"라며 웃는 것이었다. 많은 사람들은 이런 얘기에 '과장한다'며 웃어넘길지 모르겠지만, 나에게는 이 말이 그저 농담처럼 들리지만은 않았다.

로스쿨 안의 사람 v. 로스쿨 밖의 사람

"내 가족들, 친구들, 남자친구 다들 나한테 바라는 게 너무 많아. 나는 몸도 하나뿐이고 하루 동안 주어진 시간은 정해져 있는데 제각각인 모두의 요구를 다 들어줄 수가 없단 말이야. 로스쿨 수업을 따라가기 위해 투자해야 할 어마어마한 시간이나 로스쿨 생활의 특별한 고충에 대해서 아무리 얘기해봤자, 다들 공부가 원래 그러려니 할 뿐이고 그나마 날 이해해보려고 하는 가족이나 친구들조차도 그게 어느 정도인지는 짐작 못 하는 것 같아. 주위 사람들의 요구를 다 들어주다보면 내 시간이 없고, 그렇다고 이기적으로 내 것만 챙기면서 지내자니 주위 사람들과의 관계가 나빠지게 되고, 도대체 나보고 어쩌라는 거야? 로스쿨 밖의 사람들은 로스쿨 안의 사람들을 절대 이해하지 못해."

불법행위법을 마치고 한 친구가 요즘 자신의 신변에 대해서 불평불만을 늘어놓기 시작했다. 나 같은 경우야 한국에 있는 가족, 친구들과 멀리 떨어져 이곳 LA에서 혼자 지내고 있으니 로스쿨 안팎 생활의 균형을 맞추는 문제가 그리 심각하게 다가오지는 않지만, 사실 이런 고민은 모든 로스쿨 학생들이 가지고 있는 문제이다. 이미 오리엔테이션 때 교수님들과 교직원들은 로스쿨 생활을 위해서는 아르바이트를 포함, 공부 이외의 다른 생활들은 거의 포기해야 할 것이기 때문에 학생들이 주위 사람들과의 관계를 원만히 유지하는 데에 어려움을 겪게 될 것이라고 공개적으로 말씀하셨다. 로스쿨에서 해야 할 공부량이 다른 교육기관이 요구하는 것과는 큰 차이가 있음을 예고라도 하시듯 말이다.

이런 시간적 부담뿐 아니라 로스쿨에서 공부하는 내용 또한 로스쿨 안의 사람들과 로스쿨 밖의 사람들 사이에 보이지 않는 벽을 만드는 것 중 하나이다. 로스쿨에서 공부하는 케이스들은 일상생활에서 일어나는 사건들에 대한 것이지만, 같은 사건을 대하더라도 로스쿨 학생들에게 요구되는 사건에 대한 관점은 로스쿨 밖 사람들의 그것과는 크게 다르기 때문이다. 로스쿨은 모든 사건을 단순히 감정이나 직관에 의거해 판단하지 말고 철저히 법적 사고력에 입각하여 분석할 것을 학생들에게 요구한다. 그래서인지 나도 얼마 전부터 일상생활에서 일어나는 작은 사건 심지어 범죄가 아닌 사소한

일까지도 법적으로 분석해보는 습관이 생긴 것 같다.

한국에서 어학연수를 온 룸메이트와 저녁을 먹으러 고기집에 갔을 때의 이야기이다. 식당 아주머니가 집게를 이용하지 않고 행주를 이용하여 신기에 가깝게 고기 굽던 불판을 갈아주셨다. 내 룸메이트가 “우와! 저 아줌마 불판 가는 솜씨가 완전히 묘기 수준이네” 라며 감탄을 하고 있을 때, 그 와중에도 나는 속으로 ‘첫번째, 만약 저 아줌마가 불판을 떨어뜨려 누군가가 화상을 입는다면 부상을 입힐 의도는 없었다고 생각되므로 불법행위법상의 과실(negligence) 사건이 된다. 두번째, 이 케이스의 이슈는 불판을 갈 때 집게를 사용하는 것이 일반적인 행동인데 집게 대신 행주를 사용해서 불판을 갈았으므로 그런 행동이 합리적인 사회 구성원의 일반적인 기준(reasonably prudent person standard)에 입각하는지 여부를 따져보아야 한다. 세번째, 과실의 성립을 위한 첫번째 조건……’ 하면서 기계적으로 분석을 하고 있었으니, 그 얼마나 우스운 광경인가.

이런 모습은 아마도 다른 어느 곳도 아닌 로스쿨에서 공부를 처음 시작한 One L들에게만 나타나는 현상이 아닐까? 그러니 일상을 일상으로만 받아들이고 주위 사람들과 대화를 나누며 원만히 지내기 위해서는 공부 외의 생활에서는 애써 로스쿨식 사고를 잊으려 해야 할 것이다. 일상생활을 항상 분석하면서 살 수는 없지 않은가? 그러나 또 한편으로는 사건과 현상을 바라보는 시각을 근본적으로 바꾸도록 요구받는 One L 시기에, 완전히 다른 두 관점이 머릿속에서 대혼란을 빚고 있는 우리들에게 그런 여유를 바라는 것은 무리가 아닌가 싶다.

어쨌든 이런저런 이유로 로스쿨 학생들은 서로의 생활을 이해할 수 있어 심정과 말이 잘 통하는 로스쿨 안의 학생들하고만 어울려 지내는 게 다반사이다. 그래서 나는 사회와 격리되지만 않았다 뿐이지 One L의 모습이 민간인 사회와 전혀 다른 성격의 조직 내에서 함께 섞여 서로 의지하며 살아가고 있는 군생활과 비슷한 게 아닌가 하는 생각마저 들었다. 군인처럼 겉으로 티가 나지도 않으니 다른 학교의 학생들과 뭐 특별히 다를 게 있어 유난을 떠느냐고 하겠지만, 로스쿨 안의 모든 One L들은 모두 군인들처럼 군복이라도 입어가며 자신들을 구분시키고 특수한 상황도 이해받고 싶은 심정일 것 같다.

해방감을 맛보다

내가 2년 반 동안 학부 생활을 했던 인디애나 주립대는 백인 학생이 대부분이었지만 기숙사의 친구들은 모두 나를 잘 대해주었고 룸메이트를 비롯한 몇몇 친구들과는 아주 가깝게 지냈다. 하지만 다른 문화에서 자라온 친구들과 '섞이는' 데에는 어느 정도 한계가 있었다. 신입생 기숙사답게 늘 북적거리고 소란스러웠지만 외로움이나 거리감이 절로 느껴지는 건 어쩔 수가 없었고 소속감 또한 느끼기 힘들었다.

내가 인디애나에 가자마자 있었던 일이다. 미국에서도 신입생들은 우리나라 대학 새내기들이 여기저기 술자리에 참석하는 것처럼 온갖 파티에 나가느라 정신이 없다. 그 당시 나와 어울려 지내던 룸메이트와 다른 신입생 녀석들 두세 명은 늘 내게도 파티에 같이 가자고 권유하곤 했었다. 로스쿨에 입학하기 위해 학부에서 높은 학점을 받아야 했던 나는 그때마다 그 친구들의 권유를 뿌리쳤지만 언젠가 한 번은 반강제적으로 파티에 간 적이 있었다.

파티가 열리는 집 현관에 들어서기가 무섭게 친구들은 재미있게 놀라는 말만 남기고 각자 파트너를 찾기 위해 뿔뿔이 흩어졌고, 혼자 남은 나는 별수 없이 음료수를 마시며 멀뚱멀뚱 텔레비전을 보거나 간혹 가다가 파티장의 유일한 동양인에게 호기심 어린 눈빛으로 말을 걸어오는 아이들과 몇 마디 주고받으며 시간을 보내고 있었다. 그때 현관문이 열리며 서너 명의 백인 여자아이들이 저희들끼리 수다를 떨며 집 안으로 들어왔다. 그러다가 동양인인 나를 보고 깜짝 놀라 뒷걸음질치며 집 밖으로 나가더니 몇 초 지나 빠끔히 문을 열고 다시 안으로 들어오는 것이었다.

학부 마지막 학기에 들었던 비즈니스 협상 과목의 수업 시간에는 이런 일도 있었다. 그 시간에는 매번 주어진 협상 자료를 가지고 파트너와 일대일로 협상을 벌이는 연습을 많이 했는데, 수업 첫 시간에 나는 유일한 동양인 학생으로서 강의실 한가운데에 앉아 있었다. 수업중 교수님은 자료가 실린 종이를 나눠주시고는 주위 학생 한 명과 일대일로 협상을 시작하라고 말씀하셨다. 그 순간 나를 둘러싸고 있던 모든 학생들이 내게 등을 돌리고 앉아 파트너를 찾는 바람에 순간 나는 강의실의 한가운데에서 고립되어버렸다. 운이 안 좋았는지 총 학생 수는 홀수였고, 그 결과 아무리 강의실 구석구석을 찾아봐도 혼자 남은 학생이 없어서 정말 당혹스러웠던 기억이 아직도 생생하다. 그 친구들이 나를 의도적으로 적대시한 것은 아니었지만, 동양인인 나와 그 친구들과의 어쩔 수 없는 거리감을 확인해주기에 충분한 일이었다. 결국 한국 학생들과 어울리며 직무유기를 하기도 싫었고, 피부색이 다르고 문화가 다른 친구들과는 거리감을 느낄 수밖에 없었던 나는 그야말로 둘 사이에 붕 떠서 그 어디에도 가까이 가지 못한 채 외로워한 적이 많았다.

내가 LA에 위치한 로스쿨에 와야겠다고 결심한 이유에는 이곳에서라면 교포 친구들을 많이 만날 수 있을 거라는 기대감도 있었다. 실제로 LA에는 교포 학생들이 참 많다. LA 교민들도 한결같이 말하는 것이지만, 대학생쯤 되면 대부분의 교포 아이들은 같은 피부색의 친구들과 전보다 더 자주 어울려 지내게 된다고 한다. 그래서인지 이곳에도 많은 아시아계 학생들이 학생회를 조직하기도 하고 또 우리 섹션 같은 경우는 80여 명의 학생 중 열 명 남짓한 학생이 LA 교민이었기 때문에 나는 그 친구들과 어울리며 인디애나에서와는 다르게 미국 생활에서 처음으로 '소속감'을 느낄 수 있었다.

물론 이곳에도 외로움은 있다. 우리 학교 같은 경우 LA 출신이 많기 때문에 다들 여기에 가족과 중고등학교를 같이 보낸 친구들이 있다. 그러니까 그 친구들에게는 학교 밖에 자신만의 생활이 있는 것이다. 소도시의 주립대학 같은 경우야 모두들 줄곧 기숙사와 학교 안에서만 생활하기 때문에 많은 시간을 학교 친구들과 함께 보낼 수밖에 없지만 이곳은 그렇지가 않으므로, 유학생의 숙명인 외로움은 어디서나 어쩔 수가 없는 것이다.

어쨌든 내가 친하게 어울려 지내는 친구들은 팀, 브랜든, 길로이, 캐서린이었는데 정말 하나같이 개성이 뚜렷한 녀석들이다. 팀은 가장 적극적이고 활발해서 이 친구 저 친구한테 먼저 말도 잘 건네는 성격이고 늘 옷도 말끔하게 차려입는다. 모범생처럼 생긴 전(前) '뉴요커' 브랜든은 팀과는 정반대로 조용하고 숫기가 없어서 가까워지기 전에는 잘난 척을 한다는 둥 샌님 같다는 둥 친구들에게 오해를 많이 사는 편이지만 일단 가까워지면 장난도 많이 치고 말도 많아지는 등 귀여운 구석이 있는 친구이다. 길로이는 버클리 대학을 나오고 농구와 랩을 좋아한다는 세 가지를 빼면 더 이상 설명할 것이 없는 것이, 과장을 조금 보태자면 길로이의 입에서 나오는 말은 버클리 대학에 대한 자부심, NBA 농구, 미국 래퍼 투팍(2PAC)을 비롯한 흑인 음악 이야기, 이 셋 중 하나이기 때문이다. 캐서린은 잘 웃고 마음이 여리며 주위 사람을 정말 많이 배려하는 착한 성격으로, 경쟁적인 성격을 가진 학생이 절대 다수를 이루는 로스쿨 학생의 기질 분포로 볼 때는 그야말로 오차범위에 들어가는 친구이다.

오전 내내 도서관에서 공부를 하던 우리는 누가 먼저랄 것도 없이 이쯤에서 한 번 제대로 화끈하게 놀아줘야 할 것 같다는 생각을 하기 시작했다. 아무리 생각해봐도 그동안 쌓인 스트레스를 더 이상 방치해두어서는 안 된다고 느꼈나보다. 그날 저녁 우리는 할리우드로 몰려가 시간을 함께 보냈다. 맥주 한 잔과 수다뿐인 그닥 대단할 것 없는 짧은 시간이었지만 그래도 로스쿨에 들어온 후 처음으로 해방감을 느낄 수 있었다.

그만두는 용기 버티는 오기

첫번째 낙오자

아침에 학교에 도착하여 강의실에 들어서니, 학생들이 곳곳에서 웅성이는 게 분위기가 어쩐지 어수선했다. 얘기를 들어보니 우리 섹션의 한 학생이 학교를 그만뒀다는 것이다. 그 이유가 정확히 무엇인지 모르기에 우리는 그것을 추측하기에 바빠졌다. 그 학생의 도중하차는 공부가 너무 어렵고 힘들었기 때문일 수도 있고, 그보다는 법 공부가 자신이 생각했던 것과 다르거나 혹은 자신의 적성과 맞지 않다는 것을 깨달아서일 수도 있다.

"생각해봐. 우리가 아침에 일어나서 밤에 잠들 때까지 하는 일이 뭐니? 최소한의 시간만 빼고는 전부 법에 대한 거잖아. 그건 앞으로 졸업을 하고 변호사가 되어서도 마찬가지야. 그렇게 한평생을 함께 해야 할 법이라는 것과 그것을 적용하는 일이 자신에게 너무도 맞지 않는다면 돈이고 지위고 간에 그것을 어떻게 평생 해나가겠어?"

캐서린은 학교를 그만둔 학생의 심정을 이해할 수 있다는 듯이 말했다.

"그래도 지금 그만두는 건 너무 성급한 결정 아니니? 이제 공부한 지 한 달밖에 안 됐는데 말이야. 시간이 지나면 어려운 것은 쉬워질 수도 있는 것이고, 지금은 적성에 안 맞는다고 느껴도 나중에는 또 생각이 달라질 수도 있는 거잖아. 너무 성급한 거 아니야?"

팀의 의견이었다. 그에 대한 브랜든의 대답은 역시 그다웠다.

"하지만 기회비용을 생각해봐. 지금 당장 그만둬야 그걸 최소화할 수 있다고. 막대한 비용과 시간을 생각하면 아니라고 생각되었을 때 바로 돌아서는 게 좋아. 솔직히 이 정도 공부해봤으면 법 공부가 대충 어떤 것이고, 앞으로의 생활이 어떨 것이라는 것쯤은 확실히 눈에 보이잖아?"

비용과 시간이라…… 사실 학교 측에서도 로스쿨 신입생들에게 학기 시작 일주일 후에 자퇴하면 등록금의 90퍼센트, 2주일 후에는 80퍼센트 하는 식으로 등록금을 환불해주고 있다. 로스쿨 신입생들이 학기 중간에 학업을 포기하는 일이 그만큼 심심찮게 일어나고 있다는 것을 증명이라도 하듯이 말이다.

나도 느낀 것이지만, 정말 로스쿨에서의 공부는 내가 막연히 생각하던 것과는 좋은 쪽으로든 나쁜 쪽으로든 많은 차이가 있다. 그럴 때마다 지난날을 생각해보면, 나는 단지 내 목표인 '변호사'만을 생각했었지 정작 그 목표 달성을 위해 필수적인 '법 공부'가 나의 적성과 능력에 맞는 일인지에 대해서는 심각하게 생각해본 적이 없는 것 같다. 사실 본격적으로 로스쿨에서 공부를 해보기 전까지는 이러한 무지막지한 공부량과 독특한 수업 방식을 접해볼 기회도 없었으니 나의 적응력을 입학 전에 미리 가늠해볼 수도 없었겠지만 말이다.

그러니 학교를 그만둔 그 친구처럼, 일단 로스쿨에 들어와서 공부를 해본 뒤 무슨 이유에서든 이것은 아니라는 생각이 들면 궤도를 수정하는 것도 나쁘지 않으며 그것은 오히려 용기 있고 현명한 선택일 수도 있다. 아무리 젊어서 하는 고생은 사서도 한다지만, 더 좋은 미래를 위해 현재의 고통을 당연시하며 전투적으로 인생을 살 필요가 있는 것일까? 노력 없이 이루어지는 것도 없고, 고통 없이 이루어지는 일도 없다 한들 우리는 오늘을 사는 것이지 내일을 사는 것이 아니지 않은가. 훗날 누릴 만족이 얼마나 대단한 것이기에, 자살을 생각하고 정신이 돌아버릴 정도로 더 이상 악화될 수도 없는 현재의 시간을 정당화하려는 것인가.

그 친구를 낙오자라 하는 사람들도 있었지만, 내게는 그 친구의 선택이 용기 있는 결단으로 느껴졌다. 그러면서 나 자신을 돌아보았다. 나는 왜 로스쿨만을 바라보았을까. 로스쿨에 들어오기 전까지는 아무것도 몰라 그저 직접 겪어보는 수밖에 없었다면, 여기 들어온 지금 이곳의 모든 것이 내가 생각한 것과 다르다면 돌아가겠다는 결정을 내릴 수도 있어야 하지 않는가. 하지만 아무리 회의감이 근본부터 밀려와도 정말로 그러고 싶지는 않았다. 설령 그것이 더 큰 도약을 위한 잠깐의 후퇴라고 할지라도 말이다. 왜일까? 포기나 물러섬이 싫었거나 그럴 용기가 없었거나.

로스쿨을 그만두는 용기

법적 허구(legal fiction)라는 말이 있다. 그리고 이 개념을 설명할 때 대표적으로 등장하는 이야기가 있다.

A가 다니는 회사에서 혁신적인 신상품을 개발하였고 비행기로 이것의 설계도를 다른 곳으로 옮기려고 한다. 그리고 이 정보를 입수한 경쟁사의 B라는 사람이 그 설계도를 없애기 위해 비행기에 폭탄을 설치해서 운항중인 비행기를 폭파시켰다고 해보자. 그 결과 당연히 설계도뿐만 아니라 비행기 탑승객 전원이 사망했다. 이에 B는 자신은 서류를 없애는 것만 의도하였을 뿐 탑승객을 죽이려는 의도, 즉 살인이라는 범죄를 저지르려는 의지는 없으므로 탑승객들에

대한 살인죄는 성립하지 않는다고 주장하고 있다.

위와 같은 케이스는 법적 허구의 극단적인 케이스로, 사실 이런 경우가 실제로 생긴다고 해도 폭탄을 설치했을 때 모든 사람이 죽을 것이라는 것은 당연히 예상할 수 있는 것이고 또 그래야만 하므로 B는 살인죄 판결을 면할 수 없을 것이다. 하지만 위의 케이스처럼 극단적인 허구 상황이 아닌 현실에서는, 법의 여러 가지 허점을 파고들어 자신의 죄를 가볍게 만드는 어처구니없는 시도가 종종 있다. 특히 형법에서 그런 케이스를 접할 때마다, 나는 본능적으로 분노가 솟구치는 것을 느낄 수 있었다. 또한 '법적 판결'이 묻는 죗값이 우리 사회가 합당하다고 여기는 것보다 훨씬 가볍다고 여겨지는 케이스를 대할 때에도 나의 감정과 이성은 심하게 충돌하곤 했다. 늘 로스쿨에서 공부하기를 원했지만 그 공부가 함께 몰고 올 여러 혼란에 대해서는 전혀 생각해보지 못했었던 것이다.

내 가슴이 옳다고 느끼는 것과 내 머리가 옳다고 생각하는 것이 대립할 때, 즉 수십여 명을 살해한 살인마에게는 사형도 모자라다고 느끼는 나의 감정과, 살인죄의 모든 책임을 그 살인범 한 개인에게만 돌리지 말고 개인을 그렇게 만든 사회적인 원인과 그 살인범에게도 있을 인권을 생각해보라고 요구하는 이성이 머릿속에서 꽝 충돌할 때마다 나는 너무나도 혼란스러웠고 회의도 수없이 들었다. 거기에 기계적으로 해야 하는 논점 만들기와 해도 해도 끝이 없는 공부량과 어려운 내용들은 나의 이런 복잡한 심정을 더 세게 휘저어놓는 듯했다. 내가 왜 이곳에 있는 걸까? 내가 왜 이런 공부를 하고 있는 것일까? 공부에 대한 부담감과 법 공부 자체에 대한 회의감에 하루하루 지쳐갈수록 이런 질문들은 수시로 머릿속에 떠올랐다.

하지만 현실적으로 냉정하게 생각해보니 내게는 로스쿨 공부 말고는 다른 선택권이 없는 것 같았다. 그 시작이 언제인지도 모를 만큼 어렸을 때부터 나는 막연히 법조인을 꿈꿨고 그렇게 당연한 듯 내 모든 것은 로스쿨이라는 곳만을 향해 있었으며 그 목표에 맞추어 굴러간 것이다. 모든 것이 로스쿨을 위한 준비 단계일 뿐이었고 다른 것은 전혀 생각해보지 않았다. 그래서 나는 이곳 로스쿨을 부정할 수가 없었다. 그것은 지난 나의 모든 시간과 노력을 부정하는 것이기 때문이었다.

내 자신이 한심했다. 나는 도대체 무슨 생각으로 법조인을 꿈꾸었던 것일까? '법'이라는 것을 제대로 접해본 적도 없으면서 어쩌면 그렇게도 한결같이 변호사가 되고 싶다고 생각했던 걸까? 변호사가 갖는 사회적 위치나 경제적 능력만을 동경했던 것은 아닐까? 못난 나는 주위 사람들을 원망하기도 했다. 도대체 어른들은 왜 공부 좀 한다는 학생의 장래 희망란에는 어김없이 의사, 변호사를 적어넣게 만드는 것일까? 도대체 어른들은 나의 어떤 점을 보고 장래에 법조인이 되어야 한다고 말씀하신 걸까? 나는 주위 사람들의 기대 때문에 나도 모르게 변호사라는 목표를 설정하고 그것을 너무도 당연하게 생각하게 된 것은 아닐까? 지금 이 모든 어려움과 고통이 다 그런 어른들 때문이라는 바보 같은 생각마저 들었다.

마음이 많이 약해져서일까? 오랜만에 부모님께 전화를 드렸다. 수화기 너머 어머니는 "이제 좀 버틸 만하니?"라고 물어오셨다. 그냥 짧게 "네"라고 대답했지만 사실 내 솔직한 대답은 "버틸 만해서 버티는 게 아니라, 버티는 수밖에는 도리가 없어서 버티고 있어요"였다. 그렇다. 결국 정의에 대한 열망을 다시 확인해서도, 좀 더 멋진 계획과 포부가 생겨서도 아닌, '부모님의 기대' 하나 때문에 그 많은 고민에 종지부를 찍을 수밖에 없었다. 그렇게 마음을 다잡고 다시 책을 들여다봤지만, 여전히 숨죽이고 있는 나의 혼란이 언제 다시 고개를 내밀지 두렵기만 했다.

착한 사마리아인의 법

"어떤 사람이 예루살렘에서 여리고로 내려가다가 강도들을 만났다. 강도들이 그 옷을 벗기고 때려서, 거의 죽게 된 채로 내버려두고 갔다. 마침 어떤 제사장이 그 길로 내려가다가 그 사람을 보고 피하여 지나갔다. 이와 같이, 레위 사람도 그곳에 이르러 그 사람을 보고 피하여 지나갔다. 그러나 어떤 사마리아 사람은 길을 가다가 그 사람이 있는 곳에 이르러, 그를 보고 측은한 마음이 들어서 가까이 가서 그 상처에 올리브 기름과 포도주를 붓고 싸맨 다음에, 자기 짐승에 태워서 여관으로 데리고 가서 돌보아주었다. 다음날, 그는 두 데나리온을 꺼내어서 여관 주인에게 주고 말하기를 '이 사람을 돌보아주십시오. 비용이 더 들면, 내가 돌아오는 길에 갚겠습니다' 하였다. 너는 이 세 사람 가운데서 누가 강도 만난 사람에게 이웃이 되어주었다고 생각하느냐?"(누가복음 10:30-36, 표준새번역 개정판)

위의 성경 구절에서 유래된 '착한 사마리아인의 법'이라는 것이 있다. 이 법은 위험에 처한 사람을 목격한 경우 그 사람을 돕는 것을 법으로 의무화하고 이를 어길 시에는 형사처벌하는 것을 그 골

자로 하고 있다. 학기 초 형법 시간에 우리는 이 법에 대해 생각해볼 기회가 있었다. 이 '착한' 법에 대해서 생각해볼 것이 무엇이 있나, 무조건 시행해야 하지 않느냐고 생각하는 사람이 많을지도 모르지만, 수업 시간에 오갔던 대화를 보면 이 법을 시행하는 것이 그리 간단치 않다는 것을 느끼게 된다.

"'착한 사마리아인의 법'이라는 것이 있습니다. 그리고 지난 수십 년 동안 이 법의 시행에 대한 많은 논란이 있었습니다. 즉 위험에 빠진 사람을 도와야 한다는 도덕적 의무를 법으로 강제하는 것이 과연 옳은 것이냐 하는 논란이 바로 그것입니다. 어떻게 생각하나요, 여러분?"

"위험에 처한 사람을 돕는 것은 좋은 일이며, 저 또한 그런 상황이 되면 위험에 빠진 사람을 기꺼이 도울 용의가 있습니다. 하지만 나 자신의 안전이 위협받을 수 있는 상황에서까지 상대방을 도와야 한다고 어떻게 법으로 강제할 수 있겠습니까? 흉기를 든 남자 강도가 어떤 사람을 위협하고 있는데 이를 본 여자 행인, 즉 신체적으로 남자에 비해 약한 여자가 그냥 도망을 쳤다면, 그것을 어떻게 '형법'이 단죄하는 범죄로 볼 수 있습니까? 혹자는 흉기를 든 강도가 속한 상황은 예외라고 하겠지요? 그렇다면 너무도 위험해 이 법의 예외가 될 수 있는 상황과 이 법의 적용 대상이 되는 상황을 뚜렷하게 구분할 기준이 있습니까?"

한 학생의 대답에 다른 입장을 가진 학생이 의견을 말했다.

"물론 그러한 점도 생각해볼 수 있겠지만, 이 법의 목적과 중요성은 '착한 사마리아인의 법'을 통해 사회 구성원들이 위험에 처한 사람들을 적극적으로 돕도록 유도하고 장려하는 데 있는 것입니다. 그리고 법의 적용과 그 예외의 기준은 늘 구분하기 어려운 선이지만 합리적 기준에서 어떤 상황이 강제성을 지울 수 있는 상황이고 또 예외가 되는 상황인지, 그것을 결정해야 하고 그런 능력을 가진 것이 바로 사법부가 아닙니까?"

양쪽의 주장 모두 일리가 있었다. 전통적인 개인주의 가치관에 영향을 받은 학생들이어서 그런지 우리 섹션의 절반 이상의 학생들이 이 법을 반대했다. 실제로 미국의 경우 대부분의 주에서 도덕적 의무를 법으로 강제하는 '착한 사마리아인의 법'이 개인 행동의 자유권을 침해할 수 있다는 이유를 들어 채택하지 않고 있다. 물론 이를 비판하는 사람들도 만만치 않게 많이 있으며 실제로 버몬트를 비롯한 소수의 주에서는 이 법을 채택하고 있다.

얼마 전 한국의 한 유명 성우가 방송 녹화 도중 사망한 사건을 계기로 인터넷에서 응급환자 구조 행위에 대한 찬반 토론이 벌어진 적이 있었다. 우연히 그와 관련된 인터넷 기사 하나를 보게 되었는데 그 내용인즉, 현재 한국의 법은 응급조치를 의료 행위로 보고 있고 일반인의 응급조치는 '무면허 의료 행위'로 해석되므로 일반인은 이에 적극 나설 수가 없다는 것이며 "어설프게 응급환자에게 손을 댔다가 결과가 안 좋은 경우에는 고소를 당해 책임을 뒤집어쓸 수도 있기 때문에 병원 밖에서의 응급조치 행위를 하지 않는다"는 한 의사의 인터뷰도 싣고 있었다. 그러면서 일반인의 응급조치를 인정하는 동시에 한국에서의 '착한 사마리아인의 법' 채택을 주장하고 있었다. 하지만 더 이상 로스쿨 학생에게 법이란 이 기사처럼 어떤 한 가지 현상이나 사건에 대처하기 위해 무작정 만들 것을 주장하기만 되는 그런 단순한 문제가 아니다. 로스쿨 수업이 토론을 통해 하나의 법이 가져올 여러 가지 상황들을 다각도에서 생각해볼 것을 요구하고 있지 않은가.

혼자서 마음대로 상상을 해본다. 법정이 있다. 나와 이 기사를 쓴 기자가 서로에게 각자의 의견을 관철시키려 하고 있고 판사가 판결권을 쥐고 있다. 증인을 심문하듯 각자 상대방에게 질문을 할 수 있는 시간이 주어진다. 내가 기자에게 질문을 할 차례이다. 아마도 나는 주저 없이 다음과 같은 긴 질문으로 말을 시작하고 또 마무리할 것이다.

"당신은 응급치료가 일반적으로 긍적적인 결과를 가져온다고 가정하고 있군요. 하지만 의료 전문가가 아닌 일반인들 중 '각각의' 응급 상황에 '올바른' 응급조치법을 숙지하고 있는 사람이 얼마나 될까요? 또 일반인들이 '각각의 상황'에 알맞은 '각각의 응급조치'를 '모두' 알고 있다 하더라도 위급한 상황에서 과연 비전문가가 긴장하지 않고 침착하게 응급조치를 할 수 있을까요? 지금 당신이 그 상황에 처해 있는데 당신은 그 환자를 어떻게 다뤄야 할지 아무것도 모른다고 합시다. 하지만 법의 제재가 무서워 섣불리 한 행동이 환자에게 더 안 좋은 결과를 낳는 경우를 생각해보았나요? 제대로 된 응급조치를 할 수 없다면 그냥 방관하거나 혹은 간접적으로 도움을 줄 방법을 찾는 것이 더 현명한 방법 아닌가요?

또한 당신은 그 법이 가져올 사회적 영향들과 그 법의 현실적인 실행 여부에 대해 생각은 해보았는지요? 당신이 적절한 응급조치를 몰랐기 때문에 어쩔 수 없이 보고만 있을 수밖에 없었는데도 이 법으로 인해 당신이 형법을 위반한 범죄자가 된다면 이를 순순히 받아들일 수 있겠습니까?

물론 당신은 '적절'한 행위를 했을 경우 결과가 안 좋은 것에 대해 면책권을 주자는 이상적인 이야기를 하겠지만 어떤 것이 '적절'한 행위이며 어떠한 결과가 '적절'치 못한 것인지 그 '기준'의 설정과 판결의 어려움에 대해서는 생각해보았습니까?"

이렇게 길게 질문하며 기자를 몰아세운다면 그 기자는 당황할 수도 있고, 반대로 할 말이 너무 많아 자신의 차례만을 기다릴지도 모른다. 어쨌든 그 기자가 입을 열려고 한다면, 불법행위법 교수님이 가르쳐주신 변호사의 테크닉 36번을 사용해야 한다. 기다렸다는 듯 기자의 말을 재빨리 빼앗음과 동시에 기자에게서 등을 돌리며 주저 없이 "이상입니다. 존경하는 재판장님"이라고 하며 그 기자의 말문을 막아버리는 것이다.

노트북을 두드려대며 끝이 보이지 않는 케이스들을 분석하는 데 정신이 없는 One L의 하루. 이 낯익은 풍경을 마지막으로 완성하는 것은 긴 밤을 깨어 있기 위한 진한 커피 한 잔.

3부
멈추지 않는 열망

로스쿨의 시험 기간

교수님을 고소하자

시험이 한 달여 앞으로 다가오면서 정해진 범위를 모두 마치기 위해 모든 수업의 진행 속도가 한층 빨라졌지만, 그 중에서도 불법행위법은 정말 너무하다 싶을 정도였다. 이번 주만 해도 2시간의 정규 수업 세 번 말고도 보충수업이 두 번 더 진행되었다. 교수님 말씀에 따르면 한 번의 수업을 준비하기 위해서는 그 수업 시간의 세 배에 해당하는 공부 시간이 필요한데, 일주일에 다섯 번 수업을 한다는 것은 얼핏 따져보아도 일주일 내내 이 과목만 공부하라는 것과도 같은 이야기였다. 하지만 불행히도, 학생들이 자신의 과목만을 공부하고 그 과목의 기말고사만을 준비한다고 생각하는 교수님은 불법행위법 교수님 말고도 세 분이나 더 계셨다.

불법행위법 수업이 시작되자마자 우리는 또 한 차례 불청객을 맞이했다. 수업이 시작되고 몇 분 지나지 않았을 때쯤, 강의실 뒷문이 열리더니 예의 그 교직원 서너 명이 종이 뭉치가 든 박스를 들고 들어오는 것이었다. 지난번의 경험으로 우리의 얼굴은 순간 사색이 되었다. 이번 자료는 기말고사 기출문제와 모범답안들이었는데, 그 분량이 어찌나 많은지 80여 명의 학생들에게 나누어주는 데만도 과장 하나 안 보태고 15분 이상의 시간이 걸렸을 정도이다.

불법행위법 수업은 통상 수업 중간에 십 분간의 휴식이 주어지는데, 대단한 열정가이신 우리 교수님은 그 십 분도 아쉬우신지 8분, 6분으로 점점 우리의 휴식 시간을 줄이곤 하셨다. 게다가 교수님이 수업을 늦게 끝내시는 바람에 얼마 되지 않는 수업 후 점심시간은 반 토막이 나기 일쑤였다. 이쯤 되면, 교수님은 처음부터 수업 시간 내에 다루지 못할 분량을 목표로 삼고 계신 게 아닌가 싶었다. 남은 그 6분의 쉬는 시간 동안 화장실에 모인 학생들은 피로 섞인 불만을 토해냈다.

"도대체 '오늘날 합리적인 사회 구성원의 일반적인 기준(reasonably prudent person standard)'은 누가 가르친 거야? 오늘날 이 사회를 살아가는 합리적인 사람들의 기준에 따르면 교수님의 행동은 '고의적인 정신적 피해(IIED: Intentional Infliction of Emotional

Distress)'의 성립 요건인 '폭력적 행동(outrageous conduct)'으로 보기에 충분한 것 같은데, 그 가르침을 충실히 따르고 있다는 증거로 교수님을 확 고소해버릴까?"

농담으로만 흘려보내기에는 너무나도 귀가 솔깃한 이야기였다. 교수님은 이날 수업을 끝내시며 우리들에게 '정신적 피해'를 겪고 있느냐는 말과 함께 묘한 미소를 지으셨다. 또 한 학생의 티셔츠 위에 그려진 악마를 보시고는 그 악마가 자신을 닮았냐며 웃으셨다. 이런 여러 정황을 고려해볼 때, 교수님도 자신이 학생들에게 고의적으로 감정적, 정신적 피해를 준다는 것을 재차 확인시킨 뒤 수제자들에게 고소를 당함으로써 학생들을 가르친 게 헛되지 않았음을 확인하고 싶으신 게 아닐까?

어쨌든 이날도 어김없이 불법행위법 교수님은 수업을 늦게 끝내셨고, 그 때문에 점심시간은 또 다시 반 토막이 났다. 어차피 다음 수업까지 시간이 얼마 남지 않았기 때문에 나는 친구들과 식사 대신 테라스에 모여 수다로 스트레스라도 풀어보려고 했다. 하지만 길로이의 분위기를 보니 또 '버클리' '투팍' '코비브라이언트의 LA 레이커스 농구팀' 셋 중 하나로 이야기가 빠질 듯했다. 스트레스만 더 받을 것 같아 결국 나는 도서관으로 향했다.

친구야! 날 더 자극시켜줘

시험은 점점 다가오고 있었지만 우리들은 시험 준비뿐 아니라 많은 시간을 투자해가면서 수업 준비 또한 계속해야 했다. 그런데 시험을 준비하는 요령을 알아가면서 시험과 수업에는 최소한의 상관관계만이 존재한다는 것을 눈치 챈 몇몇 학생들이 슬슬 수업에 빠지는 현상이 나타나기 시작했다.

나 역시 시험과 수업을 동시에 준비해나갈 시간이 절대적으로 부족하다고 느꼈지만 그래도 결석하는 것은 왠지 불안하여 전날 눈을 붙이는 둥 마는 둥 하며 겨우 몇 시간 누워 있다가 빌빌거리며 학교로 향했다. 늘 수면의 절대 부족 상태였기 때문에 어떻게 해서라도 하루를 눈 뜨고 버티기 위해, 예전에는 잘 마시지 않던 커피가 어느 순간부터 불가피한 선택이 되고 말았다. 그것도 모자라 언젠가부터는 양은 적지만 효과는 좋은 에스프레소 한 샷까지 매일 아침 약처럼 마시는 것이 자연스러운 일상이 되었다.

커피점 근처에서 에스프레소를 입에 털어넣고 있는데 저쪽에서 팀이 다가왔다. 그리고 "너 어제 책 얼마나 읽었냐? 50페이지 넘게 읽었어?"라며 시험 준비에 대한 질문으로 아침인사를 한다. 사실 로스쿨 학생들은 수업이나 시험을 준비할 때 책을 어디까지 읽었는지, 즉 진도를 어디까지 나갔는지 서로 경쟁하듯 책을 읽어젖히고 있다. 공부의 본질과는 거리가 먼 이 경쟁심은 중학교 시절 친구 한

명을 떠올리게 했다. 중학교에 갓 입학했을 때, 그 친구는 영어책을 들고 다니며 자신이 영어 문장을 숨 안 쉬고 얼마나 길게 읽을 수 있는지를 친구들과 경쟁하곤 했었는데, 당시에도 나는 영어를 숨 안 쉬고 오래 읽는 것이 도대체 어떻게 영어 실력을 나타내주는 척도가 될 수 있는 것인지 의문을 품었었다. 지금 경쟁하듯 남보다 '진도'를 앞서 나가는 것에 목숨을 거는 이 친구에게도 같은 종류의 의문이 들었다.

"아니, 난 영어가 달리잖아. 빨리 읽고 싶어도 그렇게는 못 읽어."

내가 그렇게 동양의 가치인 '겸손'의 미덕을 담아 말을 건네자 팀의 표정은 안도로 바뀌며 그제야 나를 걱정해주기 시작했다.

"권덕아, 너는 영어 때문에 더 힘들지? 그런데 너 꼴등해본 적 있냐?"

무슨 이유에서였는지 갑자기 어눌한 한국말로 나를 걱정해주며 '꼴등'이라는 말을 꺼내는 팀. 아마도 영어 실력으로만 따지면 내가 우리 섹션에서 꼴등이기 때문에 성적 또한 나쁘지 않을까 걱정을 하는 것 같았다. 언어 실력이 부족할 수밖에 없는 외국인에게 충분히 해줄 수 있는 걱정이었지만, 순간 나에게는 '내 가슴속에서 타오른 분노가 나에게 그만큼의 용기가 되었다'라는 유행가 구절이 떠올랐다. 고맙다 친구야. 날 더 자극시켜줘.

러브스토리 인 로스쿨?

한국에 있는 친구들이 내게 로스쿨을 배경으로 한 드라마가 시작했다며 로스쿨에 대한 여러 가지 궁금한 것들을 물어왔다. 그 드라마를 보지는 못했지만, 전해 들은 정보를 바탕으로 드라마와 실제 로스쿨의 모습을 비교해보았다.

먼저 드라마의 두 주인공은 수업에 필요한 케이스 열람과 그 독점을 위해 경쟁을 하는데, 이것은 실제로는 일어나기 어려운 일이다. 수업, 더 나아가서 법과 관련된 모든 케이스와 논문들은 거의 완벽하게 공개되어 있어, 케이스 열람에 제한이 있거나 독점적, 배타적으로 케이스를 소유한다는 것은 불가능하기 때문이다. 하지만 이렇게 두 주인공이 케이스 때문에 경쟁을 벌일 정도로 로스쿨 학생과 법조인에게 케이스를 검색하는 것은 실제로도 상당히 중요한 일이다. 미국에는 Westlaw와 LexisNexis라는 회사가 있는데 이들의 여러 가지 사업 중 대표적인 것은 케이스와 법에 관한 논문, 다시 말해 법과 관련된 모든 정보를 데이터베이스화하여 그것을 로스쿨 학생과 법조인에게 제공하는 것이다. 내가 막연히 변호사를 꿈꾸던 시절 감명 깊게 보았던 영화 〈레인메이커〉에는 소송 경험이 전혀 없는 변호사 초년생이 나오는데, 그는 자신이 맡은 사건과 비슷한 선결 판례(precedent)를 찾는 데 어려움을 겪다못해 베테랑 변호사에게 도움을 청하고, 그 베테랑 변호사가 잘 알려지지 않아 쉽게 찾지 못할 케이스의 이름을 그에게 가르쳐주는 장면이 나온다. 이렇듯 변호사에게는 자신이 맡은 사건과 구체적 사실이 최대한 들어맞는 케이스, 즉 자신이 원하는 판결을 이끌어낼 만한 근거 자료를 찾는 능력이 그 무엇보다도 중요하다. 그렇기 때문에 실제로 우리는 Westlaw와 LexisNexis와 같은 회사에서 제공하는 데이터베이스를 사용하는 방법을 한 학기에 걸쳐 배우고 있다. 아무튼 이 드라마의 무대가 되는 21세기에는 드라마 속의 주인공처럼 어떤 케이스를 독점한다는 것은 생각하기 힘들며, 대형 로펌이라는 든든한 후원자를 둔 덕분에 다른 이들은 접근하지 못하는 케이스를 혼자서만 열람하는 일은 현실에서는 일어나기 힘들다.

두번째로 남자 주인공이 여자 주인공인 의대생을 과외 선생으로 두고 의료 사고와 관련된 케이스를 공부하는 설정이 있는데, 이 또한 실제로는 일어나기 힘든 일이다. 미국의 메디컬 스쿨 학생이 그럴 만한 시간적 여유가 없을 것이라는 사실은 차치하더라도, One L이 케이스 하나를 읽으려고 그렇게 많은 시간을 투자한다는 것은 불가능하기 때문이다. 실제 내가 느낀 공부량의 무게를 생각해볼 때 부러운 상상이기는 하지만 말이다. 나 또한 불법행위법 과목 시간에 의료 사고와 관련된 수많은 케이스를 접할 때마다 생소한 의학 용어 때문에 많이 어려워했지만, 그것은 한국 학생뿐만 아니라 미국인 학생들 심지어는 판사들도 겪는 어려움이다. 더구나 판사들도 자신이 잘 모르는 분야의 전문 지식이 필요할 때면 그것을 공부한 뒤 그 내용을 판결문에 적어놓으므로, 판결문만 읽어보아도 그 사건의 판결을 내리기 위해 기본적으로 알아야 하는 지식들은 이해할 수 있다. 그렇기 때문에 굳이 바쁜 의대생을 과외 선생으로 고용하여 한 단어 한 단어에 대한 심층적 이해를 할 필요도 없을 뿐더러, 공부해야 할 수백 가지 케이스 중 하나일 뿐인 그 케이스에 그렇게 시간을 쏟다가는 다른 케이스를 읽을 시간이 없어 나중에 큰 낭패를 보게 될 것이다. 물론 남자 주인공인 그 법대생이 여주인공인 의대생에게 공부 이외의 목적을 가지고 접근한 것이라면 이야기가 완전히 달라지겠지만 말이다.

마지막으로 짚고 넘어가고 싶은 것은 작가가 밝힌 드라마의 기획 의도이다. 작가에 따르면 그는 드라마를 통해 온정주의와 합리주의가 대립하지만 결국에는 온정주의가 승리한다는 것을 보여주고 싶었다고 한다. 로스쿨에 다니고 있는 변호사 지망생으로서 적극적인 자기 변호를 하는 것인지는 몰라도 온정주의와 합리주의는 이분법적으로 나눌 필요가 없는 것이라고 생각한다. '합리적인 변호사' 하면 누구나 떠올리는 이미지는 아마 말끔하게 차려입은 정장과 금테 안경 그리고 찔러도 피 한 방울 안 나올 것 같은 냉담한 표정일 것이다. 하지만 합리적인 변호사가 반드시 냉혈한일 필요는 없다. 그리고 드라마에서처럼 합리주의 변호사는 부도덕한 권력자나 거대 기업을 변호하고 온정주의 변호사만이 선량한 사회적 약자를 변호하는 것도 물론 아니다. 게다가 '법'에 기대어 의뢰인을 변호해야 할 변호사가, 이 드라마의 주인공처럼 법보다 '감정'을 앞세우는 것을 '온정주의'라고 할 필요는 더더욱 없을 것이다.

물론 이 모든 것은 극단적인 대립 관계를 만들어 극의 긴장도를 높이고 러브스토리를 그 중심에 놓아 드라마에 재미를 주기 위해 설정된 장치들일 것이다. 한 친구 말대로 드라마가 로스쿨 실제의 모습을 그리려고 한다면, 며칠 동안 제대로 씻지도 못해 폐인 행색을 한 채 수면 부족으로 녹초가 된 몸을 이끌고 도서관에 틀어박혀 책을 들여다보고 있는 모습만 한 시간 내내 보여주어야 할 텐데 과연 그 재미없는 드라마를 누가 보겠는가? 흥미진진한 드라마를 만들기 위해서는 현실과는 어느 정도 차이점이 있을 수밖에 없을 것이다.

하지만 장래 법조인을 희망하는 많은 학생들이 그 드라마를 보고 로스쿨과 변호사에 대해 현실과 동떨어진 환상을 품거나 잘못된 고정관념을 갖게 될지 모른다는 점도 드라마 집필 전에 고려되었더라면 더 좋았을 텐데 하는 아쉬움이 남는다.

순간을 공유할 수 있는 '벗'

시험이 가까워오는 며칠 동안은 밥을 먹을 때에도 길을 걸을 때에도 마치 '공부'라는 시커먼 적에 쫓기고 있는 것처럼 서둘러 움직였으며 깨어 있을 때 조금이라도 더 공부하려고 노력했다.

새벽같이 침대를 박차고 일어나 도서관에 도착했을 때 나는 긴장하지 않을 수 없었다. 도서관 문이 열린 지 고작 몇 분 지났을 뿐인데, 이미 도서관 가장 구석 자리에 우리 섹션 친구 두어 명이 자리를 잡고 책에 집중하고 있었기 때문이다. 순간 나는 그동안의 내 생활이 너무 나태했던 것은 아닌지, 과연 로스쿨에 입학하여 최선을 다해 생활했는지 반성해보았다. 공부 이외의 것에 시간을 쓴 기억은 딱히 떠오르지 않았지만 그래도 왠지 최선을 다했다고 생각되지는 않았다. 이내 자리를 잡고 공부에 집중했다. 얼마나 지났을까. 소란스러운 소리에 주위를 둘러보았을 때 나는 다시 한 번 긴장할 수밖에 없었다. 새벽 어둠이 채 걷히지 않은 이 시간에 우리 섹션 학생들 대부분이 도서관에 자리를 잡고 앉아 열심히 공부하고 있었기 때문이다. 나는 침을 꿀꺽 삼키며, 다시 책으로 시선을 옮겼다. 그리고 이제부터 기말고사까지 최선을 다하겠다고 결심하며 어금니를 꽉 깨물었다.

그 후로도 나는 매 순간순간 목적의식을 가지고 열심히 공부했다. 나의 학창 시절을 돌이켜보니 이렇게 시간을 알차게 사용했던 때가 두어 번이나 될까 싶어 부끄러워진다. 인디애나 대학에서 로스쿨 입학을 목표로 학점에 목숨 걸던 시절이 그 중 한 번이다. 그때의 나를 떠올리면 자연스럽게 함께 생각나는 그 시절 나의 공부 파트너가 있다. 옷을 차려입는 시간도 아까워 몇 날 며칠을 군복바지 하나로 버티며, 책장이라도 이고 다니는 듯 십수 권의 책을 등에 짊어진 채 마치 '공부'라는 괴물과 사생결단이라도 낼 듯 도서관으로 향하던 동휘 형이 그 주인공이다.

금요일 밤에도 도서관에 처박혀 죽어라 책만 팠던 그때 나는 하루 대부분의 시간을 동휘 형과 도서관에서 공부하며 보냈는데, 이글거리는 눈빛으로 기를 내뿜으며 공부에 집중하던 형의 모습이 아직도 생생하다. 그런 형이 있었기에 나 또한 흐트러지지 않고 목표를 향해 정진할 수 있었고 외롭지 않게 생활할 수 있었다. 아직도 그때를 떠올리면 동휘 형과 몇 시간을 미친 듯이 공부하다 도서관 앞 계단에 나와 앉아 잠시 바람을 쐬며 이런저런 이야기를 나누던 모습이 생각나 나도 모르게 입가에 미소가 떠오른다.

마치 그때 그 시절로 돌아간 듯이 나는 책만 파며 며칠을 보냈다. 학교식당에 저녁을 먹으러 가서도 무언가에 쫓기듯 허겁지겁 음식을 입에 우겨넣었다. 그렇게 게걸스럽게 음식을 씹으면서 도서관으로 발걸음을 옮기다가, 나는 마치 고장난 시계의 태엽이 멈추듯 그 자리에 우두커니 서버렸다. 순간 무인도에 혼자 떨어져 있는 듯한 느낌이 들었기 때문이다. 외로웠다. 같은 말을 쓰고 같은 문화를 공유한 사람이 그리웠다. 사실 유학 생활에서 가장 힘든 것은 공부가 아니다. 다른 문화를 품은 낯선 사회에서 이방인으로서 자신의 모든 것을 혼자서 책임지며 살아가야 한다는 것이 스물 몇 해를 넘기는 동안 내가 겪었던 그 어떤 학문적 어려움과도 비교할 수 없을 만큼 힘든 일이었다. 문득 로스쿨이라는 목표에 도달하기 위해 함께 몸부림치던 그 시절의 동휘 형처럼, 순간순간을 공유하며 서로에게 힘이 되어줄 수 있는 '벗'의 존재가 너무도 그리워졌다.

로스쿨에서의 기적이란

시험을 얼마 앞두고는 불편한 새우잠 몇 시간 자는 것 빼고는 강의실과 도서관만을 오가며 보냈다. 그렇게 공부를 했음에도 불구하고 불법행위법 교수님의 횡포(?)로 도무지 공부의 끝이 보이질 않았다. 태어나 처음으로 하루가 24시간뿐이라는 사실이 원망스러웠다.

어김없이 아침 8시 30분까지 재산법 수업을 듣기 위해 지친 몸을 흔들어 깨워가며 학교로 향했다. 힘없이 강의실 문을 여니 수업이 5분밖에 안 남았는데도 다섯 명 정도만이 자리에 앉아 있었다. 영문을 몰라 어리둥절해하며 강의실 앞에 서 있자 한 친구가 내게 구원의 소식을 알려주었다.

"휴강이래!"

그 순간 내가 느낀 희열은, 태어나 한두 번밖에 느껴보지 못했던 크기의 감정이었다. 건물을 나와보니 뜻밖의 기적에 들뜬 친구들이 그 어느 때보다도 밝은 표정으로 이야기를 나누고 있었다. 그러나 그 기쁨은 얼마 가지 않았다. 학생들은 이내 누가 먼저랄 것도 없이 수업에 대한 이야기로 열을 올리더니, 결국 그룹을 지어 스터디를 하거나 각자 공부하러 도서관으로 들어갔기 때문이다.

휴강의 기쁨도 제대로 누리지 못하는 우리의 모습이 안쓰러우셨을까? 신께서는 다음날 우리에게 하루 24시간에 한 시간을 더해 25시간을 선물하셨다. 무슨 말인고 하니 민사소송법 수업 끝에 교수님이 우리들에게 다음과 같은 구원의 메시지를 전하셨던 것이다.

"여러분! 제가 여러분에게 가뭄의 단비 같은 소식을 전해주겠습니다. 내일부로 daylight saving time이 끝납니다! 내일 밤에 시계를 한 시간 당겨주세요. 잠이 모자란 사람은 잠을 자도 좋고 공부할 것이 많이 남은 사람은 공부를 더 해도 좋습니다. 신이 내려주신 이 한 시간을 마음대로 사용하세요."

순간 학생들 사이에서 환호성이 터져나왔다. 이곳 LA에서는 daylight saving time, 즉 우리나라에서 말하는 서머타임 제도가 시행되고 있었던 것이다. 나는 또 한 번 전율과 희열에 휩싸여 행복해했다. 그날 나는 그대로 도서관으로 가서 가장 후미진 곳에 자리를 잡았다. 그리고 두툼한 책을 베개 삼아 제대로 못 잔 아침잠을 이어 자는 달콤한 사치를 누릴 수 있었다.

린지의 충격 요법

교수님과 수업에 대한 평가서를 작성하는 시기가 왔다는 것은 곧 학기 말이 다가온다는 말이었다. 우리나라 대학에서처럼 미국의 대학교와 로스쿨은 학기 말에 평가 문항을 통해 학생들에게 수업 평가를 받는다. 약간 짓궂긴 하지만 그나마 우리를 가장 덜 괴롭히시는 교수님은 민사소송법 교수님이었는데, 친구들이 전하는 말로는 교수님이 작년에 이 평가서 때문에 심한 충격을 받으셔서 올해 그 수업 방식과 태도를 싹 바꾸신 것이라고 한다. 그런 이유에서였을까? 나를 비롯한 많은 학생들은 다분히 악의를 가지고 불법행위법과 형법 수업에 긍정도 부정도 아닌 '중립' 평가를 내렸다. 교수님께 악평을 늘어놓고 싶었지만 '부정'으로 몰지 않은 이유는, 만약 그랬을 경우 우리의 고생을 거름 삼아 불법행위법과 형법 두 교수님의 수업이 민사소송법 교수님처럼 평화롭게(?) 바뀌어서 내년에 로스쿨 One L 과정에 들어올 학생들이 편하게 공부한다는 것은 도저히 용납할 수가 없기 때문이었다. 우리는 남이 치른 고통의 대가로 자신의 이익을 얻는 것은 부당한 일이라고 배우지 않았던가?

도대체 작년에 학생들에게서 어떤 평가를 받으셨기에 민사소송법 교수님이 이처럼 온화해지신 것인지 모르겠지만, 어쨌든 충격요법으로 교수님을 변화시킨 지금의 2, 3학년 선배들에게 감사할 따름이었다.

“원래 1장부터 3장까지가 시험 범위라고 발표했었는데, 여러분을 위해서 2장에 대해서만 시험을 치르도록 하겠습니다. 이에 따라 이번 시험의 비중을, 올해 1년이 끝나고 나올 최종 학점의 30퍼센트로 하기로 한 것에서 15퍼센트로 낮추는 것으로 방침을 변경합니다.”

순간 학생들 사이에서 환호성이 터져나왔다. ‘이 정도면 거의 거저먹기다, 설령 시험을 못 봐도 치명적이진 않겠다’ 싶었기 때문이다. 학생들이 그렇게 환호성을 지르다 다시 수업에 집중하려 했을 때, 내 옆에 앉아 새로운 온라인 게임에 빠져 있던 린지는 여전히 게임에 열중한 채 손을 들고 교수님께 황당한 질문을 던졌다.

“교수님, 수업하시게요? 시험범위에도 안 들어가는데 이 수업 왜 해요?”

린지의 충격 질문에 당혹스러워하시는 교수님을 보니, 혹시 교수님이 소문으로만 들려오는 예전의 모습으로 돌아가시면 어쩌나 걱정이 되었다. 하지만 다행히도 그런 일은 일어나지 않았다.

사실 교수님의 이런 결정은 상당히 합리적이라고 생각한다. 로스쿨 시험을 처음 접하는 신입생들은 시험에 대해서 많은 시행착오를 겪을 수밖에 없는데, 그럼에도 불구하고 불법행위법처럼 학기 중간의 공식적 평가 없이 학기 말에 치러지는 기말고사 하나로 그 과목의 최종 학점이 결정된다는 것은 너무도 가혹한 일이기 때문이다.

답안지로 교수님 감동시키기

기말고사가 한창 진행되고 있는 강의실에 앉아 시간에 쫓기며 미친 듯이 노트북을 두드리고 있는 악몽을 꾸었다. 나뿐 아니라 주위의 친구들을 보면 시험에 대한 스트레스와 학생들 간의 경쟁이 이제 정말 본격적으로 달아오르기 시작한 것 같다. 브랜든은 밥을 먹으러 갈 때도 손에 책을 들고 다니는 것은 기본이고, 심지어는 계단을 오르내릴 때에도 한쪽 눈은 계단 쪽에, 다른 한쪽 눈은 손에 든 책에 꽂아둘 정도였다. 어쩌면 그렇게 잠시라도 책을 내려놓지 않는 것이 최소한 남들만큼은 공부하고 있다는 심리적 안정을 가져다 주기 때문인지도 모른다.

어김없이 아침 일찍 도서관에 왔다. 최근 도서관은 예전보다 그리고 날이 갈수록 확실히 북적대고 있었다. 소란스런 분위기가 싫어서, 정말 아무도 없을 것 같은 도서관 맨 위층 구석으로 올라왔지만 그곳에도 이미 우리 섹션 친구들이 전세라도 낸 듯 자리 잡고 있었다. 정말이지 이런 경쟁에 압박감을 느낄 때면, 계단을 오르내릴 때에도 손에서 책을 놓지 못하는 브랜든의 심정을 이해할 수 있을 것도 같다.

게다가 최근 들어서는 수업 시간에도 식은땀이 흐를 정도로 긴장되는 순간이 여러 번 생겼다. 더 이상 호명되는 것에 대한 긴장이 아니었다. 학기 초에는 그저 이름이 불린 것만으로도 겁이 나서 덜덜 떨거나 교수님의 질문에 엉뚱한 대답을 내놓던 친구들이, 어느덧 영화에서나 보던 변호사의 말투와 억양으로 똑소리 나는 대답을 하기 시작한 것이다. 제스처까지 취해가며 자신의 답을 설득력 있게 포장하는 친구들을 볼 때는, 그동안 나는 과연 저 친구들만큼 성장하였나 하는 생각에 불안감을 느낄 수밖에 없었다.

나는 언제나 내 주위의 다른 사람보다는 자신 스스로를 경쟁 상대로 삼고자 노력해왔다. 하지만 로스쿨 안의 경쟁적 분위기에 휩쓸려 나도 모르게 다른 학생들처럼 한 가지 목표만을 생각하고 있었으니, 그것은 언젠가 기말고사 대비 수업이 녹화된 시디에서 한 강사가 큰소리로 강조했던 말, 시험 답안지를 통해 '주위 친구들보다 교수님에게 더 깊은 인상을 남기라(Impress professors more than people around you)'는 것이었다. 그 목표를 달성하기 위해서 우리는 점점 더 많은 스트레스와 긴장감을 느끼고 있었던 것이다.

로스쿨에서의 모든 시험은 철저하게 무기명으로 이루어진다. 그리고 수업 시간에 적극적으로 참여하는 것은 추가 점수 정도일 뿐, 정작 학점을 결정짓는 요소는 기말고사 답안지뿐이니 이런 말이 나올 수밖에 없다. 로스쿨을 경험한 모든 학생들이 말하는, 교수님을 시험 답안지로 감동시키는 방법은 모의고사로 시험 답안을 최대한 많이 써봐서 큰 그림을 머릿속에 넣고 있는 것이다. 로스쿨 시험은 늘 사례를 제시하고 그것에 대한 법 적용을 묻는 형태로 출제되는데 여기서 교수님을 감동시키는 방법은 얼마나 많은 케이스와 법을 정확하게 외우고 있느냐가 아니라, 얼마나 논리정연하고 정돈된 '시험지'를 보여주느냐 하는 것뿐이기 때문이다.

Stupid Lawyer Humor

심각한 수준으로 과열된 학생들의 경쟁과 긴장, 그로 인해 터져버릴 것만 같은 머리를 식히려는 생각에서였는지, 한 친구가 섹션 전체 학생들에게 멍청한 변호사에 대한 웃긴 이야기를 이메일로 보내왔다. 다음에 소개할 이야기들은 미국 법정에서 변호사가 증인이나 피고와 나눈 '실제' 대화라고 한다.

1. **변호사** 의사 선생님, 사람이 수면중에 사망하게 되면 그 사람은 자신이 죽었다는 사실을 다음날 아침까지 모른다고 하

는데 이게 사실인가요?

증인 당신 진짜로 변호사 시험 통과한 거 맞소?

2. 변호사 (피고가 나온 사진을 보여주며) 피고! 당신은 이 사진을 찍을 때 현장에 있었습니까?

3. 변호사 증인에게는 자녀가 셋 있지요, 맞습니까?

증인 네, 맞습니다.

변호사 그들 중 아들이 몇 명입니까?

증인 한 명도 없습니다.

변호사 그렇다면 그들 중 딸은 몇 명입니까?

4. 변호사 당신의 첫번째 결혼 생활은 왜 끝나게 되었습니까?

증인 사별했습니다.

변호사 그렇다면 부부 중 누가 죽어서 결혼 생활이 끝나게 되었습니까? 남편입니까? 아내입니까?

요즘 내가 가끔 주위 사람들에게 반 농담으로 하는 소리도 '내가 바보가 되어가고 있는 것 같다, 상식이 없어지는 것 같다'는 것이었는데, 위와 같은 이야기들은 그런 과정을 극단적으로 입증하는 사례들이 아닌가 싶다. 그러면 왜 로스쿨 학생은 공부를 할수록 바보가 되어가는 것이고 또 일부(?) 변호사는 왜 이런 멍청한 질문을 하는 것일까? 가장 먼저 생각해볼 수 있는 이유는 로스쿨 학생들과 변호사들에게는 그 무엇도 당연한 것으로 가정(assumption)하는 것이 허용되지 않는다는 점이다. 예를 들어 다음의 로스쿨 입학시험 문제를 생각해보자.

"현재 우리나라는 시장의 연임을 허용하고 있습니다. 그런데 각 후보들이 시장 선거에 나서려면 자신들의 당선에 도움이 될 만한 정치인들에게 많은 시간과 노력을 쏟아부어야 합니다. 그렇기 때문에 현 시장이 시장직을 수행하면서 동시에 선거를 준비할 수 있는 지금의 연임제하에서는, 선거철이 되면 시장이 선거 준비에 신경을 쓰느라 시민의 이익을 위해 일하는 것을 소홀히 하는 폐단이 발생하게 됩니다."

위 지문의 주장과 그 근거가 과연 논리적일까? 언뜻 보면 위의 지문은 논리적으로 문제가 없는, 오히려 설득력 있는 주장인 것 같다. 하지만 위 지문의 주장과 그 근거 사이에는 건너뛴 부분, 즉 주장하는 이의 가정이 숨겨져 있다. 글쓴이는 '다른 정치인들에게 많은 시간과 노력을 쏟아붓는 것'과 '시민의 이익을 위해 일하는 것'을 동시에 할 수는 없다고 가정하고 있는 것이다. 이 가정이 '당연한' 것이라고 생각할지 모르지만 이것은 절대로 '당연한' 것이 아니다. 이것을 증명할 수 있는 방법은 여러 가지가 있을 수 있지만, 우선 한 가지를 꼽자면 시장이 '당선에 도움이 될 만한 정치인들에게 쏟아붓는 시간과 노력'을 이전의 재임 기간중에는 시민들을 위해 썼다는 증거는 어디에도 없다는 것이다. 즉 선거 운동 전에 자신을 위하여 쓰던 시간과 노력을 다른 정치인들에게 쏟아붓는 것이라면 달라질 것이 없는 것이다.

이렇게 로스쿨 학생들은 로스쿨에 들어오기 위한 입학시험을 준비할 때부터 세상의 모든 현상을, 설사 그것이 당연하게 여겨지는 것이라 해도 언제나 뜯어보고 의심하도록 요구받고 있다. 뿐만 아니라 로스쿨 안에서도 절대 진리를 제외한 세상의 모든 사건과 현상에 대해 '당연한 것'이라고 생각하지 말 것을 요구받기 때문에 점점 세상 사람들이 다 그러려니 하는 '상식'이라는 걸 잊은 채 살아가게 되는 것 같다.

또 다른 이유는 로스쿨 학생들과 변호사는 모든 현상을 어떤 정해진 순서에 의해서 '차례차례' 분석하는 데에 익숙해져 있기 때문이다. 앞서 말했던 당연한 가정이 받아들여지지 않는 것처럼, 아무리 당연한 것이라도 결코 그냥 건너뛰지 않고 논리의 전개 과정 하나하나를 순서대로 밟아서 결론에 도달하는 데 익숙해지는 것이다.

자녀가 셋일 때, '자녀'라는 단어가 애완동물이나 중성의 외계인을 포함하지 않는 이상 아들이 한 명도 없다면 딸이 세 명인 것은 너무나도 당연한 사실임을 알고 있더라도 말이다.

추수감사절 괴물의 장난

로스쿨의 첫 학기 이맘때쯤이면 어김없이 찾아오는 불청객이 있었으니 그것은 추수감사절 괴물이다. 우리나라로 치면 추석 괴물쯤 될까? 미국에는 11월 말에 추수감사절 연휴 기간이 있다. 로스쿨 첫 학기에 주어지는 유일한 연휴이기도 하거니와 오랜만에 가족들도 만날 수 있는 시간이기 때문에 이래저래 연휴 동안 One L들의 긴장은 풀릴 수밖에 없다. 그리고 연휴가 끝나 긴장이 풀린 무방비 상태로 학교에 다시 돌아오면, 학생들 간의 피 튀기는 경쟁, 감을 잡을 수 없는 첫 시험 그리고 끝이 보이지 않는 여전히 막대한 공부량이 매년 학생들을 기다리고 있는 것이다.

그러한 괴물을 맞이해야 하는 것은 나라고 예외는 아니었다. 아무리 미국 로스쿨이 법적 사고력을 기르는 것을 목표로 한다고는 하지만 여기 학생들도 기본적으로 외워야 할 것이 많다. 특히 시험을 치기 위해서는 수많은 판례와 법 조항, 그에 관련된 모든 것을 달달 외우고 있어야 한다. 아니면 감히 외우는 노력도 없이 이제 법을 한 학기 배운 학생들이 무슨 밑천이 있다고, 또 어떻게 그 시간 안에 사고력을 완성할 수 있다고 그냥 시험을 치를 수 있겠는가.

추수감사절 연휴가 끝난 점심시간, 학교식당에 모인 학생들은 분위기에 따라 크게 두 부류로 나뉘었다. 어젯밤에 한숨도 못 잤다는 소리를 하며 극도의 긴장감을 표하는 학생들이 한 부류이고, 반대로 간만에 맛본 휴식 덕분에 그 어느 때보다 활기 넘치는 표정으로 스포츠와 연예인에 대해서 이야기를 나누고 있는 부류가 다른 하나이다. 하지만 어떤 부류에 속해 있건 계속해서 그런 시답잖은 이야기나 듣고 있을 시간이 없다는 듯 한두 명씩 슬슬 자리에서 일어나 어디론가 사라지기 시작했다. 나 또한 다음 시간 전까지 도서관에서 조금이라도 더 공부를 하려는 생각에 캐서린에게 시간을 물었다. 해는 중천에 떠 있었다. 그러니 정오가 조금 지났을까? 그런데 내 질문에 캐서린은 손목시계를 보더니 "5시 45분이야" 하는 것이 아닌가. 더욱 놀라운 것은 캐서린의 대답에 나를 비롯한 주위 친구들 모두 그런가보다 하다가 한 5초쯤 지나서야 뭔가 이상하다며 캐서린을 바라보았다는 사실이다. 추수감사절 괴물 때문에 모두들 제정신이 아니었던 것이다.

추수감사절 괴물의 장난은 오후 수업에서도 계속되었다. 수업 시작 전 몇몇 사람이 사탕 바구니를 들고 들어오더니 아무 설명 없이 선택된 소수에게만 바구니를 나누어주는 것이었다. 순간 도대체 그 선택의 기준이 무엇인지 학생들 사이에서는 추측이 난무하기 시작했다. 그 중 최다 지지를 얻은 의견은, 저 바구니가 가장 유력한 상위 10퍼센트 학생들에게 주는 추수감사절 선물이라는 것이었다. 유치하지 않은가? 무엇이든 경쟁과 시험에 초점을 맞추어 생각하다니. 정말 다들 제정신이 아닌 게 분명했다.

코앞으로 다가온 첫 시험

할리우드 영화를 보면 '데프콘(DEFCON: Defense Readiness Condition)'이라는 말이 자주 등장한다. 미국에서는 테러나 전쟁처럼 국가 안보를 위협하는 상황이 발생할 때 5단계의 데프콘 태세를 발령하는데, One L들에게는 11월 중순의 추수감사절 연휴까지의 시기가 '평균 수준 이상의 긴장 상태가 계속적으로 증가'하는 데프콘 2 상태, 그리고 연휴가 끝나고부터 모든 시험이 끝날 때까지의 한 달여 기간이 바로 '긴장이 최고조'에 이른 데프콘 1 상태라고 할 수 있을 것이다. 그렇게 데프콘 1이 발령된 가운데 첫 시험이 이틀 앞으로 다가왔다.

모든 학생들이 도서관으로 밀려 들어왔기 때문에, 도서관의 분위기는 그 어느 때보다도 어수선했다. 긴장 상태도 최고조에 달해서인지 대부분 학생들의 신경은 날카로워 보였다. 어수선한 도서관 분위기에 참다못한 한 학생이 도서관에는 음식물 반입이 일체 금지되어 있으니 그걸 목격하면 학장에게 곧바로 신고하겠다는 협박성 전체 메일을 보내기도 했다. 물론 이런 협박을 받고 그냥 넘어가주기에는 말 잘하는 다른 학생들의 신경질 지수도 너무 높이 올라가 있었다. 결국은 그에 대한 공격적인 이메일이 수없이 오갔고 학교 서버가 다운되기까지 했다.

이 웃지 못할 학교 분위기 속에서도 나는 도서관 세미나실에서 브랜든과 캐서린을 만나 실전처럼 시간을 정확히 맞춰가며 서술형 모의고사를 보았다. 로스쿨 시험은 시간의 압박이 특히 굉장하기 때문에 모의고사를 통해 답안 작성을 연습하고, 답안의 큰 틀을 미리 준비해두어야 한다. 모의고사가 끝나고 서로의 답안지를 바꿔보았다. 문법이나 문체가 다른 친구들에 비해 좀 모자라기는 했지만 '그래도 이 정도면 나도 일단 시험은 칠 수 있겠구나' 하는 생각이 들었다.

하지만 날이 저물고 시간이 흐를수록 나의 긴장과 불안은 정상 수준을 넘어섰다. 속이 쓰리고 아팠다. 신경성인 듯했다. 참아보려 했지만 속이 너무 안 좋아 화장실을 몇 번이고 들락거려야 했다. 그러나 도를 넘은 긴장 상태에 놓여 있는 것이 나 혼자는 아니었나보다. 한번은 막 화장실에서 나오려고 하는데 한 학생이 황급히 뛰어 들어오더니 헛구역질을 하기 시작했다. 얼굴이 참고서 종잇장처럼 창백한 것으로 보아 그 친구 또한 신경성으로 상태가 좋지 않은 것이 확실했다. 주위를 둘러보니 도서관은 극도의 긴장 상태에 있는 학생들로 가득 차 있었다. 기분이 묘했다. 상상해보라. 퀭한 눈에 하얗게 질린 수많은 얼굴들 틈에서 고도의 집중력을 요하는 공부라니. 혹시 편안한 분위기에서 공부를 한다면 좀 진정이 되지 않을까 싶어 장소를 집으로 바꿔보았지만 증세는 조금도 나아지지 않았다. 결국 새벽 4시까지 공부를 계속하면서 화장실도 계속 들락거렸다. 시간이 갈수록 긴장 상태가 더 심각해지고 있었으니, 그 이유는 아마도 코앞으로 다가온 시험 과목의 내용을 완벽하게 공부했다고 자신할 수 없었기 때문일 것이다.

드디어 첫 시험을 치르다

심판의 날

드디어 로스쿨에서의 첫 시험이 있는 날. 새벽 4시에 두 시간 정도 눈을 붙였다가 새벽같이 학교로 향했다. 전날 낮 12시 이후로 아무것도 먹지 못해서일까? 온몸에 힘이 없는 게, 뭐라도 먹어야 시험을 제대로 칠 수 있을 것 같았다. 학교식당에 도착하여 급하게 음식을 주문하는데, 식당 직원이 "진정해요! 진정!! 제발 진정해!! 걱정하지 마. 다 괜찮을 거야. 내가 여기서 수년째 일하고 있는데, 매년 이맘때면 누구나 겪는 일이야. 다 괜찮을 테니까 제발 진정 좀 하라고!"라며 나를 진정시켰다. 대체 내 모습이 어떻게 보이길래? 그 직원이 진심으로 나를 걱정하는 것을 보니 내 긴장 상태는 아마 예상

가능한 범위에서 최고조에 이르러 있었던 것 같다. 며칠간 속이 안 좋아 고생했기 때문에 나는 조심스럽게 음식을 씹어 삼키고는 얼른 도서관으로 향했다. 그리고 시험 전까지 집중하여 다시 한 번 복습을 하기 시작했다. 시험 시간이 다가올수록 내가 느끼는 긴장감은 그 어느 때와도 비교할 수 없을 정도로 커져갔다. 시험 시간을 30분 남기고, 이런 상태로는 공부를 해봤자 의미가 없을 것이라는 결론을 내린 나는 천천히 도서관을 나와 시험장으로 향했다.

시험장 입장이 아직 허용되지 않아서 우리 섹션의 많은 친구들이 그 앞에 서서 기다리고 있었다. 정말 난장판이 따로 없었다. 나는 그동안 우리 섹션 여자아이들이 화장을 진하게 한다고 생각해본 적이 한 번도 없었는데 이날은 우리 섹션 여학생 중 삼분의 일 정도의 얼굴을 알아보지 못할 정도였다. 맨얼굴도 맨얼굴이었지만, 그 행색 또한 폐인이 따로 없었기 때문이다. 그런 폐인의 행색은 비단 여자아이들만의 모습이 아니었다. 순간 한쪽에서 어떤 친구가 머리에 프로펠러가 달린 색동 모자를 쓰고 시험장을 향해 미친 듯 달려오고 있었다. 나는 정말이지 그 친구가 공부를 하다가 미쳐버린 줄 알았다. 시험 전까지도 그 친구는 색동 모자의 프로펠러가 힘차게 돌아갈 정도로 시험장 앞 이곳저곳을 계속 뛰어다녔다. 어떤 친구는 이제껏 늘 시험을 볼 때마다 입었다는 운동복을 입고 오기도 했으니, 시험을 잘 보기 위한 우리들의 노력은 정말 눈물겨운 것이었다.

나는 브랜든과 길로이의 옆으로 다가갔다. 그러자 브랜든은 아직 입도 뻥긋 안 한 내게 시험에 대한 이야기는 일절 꺼내지 말라며 내 입을 막았다. 시험을 앞두고 다른 친구의 질문을 받았을 때, 아는 것이면 본전이고 모르는 것이면 그제야 공부를 할 수도 없는 노릇이니 불안감만 더할 것이기에 한 말일 것이다. 주위를 보니 그것은 소심한 브랜든 녀석에게만 국한된 행동은 아니었다. 로스쿨에서는 시험을 20여 분 앞두고 시험 과목의 내용에 대해서 이야기를 나누는 것은 거의 금기시되어 있다.

그런데 바로 그 순간 내 주위의 아이들을 경악케 한 사건이 일어났다. 한 친구가 우리에게 걸어오며 "민사소송법 공부 많이 했어? Mens Rea Jurisdiction이 뭐야?"라며 질문을 던진 것이다. 그 말을 듣고 나는 가슴이 철렁 내려앉았다.

'오늘 시험은 재산법인 줄 알았는데 민사소송법이라니, 내가 잘못 알았던 건가? Mens Rea Jurisdiction? 그게 뭐지? 어제 오늘 나는 그런 거 공부한 기억이 없는데? 난 이제 망했구나!'

다른 친구들을 쳐다보니 그들의 표정 또한 나와 같았다. 그 친구는 우리들의 표정을 보고서 목표를 달성했다는 듯 이번 시험은 재산법이 맞다며 한참을 웃어댔다. 그제야 나는 Mens Rea Jurisdiction 또한 Mens Rea와 Juristdiction을 멋대로 합친 엉터리 용어라는 것을 알아차릴 수 있었다. 우리 모두 정상이 아니구나! 소문에 의하면 저 친구는 섹션에서 상위 30퍼센트에 들지 못하면 수업료를 환불해주는 학원에 다녔다는데, 그 학원에서는 저런 악질 장난을 시켜서 학원생들이 상위 30퍼센트 성적을 받도록 하나 싶었다.

시험장 앞에 감도는 분위기는 지금까지의 긴장감과는 또 다른 것이었다. 수많은 학교를 거치며 셀 수 없는 시험을 치러봤지만, 시험을 앞두고 이처럼 크게 긴장한 적은 단 한 번도 없었다. 그래서 나는 캐서린에게 시험을 앞두고 늘 이렇게 긴장하느냐고 물어보려 했다. 그런데 캐서린은 내가 입을 열려고 하자 "아무 말도 하지 마"라며 저쪽으로 가버리는 것이 아닌가. 그 착하고 여린 캐서린 또한 이미 평소의 캐서린이 아니었다.

곧이어 시험장의 문이 열리고 학생들이 차례로 입장하기 시작했다. 시험장 입구에 들어서니 감독관 한 명이 학생의 얼굴을 학생증과 꼼꼼히 대조하고 있었다. 곧이어 학생들은 모든 소지품, 특히 핸드폰은 전원을 반드시 끈 채로 강의실 앞쪽에 놓아두라는 지시를 받았다. 핸드폰을 비롯한 전자기기의 경우 시험중에 소리가 울리게 되면 그 이유를 막론하고 큰 감점을 당하게 되어 있기에 캐서린은 핸드폰 전원을 꺼두는 것으로는 안심이 되지 않았는지 아예 핸드폰을 차에 갖다두고 오기까지 했다. 요즘의 로스쿨 시험은 자신의 노트북을 이용하여 답안을 작성하고 그것을 플래시 메모리에 저장하여 제출하는데, 플래시 메모리 하나하나에 학생의 고유 번호가 적혀 있음은 물론이고 답안을 작성하기 위해 학교 측에서 제공한 프로그램을 실행시키면 자동적으로 그 프로그램 이외에는 아무것도 실행을 시킬 수 없게 되어 있다. 또한 캠퍼스 내의 모든 인터넷 연결 또한 차단되어 있기에 부정행위가 일어나는 것은 상상조차 할 수 없다.

긴 시험 준비 시간이 끝나고 드디어 시험이 시작됐다. 먼저 객관식 시험이 시작되었다. 시험지를 펼쳐보니 예상했던 대로 토지의 양도에 대한 문제 20개가 적혀 있었다. 문제는 대체적으로 평이했다. '역시 한국 학생에게 객관식 시험은 누워서 떡먹기'라고 생각하며 나는 주관식 시험을 기다렸다. 외국인인 나는 영작 실력이 많이 부족했기 때문에 시간 내에 주관식 답안을 완성이나 할 수 있을까 하는 걱정을 사실 많이 했다. 시험이 시작되자마자 친구들은 요란한 키보드 소리를 내며 답안을 작성하기 시작했다. 나도 마음을 진정시키고 연습 답안을 작성했던 기억을 떠올리며 기계적으로 답안지를 채우기 시작했다. 그리고 천만다행으로 시험 종료 바로 직전에 노트북에서 겨우 손을 뗄 수 있었다.

긴 준비 시간 동안 긴장한 것에 비해 시험은 잠깐 만에 정신없이 끝난 느낌이었다. 그렇게 시험을 마치고 밖으로 나오니 순간 온몸에서 힘이 풀렸다. 하지만 불법행위법 시험이 불과 이틀밖에 남지 않았기 때문에 언제까지나 로스쿨에서의 첫 시험을 마쳤다는 감격에 젖어 있을 수는 없는 노릇이었다.

5학점짜리 불법행위법의 그 방대한 분량을 남은 이틀 동안 다시 보기에는 시간이 턱없이 부족했다. 한 학기에 걸쳐 공부한, 그야말로 말도 안 되게 많은 분량을 빠르게 훑다보니 한 학기에 불법행위법 과목 전체를 배우는 것은 숫자부터 미적분까지의 수학 범위를 한 학기에 다 배우는 것과 같다는 생각이 다시 한 번 절로 들었다. 물론 과학, 역사 같은 다른 과목 공부도 같이 하면서 말이다.

시험 30분 전까지 배운 내용을 빠른 속도로 확인해나가던 나는 긴장이 풀어지면서 세미나실에서 친구들과 잡담을 나누기 시작했다. 다른 친구들 또한 어차피 지금 공부한 것은 머릿속에 제대로 들어가지 않는다며 긴장을 풀려 애쓰고 있었다. 그래도 한 번이나마 경험이 있어서인지, 친구들은 며칠 전 첫 시험을 30분 앞두고 있었을 때보다는 비교적 진정된 모습이었다. 하지만 그것은 첫 시험과의 상대적인 비교일 뿐 시험을 앞둔 우리의 온몸에는 여전히 공부하고 외운 내용보다 긴장이 더 가득 찬 상태인 것 같았다.

브랜든이 가방 속을 살피더니 머리가 너무 아파서 이대로는 도저히 시험을 칠 수 없을 것 같다며 두통약을 꺼내 먹었다. 많은 미국 친구들이 아스피린이나 에드빌 같은 진통제들을 심하다 싶을 정도로 자주 복용하기는 하지만, 시험을 앞두고 약을 찾을 수밖에 없다는 사실은 또 다른 충격이었다. 더욱 놀라운 것은, 브랜든이 두통약을 먹는 것을 보고는 다른 친구들 또한 잊고 있었다는 듯 그제야 자신들의 두통약을 꺼내는 것이 아닌가.

"휴, 정말 미치겠다. 재산법 시험이야 그거 하나로 학점이 결정되는 게 아니니까 그렇다고 쳐도, 이거 한 방으로 결정되는 불법행위법 시험은 정말 부담스럽다. 너희들, 이 시험 한 번으로 우리가 앞으로 벌게 될 돈의 액수가 정해진다는 거 생각해봤어?"

브랜든의 말에 다른 한 친구가 그건 좀 과장이라며 고개를 저었다. 그러자 브랜든은 그 친구 말에 어느 정도 동의하며 자신의 양팔을 활짝 벌리더니 이내 양팔 간격을 어깨 간격으로 줄이며 말을 이어갔다.

"그럼 지금까지 큰돈을 벌 기회를 가진 학생 수가 이만큼이었다면, 이 시험을 치고 나면 그 수가 이렇게 줄어들게 되는 것은 어때? 적당한 비유니?"

그제야 그 세미나실에 앉아 있던 친구들이 동의를 했다. 1학기가 끝나면 불법행위법과 형법 과목의 학점만이 나올 것이다. 그러면 우리는 그 학점을 가지고 여름 인턴 자리를 구해야 한다. 그래서 우리는 불법행위법 시험에 많은 부담감과 긴장된 마음을 갖고 다시 시험장으로 향했다.

불법행위법 시험은 2시간 동안 작성해야 하는 에세이 시험 2개와 150분 동안 75문항을 풀어야 하는 객관식 시험, 이렇게 두 부분으로 구성되어 있었다. 먼저 에세이 시험이 시작되었다. 이미 로스쿨에서의 두번째 시험이었지만 불법행위법의 에세이야말로 기본적인 영어 실력이 필요한 것이었기에 나는 지난번 재산법 시험 때보다도 더 긴장을 하고 있었다. 두근거리는 마음을 다스리며 시험지를 펼쳐보니 다행히도 시험 문제는 평이한 편이었다. 관건은 주어진 시간 동안 답안을 작성할 수 있느냐는 것이었다. 설상가상으로 2시간의 시험 시간 중 처음 30분은 아웃라인을 작성하는 시간으로 주어지기 때문에 컴퓨터를 사용할 수 없도록 규정되어 있어서 시간은 더 부족한 듯 느껴졌다. 솔직히 그 후 2시간에 대해서는 기억이 잘 나지 않는다. 그만큼 다급했기 때문이다. 이 시험은 원칙적으로 오픈북 시험이었지만 책을 펴볼 시간 또한 전혀 없었다. 처음 30분 동안 종이에 연필로 두 문제의 이슈를 적었고 나머지 1시간 30분 동안 쉴 틈 없이 키보드를 두드려 답안을 작성했다. 시간 내에 답안을 작성할 수 있을까 내내 정말 큰 부담이었지만, 그래도 내가 할 이야기는 빠짐없이 적어서 답안을 완성했다. 2시간의 시험이 끝나고 주위를 둘러보니 친구들의 희비가 교차하고 있었다. 최소한 답안은 다 완성했으니 중간쯤은 할 수 있겠구나 싶어 나는 그제야 안도의 한숨을 쉬었다.

하지만 객관식 문제를 받아보았을 때 그것은 나의 착각이었음이 판명되었다. 한국 학생은 객관식을 못 보려야 못 볼 수가 없다고 생각했던 것은 근거 없이 아무 데나 국적을 내세운 나의 자만이었던 것이다. 객관식 시험지는 빽빽한 글씨로 채워진 A4용지 60페이지 짜리로, 한 권의 책에 가까웠다. 한 문제를 풀기 위해서 읽어야 할 지문이 기도 안 차게 길었다. 외국인으로서 부족한 작문 실력도 문제였지만 더욱 큰 문제는 느린 리딩 속도였던 것이다. 문법과 독해는 늘 자신 있다고 여겼는데, 문제점이 왜 하필 이제야 이 순간에 드러나는지. 그래도 집중하여 몇 문제를 풀어보았지만 150분 동안 75문제를 다 풀어낸다는 것은 불가능하다는 결론이 나왔다. 결국 그 순간부터 나는 시험지를 앞뒤로 왔다갔다 뒤적이며 문제를 빠른 속도로 대충 읽어대기 시작했다. 머리가 아팠다. 아까 브랜든이 먹던 두통약을 하나 먹었어야 했다는 후회가 스쳤다. 대충 문제를 찍다시피 하고 시험장을 나오니 절망감이 엄습해왔다.

로스쿨 입학시험의 리딩 섹션에서도 시간이 부족해서 모든 문제를 풀지는 못했지만, 이 시험은 그 이상의 읽기 속도를 요구했던 것이다. 어떻게 우기고 우겨서 로스쿨까지는 들어왔지만, 외국인에게는 미국 로스쿨에 들어온 것만으로 모든 어려움이 끝나는 것이 아니라 그 순간부터 진정한 어려움이 시작되는 것이라는 사실을 다시 한 번 뼈저리게 느끼는 순간이었다. 언어라는 것의 특성상 로스쿨 한 학기 동안 아무리 집중적으로 공부를 한다고 해도 영어 실력이 단시간 내에 향상될 수는 없다는 것을 그때는 왜 애써 외면하려 했을까.

시험을 망쳤다는 절망감에 빨리 다른 시험이라도 준비해야 되겠다고 생각은 했지만, 어쨌든 다음 시험까지는 일주일이 남아 있어서였을까? 아니면 수일간 잠을 거의 못 잤기 때문이었을까? 당연한 선택인 듯 나는 터벅터벅 집으로 돌아와 그대로 침대에 쓰러져버렸다.

마침내 쉼표를 찍다

지난 한 학기 동안 나는 늘 시간이 잠시 멈추어주었으면 좋겠다는 헛된 바람을 가지고 살았다. 정신적으로도 고단했지만, 그보다 One L들에게는 긴장을 풀고 휴식을 취할 수 있는 시간은커녕 뒤처진 학과 내용을 따라잡을 시간도 주어지지 않았기 때문이다. 그렇게 정신없이 내달리는 한 학기 동안 언제나 상상하고 고대했던 그것, 바로 로스쿨 첫 학기의 시험이 끝나고 시험장을 나오는 그 순간을 맞이하게 되었다.

시험 기간이 시작된 지도 어느덧 보름이 넘어섰으니 나를 비롯한 모든 One L들은 정말 젖 먹던 힘까지 쥐어짜내서 그 마지막 지점에 도달했던 것 같다. 각 과목마다 시험을 위해 준비해야 할 분량이 많기 때문에 긴 시험 일정은 불가피한데, 그 긴 시간 동안 극도의 긴장과 스트레스를 계속 달고 지내야만 하는 고통과 어려움은 말로 표현할 수가 없을 정도였다. 그렇게 시험 기간은 한 학기 동안 공부한 내용을 복습한 것 이외에는 기억에 남는 일이 하나도 없을 정도로 정신없고 무미건조한 날들이었다. '공부하는 기계'라고 말하면 딱 될 것이다.

사실 따지고 보면 무미건조한 날들이 어디 시험 기간 며칠뿐이었으랴. 돌아보면 11월을 넘어서면서부터는 One L들의 일과에서 어떤 특별한 색깔을 찾아내기가 힘든 것 같다. 다행인 것은, 입학 초기에는 수많은 시행착오를 겪게 되지만 그러한 시행착오는 이 한 학기에 모두 끝나게 된다는 것이다. 이 기말고사가 모두 끝난 뒤 보름여 간의 휴식기 이후 시작되는 두번째 학기는, 첫 학기의 후반부와 다르지 않게 예습과 복습 그리고 시험 대비로 가득 찬 하루하루로 시작하여 그것 그대로 끝이 나는 시기이다. 그런 시간은 선택 과목을 듣기 시작하는 2L 과정 때에도 계속되며, 로스쿨의 마지막 1년인 3L 과정 또한 그것의 반복일 뿐이다. 이미 2년간의 생활로 로스쿨의 모든 것에 익숙할 대로 익숙해져 있는 3L들이 토로하는 무기력함, 무미건조함은 대한민국 군대의 병장들에게 들어왔던 푸념에서 느껴지는 것과 정말 비슷하다고 소개하면 이해가 빠를 것 같다.

마지막 시험이 있던 날, 형법 시험에는 친구를 살해한 한 여학생의 행동과 사건들이 구체적으로 열거된 이야기 하나가 제시되었다. 모든 로스쿨 시험 문제가 그러하듯 그 사실 하나하나가 각종 소송을 불러올 수 있는 것들이어서 이 문제를 풀기 위해서는 지난 한 학기 동안 배운 법과 케이스를 모두 동원해야만 했다. 그렇기 때문에 시험 시간 4시간, 그 14400초 중 단 1초라도 낭비해서는 제대로 된 답안을 작성할 수가 없는 정말 끔찍한 '찰나'의 연속이었다.

마침내 답안지를 제출하고 시험장을 나올 때의 그 기분이란…… 본격적인 시험 준비가 시작된 11월의 어느 날부터, 아니 로스쿨에 발을 들여놓은 후부터 시작된 그 숱한 시간을 잠시의 여유도 없이 달려온 후 마침내 휴식을 느끼는 그 기분. 나는 늘 그 순간에는 캠퍼스의 여기저기를 뛰어다니며 환호성을 질러댈 정도로 흥분될 것이라고 상상했었지만 역시 예상치 못한 복병이 있었으니, 그러기에는 내 몸과 마음이 너무나도 지쳐 있다는 것이다. 내 발이 김유신의 말이라도 된 걸까? 나도 모르게 발걸음을 도서관으로 향하다가 이내 믿기 힘든 사실 한 가지를 기억해냈다.

'아, 끝이 났구나. 일단은…… 일단은…… 끝이 났구나.'

나는 계속하여 첫 학기의 마지막 시험이 끝났음을 나 자신에게 주입시키려 애썼다. 실감은 나지 않았지만 마침내 로스쿨에서의 한 학기가 드디어 끝이 난 것이다. 캘리포니아의 햇살이 눈부신 12월 21일 오후, 마침내 로스쿨에서 처음으로 쉼표를 찍다.

One L의 노트

변호사와 돈

로스쿨 첫 학기에 순진한 One L들에게 '유능한' 변호사의 기본 자질을 키워주려는 것은 모든 교수님들의 목표이지만, 그 중에서도 불법행위법 교수님은 사회 정책적 근거를 들어 어떻게 더욱 설득력 있는 주장을 펼칠 수 있는지를 특별히 강조하셨다. 그래서 우리들은 일명 'A side & B side arguments'로 불리는 교수님의 논리 샘플들을 매 케이스마다 적용하여 감정 없는 기계처럼 계속해서 논점을 만들어내야만 했다. 교수님의 이 훈련의 목표는 언제 어디서 어떠한 사실과 마주치더라도 그것을 가지고 논리를 만들어 내는 것과, 재판에서 이기는 것 두 가지였다.

"불법행위법의 소송을 진행하려 하는 변호사의 목표는 무엇일까요? 누군가는 '정의(justice)'라고 이야기하겠죠. 하지만 불법행위법의 사건에서 원고가 소송을 하는 이유는 거의 단 하나입니다. '돈'을 원하기 때문입니다. 즉 불법행위법 사건을 맡은 변호사들의 주된 목표는 의뢰인의 금전적 보상 혹은 금전적 책임을 위해 법적 변호를 해주는 것입니다. 의뢰인들이 그들의 변호사에게 시간당 100달러, 200달러, 심지어는 5~600달러라는 비싼 수임료를 지불해가면서까지 소송을 진행하는 이유가 무엇이겠습니까? 소송에 걸린 '돈'이 수만 달러, 많게는 수십만 달러가 되기 때문에 그 비용을 아끼지 않는 것입니다. 다시 말해, 의뢰인이 여러분에게 원하는 것은 '돈'이기 때문에 여러분들은 그들의 '돈'을 지켜주거나 그들에게 '돈'을 가져다주어야 할 의무가 있는 것입니다."

민법을 다루는 변호사가 되어 힘없는 사람들을 지켜주고 평등하고 정의로운 사회를 만드는 데 일조하겠다는 이상을 품었던 시절, 평등과 정의를 바로 세우겠다는 꿈이 '돈'에 자리를 내주어야 하리라곤 상상도 못 했다. 사실 교수님의 말씀은 지극히 현실적인 것이다. 불법행위법 사건에서 의뢰인이 변호사에게 원하는 것은 승소와 돈이지 패소와 보상 없는 정의가 아니기 때문이다. 의뢰인들이 찾아와 가장 먼저 물어보는 것은 "얼마쯤 받을 수 있어요?" "얼마나 들어요?"와 같이 돈과 관련된 질문이라는 한 변호사의 말도 이 점을 잘 보여준다 하겠다.

하지만 '돈과 정의가 꼭 대립하는 것은 아닌데……' '냉정하게만 보이는 변호사들 또한 로스쿨에 입학했을 당시에는 가슴속에 뜨거운 감정을 품고 있었을 텐데……' 하는 생각을 하니 온몸에서 주르륵 힘이 빠졌다. 로스쿨과 변호사의 실체를 모른 채 그저 법과 평등만을 동경했기에 생겨난 불가피한 허탈감일까? 하지만 이 모든 것은, 뜨거운 감정과 분리된 이성을 갖춘 변호사가 되기 위해 겪어내야만 하는 통과의례일지도 모르겠다.

무방비 상태에 있는 One L의 옆구리를 찌른다면 그 입에서 튀어나올 첫 마디는 짧은 비명이 아니라 십중팔구 "The issue in this case"일 것이다.

4부

로스쿨은 다르다

교육 목표가 다르다

소크라테스식 문답법

학기 초 언젠가 형법 시간에 범죄의 성립 요소 중 Mens Rea(범의 犯意: 범죄를 행할 의사)를 집중적으로 다룬 적이 있었다.

"미스터 모스! 하나하나 시작해봅시다. Mens Rea의 4단계가 무엇입니까?"

순간 그 학생은 "잘 모르겠습니다"라고 대답하는 것이 아닌가. 한 건 제대로 터졌다고 생각하고 있는데 아니나 다를까 교수님의 얼굴이 붉으락푸르락해졌다.

"잘 모르겠다고요? 수업 준비는 해왔나요? 어떻게 이런 걸 모를 수가 있죠?"

학생은 침묵을 지켰다. 교수님 말씀대로 이것은 Mens Rea의 기본 중의 기본을 묻는 질문인데 이를 대답하지 못한다는 것은 수업 준비를 전혀 해오지 않았다는 것이다.

"그럼, 미스 심슨? Mens Rea의 4가지 단계가 무엇입니까?"

교수님은 총구를 다른 학생에게 겨냥하셨고, 호명당한 학생은 여유 있게 대답했다.

"의도(purpose), 숙지(knowledge), 무모함(recklessness), 과실(negligence)입니다."

형법상의 범죄가 성립되려면 범죄를 행할 의사(Mens Rea)와 행동(Actus Reus), 두 가지가 충족되어야 한다. 즉 '친구의 값비싼 학용품을 훔쳐야겠다'고 마음을 먹어도 그것을 행동으로 옮기지 않는 이상, 그러한 의지나 생각만으로 범죄가 성립되는 것은 아니다. 또한 예를 들어 강의실에서 한 학생이 칼로 연필을 깎던 중 벌에 쏘여 반사적으로 팔을 휘두르다 옆에 있던 학생을 칼로 찌른다 하더라도, 상대방에게 피해를 주는 행동은 있었지만 그러한 행동을 하려는 의지는 없었으므로 그것이 범죄로 성립되지는 않는다. 이렇게 각각의 범죄들은 서로 다른 수준의 Mens Rea를 요구하는데, 법 조항을 한 글자 한 글자 살펴보면 그 법 조항이 어떠한 수준의 Mens Rea를 요구하고 있는지가 나타나 있다. 예를 들어서 '의도적으로 다른 사람을 죽이는 행위는 무기 징역에 처한다'라는 법 조항이 있다면, 이 범죄의 성립을 위해서는 의도 수준의 Mens Rea를 필요로 하는 것이다. 그러므로 의도 없이 한 행동 때문에 결과적으로 사람이 죽었더라도 위 법 조항의 위반 조건을 충족시키지는 못한다.

Mens Rea의 4단계를 쉽게 정리해보자면 과실처럼 낮은 수준의 Mens Rea를 요구하는 법 아래에서는 범죄 성립이 쉬워 더 많은 행위들이 범죄로 성립하게 되어 결과적으로 범죄자에게 엄격한 법이 되고, 의도와 같이 높은 수준의 Mens Rea를 요구하는 법 아래에서는 소수의 행위들만이 범죄로 성립하게 되어 범죄자에게 엄격하지 못한 법이 된다는 결론이 나온다. 하지만 정신없이 진행되는 수업 중에 우리는 도저히 이런 정리를 명쾌하게 해낼 수 없었다. 그래서 낮은 수준의 Mens Rea를 요구하는 법이 엄격한 법이고 높은 수준의 Mens Rea를 요구하는 법이 엄격하지 않은 법이라는 점을 많이 헷갈려했다.

"맞았어요. 자 그럼 또 하나 가정을 해봅시다. 미스터 모스! 한 선원이 갑판 아래에 있는 술을 훔치러 들어갔다가 주위가 어두워서 흔들리는 배 안에서 성냥불을 켰습니다. 그러다 그만 부주의로 불을 술독에 떨어뜨렸고 불길은 곧 배 전체로 번져 삽시간에 배가 전부 타버렸습니다. 그리고 그 선원은 악의적으로 배에 불을 지른 이유로 기소되었습니다. 만약 이 기소의 바탕을 이루고 있는 법 조항이 의도 수준의 Mens Rea를 기준으로 삼고 있다면 이 선원의 유죄 성립을 위해서는 어떤 것이 증명되어야 합니까?"

Mens Rea의 가장 기본적인 것도 모르는 학생이 어떻게 이런 질문에 대답할 수 있겠는가.

"몰라요? 그럼 미스 심슨이 대답해보세요. 이 선원의 유죄가 성립되려면 무엇이 증명되어야 하죠?"

심슨은 망설임 없이 대답했다.

"그 선원이 갑판 아래에서 불을 켠 것은 단지 갑판 아래가 어두워서가 아니라 배에 불을 지르려는 '의도'를 가지고 한 행동임을 증명해야 합니다."

"맞았어요. 자 그럼 다시 미스터 모스? 이 법 조항이 숙지의 Mens Rea 수준을 요구한다고 가정해봅시다. 그렇다면 무엇이 증명돼야 하나요?"

정말 해도 너무한다 싶었다. 이렇게까지 망신을 줄 필요가 있을까?

"또 몰라요? 그럼 미스 심슨, 대답해보세요."

심슨은 당당히 대답을 하려다 모스의 표정을 살폈다. 아마 자신이 악역을 맡기는 싫었던가보다. 그 순간 교수님은 답을 독촉하셨다.

"뭐 해요? 대답해봐요, 미스 심슨!"

"음, 선원이 갑판 아래에서 불을 켠 것은 배에 불을 지를 의도에서가 아니라 술을 훔치려는 의도에서였지만, 자신이 흔들리는 배 안에서 불을 켜면 그 불이 떨어져 불이 배에 옮겨 붙을 것이라는 것을 어느 정도는 예측할 수 있었음을 증명해야 합니다."

"좋아요. 자 그럼 다시 미스터 모스? 무모함 수준의 Mens Rea를 성립시키려면 무엇을 증명해야 되죠? 또 모르겠죠? 그럼 미스 심슨이 대답해봐요."

이 정도 수준이면 거의 인신공격에 가깝다 싶었다. 심슨의 얼굴을 보니 대답을 하기도 뭣하고 안 하기도 뭣한 그야말로 이러지도 못하고 저러지도 못하는 괴로운 표정이었다. 하지만 교수님은 재차 답변을 독촉하셨고 이에 그녀는 어쩔 수 없이 대답을 계속했다.

"그 선원이 갑판 아래에서 불을 켤 때 자신이 불을 켜면 배에 불이 옮겨 붙을 수도 있다는 가능성을 어느 정도는 알고 있었다는 것만 증명하게 되면 유죄는 성립됩니다."

교수님의 잔인함은 거기서 멈추지 않았다.

"훌륭해요. 그럼 미스터 모스! 마지막 과실의 경우는 답해볼 수 있겠어요? 또 모르나요? 정말 너무하는군요. 그럼 미스 심슨이 대신 대답해주세요."

정말 너무하는 것은 누구인가 싶었다. 예습을 안 해온 대가치고는 정말 너무하다 싶을 정도의 잔인함이었다.

“그 선원이 배에 불이 옮겨 붙을 가능성을 진짜로 하나도 생각하지 못했더라도 일반적으로 다른 사람은 같은 상황에 처했을 때 배에 불이 옮겨 붙을 것을 예상할 수 있다는 것만 증명하면 됩니다.”

대답을 잘한 그 학생이 무슨 죄가 있으랴. 죄가 있다면 당연히 해야 할 예습을 해온 것뿐이었다. 하지만 나는 수업 분위기를 그렇게까지 만드는 교수님을 도저히 이해할 수가 없었다. 교수님은 그렇게 2시간 동안 학생들을 몰아세우시더니 오늘밤 우리가 잠을 청할 때 자신의 목소리가 들릴지도 모르겠다며 씨익 웃으시는 게 아닌가. 이쯤 되면 이 여교수님이 One L들의 긴장과 공포를 즐기고 있다는 것은 판명된 것이다.

로스쿨의 첫해 과정을 더욱 힘들게 만드는 것 중 하나는 바로 미국 로스쿨의 전통적인 교육 방법인 소크라테스식 문답법이라고 할 수 있다. 하지만 도대체 뭘 하자고, 무엇을 위해서 우리는 이 고통을 감수해야 하는가? 책을 외우고 또 외우는 것만으로는 부족하다는 말인가?

소크라테스식 문답법의 목표는 법적 사고력의 배양에 있다. 일반적으로 로스쿨 외의 대학교와 대학원에서는 학생들에게 지식을 가르치고 전달하는 것을 교육의 목표로 하기 때문에, 예습은 수업 시간에 보다 효과적으로 지식을 습득하기 위한 일종의 준비 과정이 된다. 하지만 로스쿨에서는 대학교 때처럼 수업을 통해 지식을 머릿속에 넣는 것이 아니라 수업에 들어가기 전에 혼자 힘으로 그날 수업에서 다뤄질 케이스를 읽고, 혼자서 아이랙을 통해 브리프를 하고, 그것들을 머릿속에 모두 담아두고, 정리까지 완벽히 해두어야 한다. 그렇게 하고 수업에 들어가야 교수님과의 문답을 통해서 법을 어떻게 적용하는지를 생각하는 방법과 논리를 전개하는 법을 교수님과 맞춰볼 수 있고 그럼으로써 법적 사고력을 키울 수 있는 것이다. 단순한 지식 전달이 아닌 법적 사고력의 배양을 목표로 하는 소크라테스식 문답법에 대해 이렇게 하나하나 생각해보니, 이 잔인한 수업 방식이 일리가 있으며 내게 도움이 될 것이라는 생각이 처음으로 들었다. 하지만 그 의도와 효과와는 별개로 형법 교수님의 질문법과 수업 분위기는 불필요하게 잔인하고 공포스럽지 않은가! 선배들의 충고를 따라 아무리 뻔뻔해지려고 해도 이 공포는 여전히 떨쳐버릴 수 없다.

법적 사고력(Legal Mind)

한 사람이 캘리포니아 주 어느 동네의 자전거 상점에서 대만 제조업체의 자전거를 구입했다. 그리고 캘리포니아 주 내에서 그 자전거를 타던 도중 갑자기 자전거가 제대로 작동하지 않는 바람에 사고가 났다. 조사 결과 일본의 한 업체에서 만든 그 자전거의 부속품 하나가 기계적 결함을 가지고 있었다는 사실이 나중에 밝혀졌다. 그래서 그 캘리포니아 주민은 자전거를 판매한 캘리포니아 주의 상점과, 대만 자전거 제조업체, 그리고 일본의 자전거 부품 업체를 캘리포니아 주 연방법원에 고소했다.

그럼 이 케이스의 이슈는 무엇인가? 바로 캘리포니아 주 연방법원이 대만 자전거 제조사와 일본 자전거 부품 업체에 대한 재판권을 가지고 있느냐이다. 교수님은 이 케이스의 여러 가지 사실들을 바꿔가며 그 차이점을 물으셨다. 예를 들어 자전거 사고가 난 지점이 캘리포니아가 아니라 인근의 네바다 주인 경우에도 캘리포니아 주에서 재판을 하는 것이 타당한 것인지, 일본 자전거 부품 업체가 자신들의 부품을 사용한 완성품이 미국에 수출되는 것을 알고 있었는지 없었는지의 여부에 따라서는 어떠한 차이점이 생기는지와 같은 것들에 대해서 말이다.

그러한 사건의 구체적 사실들이 중요한 이유는, 사건을 다루기에 적합한 주나 법정을 먼저 찾아야 하는데 그것이 어떠한 공식이 있는 게 아니라 사건의 구체적인 사실에 따라서 달라지기 때문이다. 즉 목격자를 구하는 용이성, 사건 현장을 방문해야 하는 필요성, 재판에 출두하는 데 필요한 시간과 비용, 그리고 사건 당사자들이 특정 주의 법정에 서는 것을 예상할 수 있는지 없는지의 여부에 따라 사건을 맡기에 적합한 법정이 달라진다. 미국은 50개의 주가 저마다 서로 조금씩 다른 주법(state law)을 가지고 있고 동시에 주 전체에 적용되는 연방법(federal law)도 가지고 있는데, 어떤 사건이 일어났을 때 여러 가지 주법들과 연방법 중 그 사건에 적용할 수 있는 법이 무엇인지를 민사소송법 시간에 배운다. 여기서 흥미로운 점은 한 주의 법정에서 다른 주의 법을 빌려와서 재판을 하기도 한다는 사실이었다. 뿐만 아니라 나의 귀를 더욱 솔깃하게 한 것이 또 있었으니, 그것은 해당 국가 변호사의 자문을 받아 법을 해석하기는 하지만 어쨌든 외국의 법으로도 재판이 가능하다는 사실이었다. 다시 말해 특정 경우에, 뉴욕 주 법원에서 캘리포니아 주법을 적용하여 케이스를 해결할 수도 있고 심지어는 미국의 주 법원에서 대만의 법, 일본의 법을 빌려와 그 법에 따라 재판을 하는 것도 가능한 것이다.

그렇다면 뉴욕 주의 재판관이 다른 주의 법을 빌리거나 외국의 법을 빌려 재판을 하는 것이 도대체 어떻게 가능한 것일까? 그것은 바로 미국 로스쿨의 교육 목표가 학생들의 법적 사고력 배양에 있기 때문이다. 즉 로스쿨에서는 어떠한 법이 있는지를 가르치는 것이 아니라 어떤 법이 주어지든 그 법을 어떻게 해석하고 적용하는지 그 방법을 가르치기 때문에, 로스쿨을 졸업한 이들은 뉴욕 법이 주어지건 캘리포니아 법이 주어지건 대만 법이나 일본 법이 주어지건 그 법을 읽고 그에 대한 판결을 찾아봄으로써 그 법을 어떻게 적용하는지를 법적 사고력에 따라 알아낼 수 있는 것이다.

캘리포니아 주에 위치한 우리 학교에서 배우는 케이스들을 보아도 캘리포니아 케이스에만 국한되지 않는다. 사실 국한되지 않는 정도가 아니라 배우는 법의 종류에 따라 그에 가장 적합한 케이스를 주에 상관없이 공부한다고 하는 것이 더 정확한 설명이 될 것이다. 이렇게 특정 주의 법에 집중하지 않고 여러 주의 케이스를 두루두루 이용하여 학생들에게 법적 사고력을 키워주는 로스쿨을 미국에서는 내셔널 스쿨, 즉 전국구 학교라고 하기도 한다.

통상적으로 미국 로스쿨 학생들은 5월에 학교를 졸업하고, Barbri나 PMBR이라고 하는 학원에 등록을 하여 두 달 정도를 특정 주의 변호사 자격시험에 대비해 해당 주의 법을 집중적으로 공부한 뒤, 그해 7월에 시험을 치르게 된다. 예를 들어 캘리포니아 주법을 주로 묻는 캘리포니아 주 변호사 시험에 합격하게 되면 캘리포니아 주의 변호사가 되는 것이고, 뉴욕 주의 변호사 시험에 합격하게 되면 뉴욕 주의 변호사가 되는 것이다. 하지만 시험 응시자가 반드시 자신의 출신 로스쿨이 속한 주의 변호사 시험에 응시해야 하는 것은 아니다. 그러니까 캘리포니아 주의 로스쿨에 다니고 있는 나는 졸업 후 원한다면 뉴욕 주 혹은 미국 어느 주의 변호사 시험에도 응시할 수 있는 것이다.

다시 한 번 이야기하지만 이것이 가능한 이유는 로스쿨에서는 법 조항을 외우는 것이 아니라 법을 해석하고 적용하는 방법을 배우기 때문일 것이다. 그리고 미국의 로스쿨이 이러한 법적 사고력을 키우는 것을 그 교육 목표로 한다는 점은, 어떻게 미국의 법정에서 외국의 법을 빌려와 재판할 수 있는지를 설명해주는 것이기도 하다.

민사소송법 교수님이 하셨던 다음의 이야기는 법 조항 자체가 아닌 그 적용법이 중요하며, 로스쿨의 교육 목표가 학생들에게 법적 사고력을 길러주는 데 있다는 점을 분명히 보여준다.

"로스쿨에서 하는 가장 쉬운 공부는 법 조항을 외우는 것입니다. 사실 외울 필요도 없어요. 기말고사를 보는 데 필요한 법 조항은 여러분에게 다 나누어줄 것입니다. 사실 '법 조항'은 누구나 알 수 있습니다. 법전을 펴기만 하면 나오잖아요? 여러분은 그러한 법을 주어진 사실에 어떻게 적용해야 되는지 그 '적용 방법'을 배워야 하는 겁니다."

판사를 컴퓨터로 대체할 수 없는 이유

술에 취한 채로 사설 주차장에서 차를 빼기 위해 겨우 5미터 정도를 운전한 사람의 운전면허가 취소되었다는 판결 기사를 접한 적이 있다. 그리고 그 기사 아래에는, 고시촌에 처박혀서 법조문만 외웠기 때문에 꽉 막혀 융통성이 없다는 둥 하며 판사를 비난하는 글이 줄을 잇고 있었다. 그러한 의견들 중 특히 내 시선을 잡아끈 것이 있었는데, 그것은 차라리 판사를 컴퓨터로 대체하여 바른 판결을 내리게 하자는 것이었다.

사실 그런 주장은 우리 주위에서 심심치 않게 들린다. 나 또한 중고등학교 시절 컴퓨터라면 감정에 흔들리지 않고 철저하게 원칙과 자료에만 의거해 판결을 내릴 것이라는 생각을 한 번쯤은 해봤던 것이 사실이다. 컴퓨터! 그 얼마나 논리적이며 이성적인 이름인가.

하지만 지금의 내 생각을 말하자면, 판사를 포함한 법조인은 결코 컴퓨터로 대체될 수 없다. 그 이유는 컴퓨터에 인간 행동 하나하나에 대한 옳고 그름을 모두 입력할 수가 없기 때문이다. 예를 들어 다음의 경우를 생각해보자.

미국의 상거래법(UCC: Uniform Commercial Code) #2-716에는 '상품이 매우 독특하여 시장에서 유일하거나 금전적 배상이 불가능한 상황에서는 계약된 내용에 대한 법원의 강제 이행 명령이 내려질 수 있다(Specific performance may be decreed where the goods are unique or in the proper circumstance)'는 조항이 있는데, 이와 관련한 다음 상황을 살펴보자.

"우리나라의 한 회사에서 '멜론 맛 맥주'라는 획기적인 상품을 내놓았다. 그 회사는 '멜론 맛 맥주'의 필수 원료인 곡물을 국내에서 유일하게 재배하는 한 농장에서 공급받고 있다. 하지만 독일에서는 그 곡물이 몇몇 농장에서 재배되고 있으며, 독일 정부에 허가권을 사들여 그 곡물을 수입할 수 있다. 그러나 허가권을 사들이려면 많은 시간과 비용이 들기 때문에 맥주 회사는 국내 농장으로부터 그 곡물을 3년간 가격 변동 없이 전량 구매하기로 계약하였다. 그런데 농장 측은 무슨 이유에서인지 계약서를 파기하고 곡물을 보내지 않고 있다. 회사 측의 주장은 그 곡물 없이는 똑같은 맛의 맥주를 만들어낼 수 없다는 것이고, 농장 측의 주장은 독일로부터 수입을 하거나 인공 재료를 써서 비슷한 맛을 얼마든지 낼 수 있다는 것이다."

위에서 언급한 법 조항을 컴퓨터에 입력하고 사건에 대한 판결을 내리도록 한다면, 컴퓨터는 어떤 판결도 내릴 수 없을 것이다. 케이스의 사실에 근거해볼 때 이 케이스의 이슈는 멜론 맛 맥주의 주원료 곡물이 법 조항에서 말한 '유일무이'한 것인지 또 회사와 농장이 처한 상황이 법 조항의 '적절한 상황'인지에 대한 것인데, 과연 유일무이한 곡물은 무엇인지 그리고 적절한 상황이란 것은 어떤 것들인지 법 조항 자체에 이런 사항들을 구체적으로 입력해놓지 않는 이상 컴퓨터는 위 사건에 대한 판결을 내릴 수가 없다. 컴퓨터는 스스로 사고할 수 없기 때문이다.

이렇게 판사를 컴퓨터로 대체하려면 법 조항 하나하나를 굉장히 구체적으로 만들어야 하는데, 사회에서 발생하는 모든 사건은 구체적인 사실 하나하나에 따라 전혀 다른 사건이 되므로 그런 사건을 모두 예측하여 그 하나하나에 해당하는 법을 모두 만들어내는 것은 절대로 불가능한 일이다. 실제로 법에 인간의 모든 행동과 일어날 수 있는 모든 상황을 구체적으로 서술할 수는 없기 때문에 법 조항은 여러 가지 경우와 상황을 고려해 포괄적인 말(open-textured language)을 사용하여 만들어지게 된다. 위의 법 조항 하나만 보더라도, 집안 대대로 내려오는 시계, 1,000대만 한정 제조된 자동차 등 '유일무이'한 것인지 아닌지의 논란이 될 만한 물건들만도 셀 수 없이 많다. 그러므로 컴퓨터가 고등 사고력을 갖추지 않는 이상 컴퓨터에 법을 입력해서 기계적으로 판결을 내리게 할 수는 없는 것이다.

변호사의 역할 또한 마찬가지이다. 변호사의 역할은 법 조항을 외우고 있는 것이 아니다. 변호사는 해당 사건의 구체적 사실들이 법 조항에 비추어보아 어떻게 '해석'될 수 있는지를 사고해내야 한다. 위 케이스를 예로 들면, 맥주 회사 측의 변호사는 그 곡물이 우리나라에서는 단 한 곳의 농장을 통해서만 구할 수 있는 특별한 원료라는 점에 초점을 맞춰 그것이 '유일무이'하다는 것을 증명하거나, 그것이 어려울 경우에는 모든 구체적 상황을 고려하여 위 케이스의 상황이 법 조항에서 언급된 '올바른 상황'인지를 논리적으로 증명하여야 한다.

그러므로 컴퓨터가 인간 수준의 고등 사고력을 갖추지 않는 한 법조인이 컴퓨터로 대체될 수는 없는 것이다. 물론 인간은 불완전한 존재이기에 때때로 실수를 하기도 하지만, 우리가 선택할 수 있는 최선책은 교육을 통해 인간이 법적 사고력을 갖추도록 함으로써 법의 해석과 그 판결을 맡기는 것이다. 그리고 바로 이들 변호사에게 정말 필요한 법적 사고력을 갖추도록 하는 것이 미국 로스쿨의 특징적인 교육 목표인 것이다.

공부 원칙이 다르다

완벽하게 공부하겠다는 욕심을 버릴 것

One L 시기는 미국의 드라마나 책의 흥미로운 소재로 자주 등장한다. 그러나 사실 드라마나 책이 주는 느낌과 다르게, 이 시기는 베트남전에 참전한 변호사 출신 군인들이 훗날 전쟁터보다 로스쿨을 더 떠올리기 싫다고 할 정도로 공부 스트레스로 인한 '지옥' 같은 시간으로 알려져 있다. 그래서인지 로스쿨 진학을 준비하는 학생들 또한 앞으로의 로스쿨 생활에 대해 걱정들을 많이 한다.

미국 영주권자로 고등학교 때부터 대학교 때까지 줄곧 우수한 성적을 유지하며 오랫동안 목표로 했던 미국 명문 로스쿨에 진학한 선배가 있었다. 학창 시절 공부라면 자신이 있었던 그 선배에게도 로스쿨에서의 새로운 공부는 두려움의 대상이었나보다. 선배는 로스쿨 진학을 앞두고 로스쿨 교수님 중 한 분에게 면담을 요청했고, "로스쿨에서 공부를 잘하려면 어떤 방법으로 해야 되나요?"라고 질문을 드렸다. 하지만 "이제껏 하던 대로 하면 된다. 이제까지 공부야 자네가 가장 자신 있어 하는 분야가 아니었는가?"라는 지극히 평범한 답변이 돌아왔다고 한다. 그 선배처럼, 로스쿨의 수업 방식이나 수업 내용은 그 어떤 교육기관과도 닮지 않았다고 하니 무언가 특별한 공부법이 있지 않을까 궁금해하는 학생들이 많은 것 같다. 하지만 우리가 이미 알고 있듯이 로스쿨에서도 그저 열심히 하는 것만이 왕도이다. 하지만 로스쿨만의 수업 방식의 특징에 따른 몇 가지 공부 원칙은 있다.

먼저 공부를 '어떻게' 열심히 할지 방향을 설정하는 것이 매우 중요하다. 이를 위해 로스쿨의 한 학기가 초점이 각기 다른 4단계로 나뉘어져 있다는 것을 꼭 염두에 둘 필요가 있으며, 이것은 로스쿨 공부 적응을 위한 지름길이 될 수 있다.

칼로 자른 듯이 명확하게 구분되는 것은 아니지만 로스쿨의 첫 학기는 아이랙과 케이스 브리프 방법을 배우는 단계, 그다음 많은 케이스를 공부하면서 법적 개념들을 잡아가는 단계, 그리고 수많은 법적 개념과 케이스를 압축해내는 아웃라인 작성 단계, 마지막으로 시험 답안 작성을 준비하는 단계로 구분할 수 있다. 로스쿨에서는 학기가 시작하고 한 달 반 뒤부터는 아웃라인 작성을 반드시 시작해야 하며, 시험 한 달 반 전부터는 반드시 모의고사를 통해 답안 작성을 연습해야 한다. 이 4단계는 로스쿨 첫 학기에만 해당하는 것으로, 두번째 학기부터는 첫번째와 마지막 단계를 떼어내고 기계적으로 수많은 케이스를 읽어 법적 개념을 뽑아내고 동시에 그것을 압축해나가는 하루하루의 연속이라고 할 수 있다.

당연한 말이지만 4단계로 이루어진 로스쿨 첫 학기는 전 단계에 익숙해져야만 다음 단계로 나아갈 수 있다. 브리프하는 방법을 알아야 많은 케이스를 공부할 것이고, 그렇게 아는 게 있어야 모의로 시험 답안을 작성해보지 않겠는가? 하지만 이 말은 다음 단계로 넘어가기 위해서 그 전 단계를 완벽하게 마스터해야 한다는 뜻은 아니다. 오히려 로스쿨 첫 학기에는 '완벽하게 공부하겠다'는 욕심을 버릴 필요가 있다.

시험을 잘 보기 위해 무엇보다도 중요한 것은 아웃라인을 정리하고 그것을 중심으로 공부한 뒤 수많은 모의시험을 치면서 실제 답안을 써보는 것인데, 경험 없는 One L들은 시험 답안 작성이 막막한데도 완벽하게 공부하여 아웃라인을 준비한 뒤에야 답안 작성 연습을 시작하겠다고 생각한다. 하지만 직접 써본 횟수와 학점이 정비례하는 로스쿨 논술형 시험을 그제야 준비하면 시간이 절대적으로 부족해지게 된다. 보통 교수님들은 학기가 반쯤 진행되었을 때 모의시험 문제를 나누어주고 답안을 작성해보라고 하시지만, 하루하루 수업 준비에 급급한 학생들은 여유가 없기 때문에 계속해서 아이랙과 브리프에만 시간을 쏟게 되어 결국 중요한 연습을 미루는 우를 범하는 꼴이 되고 만다. 이렇게 완벽하게 공부하겠다는 마음은 빡빡한 로스쿨 일정상 결코 채울 수 없는 욕심이 되는 것이다.

그리고 부분에만 매달리지 말고 전체를 그려보아야 한다. 로스쿨에서의 거의 모든 시험은, 한 학기 동안 공부한 모든 내용을 유기적으로 연결하는 답변을 요구하기 때문이다. 그러므로 부분을 완벽하게는 알지 못해도 전체를 대략적으로 하지만 유기적으로 이해하고 있으면 일정 수준의 학점을 받을 수 있지만, 전체의 그림을 그리지 못한 채 부분에 대해서만 자세히 서술해본들 결코 평균 이상의 점수를 기대할 수가 없다.

결론적으로 말하면, 매일의 공부를 완벽하게 하겠다는 욕심을 버리고 대신 큰 틀을 그리며 수업의 4단계를 제때 맞춰 따라가면서 아웃라인 작성과 시험 답안 작성 연습을 시작하는 것이 내가 터득한 로스쿨 공부 원칙 중 하나이다.

주어진 사실에만 충실하라

주어진 사실에만 충실하라(Stick with the facts)!

로스쿨 초기에 교수님들로부터 귀에 딱지가 앉을 정도로 많이 듣는 주문 중 하나로, 로스쿨 공부를 위해서 반드시 필요한 공부 원칙이다. 얼마 전 한국에서 방영된, 로스쿨을 소재로 한 드라마의 관련 기사를 읽던 중 나는 이 공부 원칙에 따라 꼭 따져보고 싶은 내용을 발견했다. 그 신문 기사는 이 드라마와 같은 시간에 방영되는 다른 드라마와의 시청률을 비교하고 있었는데 너무나도 전형적인 논리적 오류를 범하고 있어서 그 내용을 옮겨 문제로 만들어보았다.

"전국 50명의 시청자를 대상으로 A 드라마와 B 드라마의 시청률을 조사한 결과, A 드라마는 방영 첫 주부터 지난주까지 10퍼센트, 20퍼센트, 20퍼센트의 시청률을 보였다. 그리고 지난주 방영을 시작한 B 드라마는 15퍼센트의 시청률을 기록하였다. 여기서 우리는 두 가지 결론을 도출해낼 수 있다. 첫번째, A 드라마는 둘째주와 셋째주의 시청률이 20퍼센트로 같았기 때문에 늘 그 드라마를 시청하는 마니아층을 확보하고 있다. 두번째, 지난주에는 A 드라마의 시청률이 B 드라마의 시청률보다 5퍼센트 높았지만, 각 드라마 방영 첫 주끼리 비교하면 A 드라마의 첫 주 시청률은 10퍼센트로, B 드라마의 15퍼센트보다 5퍼센트 낮기 때문에 B 드라마의 첫 회를 본 사람이 A 드라마 첫 회를 본 사람보다 많다는 결론을 내릴 수 있다."

주어진 지문에서, 글쓴이가 결론을 도출하는 과정에서 범한 논리적 오류는 무엇일까?

여러 가지 답변이 나올 수 있는데, 쉽게 예상할 수 있는 의견은 표본이 50명밖에 안 되기 때문에 시청률 조사의 공신력이 떨어진다는 것과 지난주의 시청률을 비교해야지 드라마 방영 첫째주 시청률끼리 비교하는 것은 잘못이라는 주장 등이 있을 것이다. 하지만 이 두 가지 모두 '주어진 사실'에만 근거하여 글쓴이의 결론에 대한 논리적 타당성을 따지고 있는 것은 아니다.

상식적으로 생각해도 50명을 대상으로 실시한 시청률 조사가 공신력을 갖는다고 말하기는 힘들다. 하지만 주어진 글만 보고는 50명을 대상으로 한 시청률 조사가 공신력이 있는지 없는지를 판단할 수는 없다. 이렇게 지문에 나와 있지 않는 지식과 정보에 의존하는 것은 적절치 못한데, 왜냐하면 글쓴이가 도출한 결론의 논리적 타당성을 따져보라는 말은 글쓴이의 결론과 그 결론을 뒷받침하는 '근거'를 잇는 연결 고리가 논리적이며 타당한지를 분석하라는 주문이기 때문이다. 그러므로 'A 드라마의 시청률이 2주차와 3주차에 20퍼센트로 동일했다'는 사실을 근거로 'A 드라마는 늘 그 드라마를 시청하는 마니아층을 확보하고 있다'는 결론을 도출하는 것과, 'B 드라마의 첫 주 시청률이 A 드라마의 그것보다 높다'는 것을 근거로 'B 드라마의 첫 회를 시청한 사람이 A 드라마의 첫 회를 본 사람보다 많다'고 결론 내는 것에서 그 연결이 논리적인가를 각각 따져봐야 하는 것이다. 따라서 그 외 '지난주 시청률을 비교해야지 왜 첫 회 시청률끼리 비교를 해요?' '50명을 대상으로 한 조사를 믿을 수가 있겠어요?' '시청률 조사는 원래 못 믿어요'와 같은 의견들은 글쓴이가 내린 결론의 논리적 오류를 살펴보는 것과는 직접적인 관련이 없는 것들이다.

그렇다면 과연 주어진 사실에만 초점을 맞춰서 글쓴이가 내린 결론의 논리적 오류를 찾아본다면 어떤 답들이 나올 수 있을까?

먼저 글쓴이는 A 드라마의 둘째주, 셋째주 시청률이 20퍼센트로 동일했다는 점을 근거로 '부동의 마니아들'이 드라마를 보고 있다고 판단하였다. 하지만 비중을 나타내는 퍼센트에 근거해서는 그 절대 숫자를 알아낼 수 없다. 다시 말해서 드라마가 방영된 시간대에 텔레비전을 본 사람 수가 매주 다르다면 같은 20퍼센트라고 할지라도 그 절대 숫자는 달라지는 것이므로 이런 결론을 내릴 수 없다.

글쓴이의 두번째 결론 역시 퍼센트만을 근거로 해서 절대 수치에 대해 결론을 내린 것이기 때문에 같은 논리를 들어 공격이 가능하다.

마니아층을 형성하고 있다는 결론 또한 둘째주에 드라마를 본 사람이 셋째주에 또 본 것인지, 아니면 둘째주에는 드라마를 보지 않은 다른 시청자들이 셋째주에 드라마를 본 것인지는 알 수 없기 때문에 역시 논리적 타당성이 없다. 물론 드라마의 특성상 매주 보던 사람이 셋째주에도 드라마를 봤을 수도 있고, 혹은 실제로 둘째주와 셋째주의 시청자 수가 똑같았을 수도 있다. 그러나 이것은 사실일 수도 있지만 반대로 사실이 아닐 수도 있다. 참이라는 것은 모든 경우에 성립해야 하는데 이렇게 상황에 따라 달라질 수 있는 사실은 논리적으로 따져볼 때 설득력이 없는 것이다.

변호사에게는 이처럼 주어진 사실에만 근거하여 결론을 도출하는 능력이 요구되고 넘겨짚는 것이 절대로 허용되지 않기 때문에, 로스쿨 학생들은 혹독하게 이러한 훈련을 받게 된다. 하지만 이런 분석을 한다는 것이 말처럼 쉬운 일은 아니다. 못 믿겠다면 지금부터 마음을 비운 채 아무 생각도 하지 말고 다음의 이야기를 읽어보자.

"아버지가 아들에게 '이번 시험에서 90점을 받아오면 만 원 줄게'라고 약속을 했다. 그리고 시험이 끝난 후 아버지는 아들에게 만 원을 주었다."

아마 이 두 문장을 읽은 뒤 대부분의 사람들은 반자동적으로 '아, 아들이 시험에서 90점을 맞았나보구나' 하고 생각할 것이다. 하지만 로스쿨에서 훈련을 받는 사람은 위 두 문장만 듣고서는 그저 '아버지는 아들에게 시험에서 90점을 받으면 만 원을 준다고 약속했음' '시험이 끝난 후 아버지는 아들에게 만 원을 주었음'라는 사실만을 정리할 뿐, 절대로 아들이 시험에서 90점을 받아왔다는 결론을 내놓지 않는다. 왜냐하면 아버지가 아들에게 90점을 받으면 만 원을 준다고 했을 뿐, 그 외의 점수에 대한 이야기는 전혀 언급한 적이 없기 때문이다. 이 간단한 논리는 우리가 이미 중고등학교 시절 명제를 다루면서 역, 이, 대우의 관계를 통해 배운 내용들이다.

이번에는 부자간의 이런 대화를 생각해보자.

아버지 너 매번 시험 점수가 그래서 어떻게 하니? 이번 시험에서 90점을 받아오면 10만 원을 주마.

(며칠 후)

아들 아버지, 시험에서 100점 받아왔으니 약속대로 10만 원 주세요.

아버지 내가 언제 시험 점수 잘 받아오면 10만 원 준다고 했니? 나는 90점 받아오면 주겠다고 했다.

아들 무슨 말씀이세요! 시험 점수가 매번 그렇게 형편없냐고 하시면서 약속하셨잖아요. 그럼 결국 시험 점수 잘 받으면 10만 원 주신다는 말씀이잖아요. 90점이 아니라 100점 받아왔으니 10만 원이 아니라 20만 원 주셔도 모자란 판에 왜 이랬다저랬다 하세요! 10만 원 주시기가 아까우신 거예요?

이 상황은 아들이 아버지의 약속을 넘겨짚은 것일 뿐, 아들이 100점을 받아왔더라도 논리적으로 볼 때 아버지는 아들에게 10만 원을 줄 필요가 없다. 사실 이런 상황은 말장난에 가까운 설정이지만 이 대화가 시사하고 있는 바, 즉 넘겨짚지 말고 주어진 사실에만 근거하여 결론을 내려야 한다는 원칙은 결코 장난이 아닌 것이다.

어쨌든 일상생활에서 듣고 나누는 대화의 내용을 곰곰이 생각해 보면, 우리가 살고 있는 세상이 결코 논리적으로 완벽하지 않다는 것을 알 수 있다. 이렇게 논리적 오류로 가득 차 있는 일상에 익숙해져 있는 우리가 주어진 사실만을 근거로 하여 너무도 당연시되는 것까지 짚고 넘어가는 습관을 새로 들인다는 것은 로스쿨에서의 의도적 사고 훈련 없이는 결코 쉬운 일이 아니다. 이렇게 너무도 당연한 사실에 대해서도 변호사들은 의심하고 따지며 모든 가능성을 생각하여 말을 하기 때문에 말장난을 한다, 이랬다저랬다 말을 바꾼다, 그게 그거인 소리를 한다는 비난을 많이 받는다. 하지만 이것은 변호사에게 결코 말장난이 아니다. 변호사에게는 '아'가 다르고 '어'가 다르면 결코 그게 그거가 아니다.

로스쿨 수업 중에는, 사실만을 뽑아내어 정리하는 브리프 연습을 통해 이 원칙을 계속 적용하고 있다. 앞에서 소개했던 운석 발견자와 운석이 발견된 토지 주인 사이의 운석 소유권 다툼인 가달드 v.

윈첼(*Goddard v. Winchell 86 Iowa 71, 52 N.W. 1124*) 케이스와 로스쿨 첫 주에 내가 작성했던 브리프를 보자.

"원고 존 가달드는 지난 1857년부터 그리고 앞으로 나오게 될 운석이 떨어졌을 당시에도 여전히 아이오와 주 윈바고 시에 토지를 소유하고 있었다. 가달드가 소유한 땅은 목초지로, 그 땅에 심겨진 풀에 대한 이용권은 1890년 제임스 엘릭슨에게 임대되었다. 1890년 5월 2일, 하늘에서 무게 66파운드의 운석, 혹은 운석의 파편이 아이오와 주 북서쪽에 떨어졌는데, 이것은 가달드가 소유한 땅의 경계선으로부터 약 100야드 안쪽 지점에 3피트 정도의 깊이로 파묻혔다. 문제의 운석이 떨어진 다음날 엘릭슨이 보는 앞에서 피터 호그랜드라는 자가 삽으로 땅을 파서 운석을 꺼내 집으로 가져왔고, 자신이 발견한 뒤 직접 파내서 가져왔으므로 그 운석이 자신의 것이라고 주장하며 1890년 5월 5일 그 운석을 이 사건의 피고인 윈첼에게 105달러에 팔았다. 그 후 법원의 압류 명령이 내려지기 전까지 그 운석은 윈첼이 소유하고 있었다. 피고는 그 운석을 살 당시에 그것이 하늘에서 떨어진 것으로 값어치가 나가는 것임을 알고 있었으며 당연히 호그랜드의 땅에서 발견된 것으로 생각했다. 법원은 1890년 5월 2일 무게가 66파운드이고 표면에는 불에 그을린 흔적이 있고, 속과 겉이 각각 어두운 회색과 검은 색을 띠고 있으며 하늘에서 떨어진 이 운석의 적정 가치가 101달러라고 소송 관계자들과 합의를 보았다…….”

가달드 v. 윈첼 사건의 구체적 사실들(facts)

A. 하늘에서 무게 66파운드의 겉면이 검게 그을린 돌덩이가 존 가달드 소유지에 떨어졌다.

B. 다음날 호그랜드가 그 운석을 파내어 가져갔다.

C. 호그랜드는 그 운석을 윈첼에게 팔았다.

훌륭하게도 분량 면에서는 케이스의 구체적 사실들을 두세 문장으로 압축하는 것에 성공했지만, 이것은 내용 면에서는 함량 미달인 브리프이다. 왜냐하면 일단 윈첼이 호그랜드로부터 운석을 구입할 당시 그 운석이 당연히 호그랜드의 땅에 떨어졌었던 것으로 알고 있었다는 중요한 사실이 빠져 있으며, 운석 표면이 검게 그을렸고 무게가 66파운드 나간다는 것은 이 케이스의 판결과는 상관이 없는 사실이기 때문이다.

또한 판결문에서 판사가 '운석 혹은 운석 파편'이라고 신중하게 언급한 것을 보고, '하늘에서 떨어진 운석인지 아닌지는 아직 확실치 않은 게 아닐까? 표면이 검게 그을렸다는 정보가 나와 있는 것을 봐도 그렇고, 일단은 운석보다는 표면이 검게 그을린 돌덩이라고 표현하는 것이 좋겠다'라고 주어진 사실에서 벗어나며 멋대로 생각했지만, 케이스 전문에 걸쳐 판사는 '운석'이라는 용어를 사용하였고 그 운석이 진짜 하늘에서 떨어진 것인지에 대한 논란이 없기 때문에 운석을 '표면이 검게 그을린 돌덩이'라고 표현하는 것은 불필요하다. 왜냐하면 철저하게 '아' 다르고 '어' 다른 판결문에서 '운석'은 운석일 뿐이지 비슷한 뜻이라도 그 외의 다른 이름으로는 절대 불릴 수 없기 때문이다.

마지막으로 이 브리프가 잘못된 결정적인 이유는 '돌덩이가 존 가달드 소유지에 떨어졌다'고 표현한 부분 때문인데, 이 케이스의 판결 요지를 살펴보면 이것이 왜 부적절한 표현인지 알 수 있다. 판결문에서는 "지면 속에 고착되어 있는 모든 물건은 그 지면의 일부가 된다"는 법을 분명히 밝히고 있다. 그러므로 운석이 "땅에 떨어진 것"과 "떨어져서 땅속에 박힌 것"은 케이스 전체의 판결을 뒤집을 수 있는 결정적인 차이가 되기 때문에 반드시 "돌덩이가 존 가달드의 소유지에 떨어져 깊이 박혔다"라고 해야 하는 것이다.

그러므로 케이스 하나에서 사실만을 뽑아내는 브리프를 하기 위해서는, 자신도 모르게 추측하거나 사실관계를 건너뛰어버리는 사고의 흐름을 끊고 오로지 사실에만 근거해서 결론을 내리는 원칙을 습관화해야 하는 것이다.

사고법에 초점을 맞춰라

"제주도에 살고 있는 부유한 할아버지 A와 서울에 살고 있는 가난한 손녀 B가 있었다. 음식점에서 서빙을 하며 근근이 생활하는 손녀를 딱하게 여긴 할아버지는 손녀에게 전화를 걸어 제주도로 내려와 자신과 같이 살면 손녀가 죽기 전까지 매달 음식점에서 버는 돈의 10배를 주겠다고 제안했다. 그래서 손녀는 당장 일을 그만두고 제주도로 날아갔지만 막상 제주도에 도착하자 할아버지는 처음 몇 달만 돈을 주었을 뿐 그 후로는 돈을 주지 않았다.

이 경우 손녀 B는, 금반언의 원칙(promissory estoppel: 처음에 한 말이나 행동을 나중에 부정하는 것을 금지하는 원칙)을 주장하며 자신이 할아버지 A의 제안을 믿고 그것에 의존(reliance)하여 행동하였으며, A와 B 사이의 약속이 이행되지 않는 것은 불공정(injustice)하다고 주장할 수 있다.

금반언의 원칙이 성립하기 위해서는, ①거래를 제의한 사람이 거래를 성립시키기 위해서 상대방이 다른 무언가를 희생해야 한다는 것을 예측할 수 있었는지의 여부 ②제의를 받아들인 사람이 그 제의가 합리적이라고 믿는 것이 타당했는지의 여부 ③약속이 이루어지는 과정이 얼마나 형식을 갖췄는지의 여부 ④향후 상황 변화가 제의자가 약속을 이행하는 것에 영향을 미칠 수 있는지의 여부 등을 살펴보아야 한다."

아마 로스쿨이 아닌 대학교의 법학 개론 수업에서 시험에 위와 같은 지문이 주어졌다면 금반언의 원칙에 괄호를 치고 빈칸에 들어갈 법적 개념은 무엇인지를 묻는 문제가 이어질 것이다. 하지만 로스쿨에서는 절대로 법 개념의 명칭이나 법률 용어들을 묻는 문제는 출제되지 않는다. 그렇기 때문에 학생들이 공부해야 하는 것은 금반언의 원칙이라는 용어가 아니다. 그 대신 금반언의 원칙 성립을 위한 요건들에 초점을 맞춰야 하는데, 물론 그 성립 요건을 외우는 것 또한 올바른 공부 방향이 아니다. 그보다 아래와 같이 그러한 요건들이 실제 케이스에 어떻게 적용될 수 있는지에 초점을 맞춰야 한다.

① 거래 제의자가 거래를 성립시키기 위해서는 상대방이 다른 무언가를 희생해야 한다는 것을 예측할 수 있었는지의 여부: 제주도로 내려와서 할아버지와 살기 위해서는, 서울에서의 직장을 포기해야만 할 것이므로 이 성립 요건은 손녀에게 유리하게 적용될 것이다.

② 제의를 받아들인 사람이 그 제의가 합리적이라고 믿었던 것이 타당했는지의 여부: 아무 관계도 아닌 사람이 같은 제의를 했다면 충분히 의심스러울 테지만, 할아버지의 제의이므로 객관적으로 생각해볼 때 손녀가 할아버지의 말을 믿는 것은 충분히 타

당한 일이다.

③ 약속이 이루어지는 과정이 얼마나 형식을 갖췄는지의 여부: 전화로 이루어진 대화 내용이므로 계약으로 보기에는 부족하지 않을까? 일반적으로 계약으로 인정되기 위해서는 계약 내용이 반드시 서면으로 작성되어 있어야 하고 양쪽의 서명이 있어야 하는데, 과연 전화 통화로 오간 내용이 계약으로 성립될 수 있을까?

④ 제의자가 약속을 이행하는 데 있어 향후 상황 변화가 영향을 미칠 수 있는지의 여부: 할아버지 재력 수준이 정확히 나와 있지는 않지만 음식점에서 버는 돈의 10배에 달하는 돈을 향후 수십 년간 부담한다는 것은 상당한 재력가가 아니고서야 애초부터 지켜지기 힘든 약속이 아니었을까? 게다가 만약 할아버지가 하시는 사업이 경기를 크게 타는 업종이라면, 과연 손녀에게 평생 동안 꾸준히 큰돈을 준다는 것이 합리적으로 생각해봤을 때 지켜질 수 있는 약속인가?

이처럼 얼마나 많은 법 지식을 외웠는지가 아니라 답까지 이르는 자신의 논리 전개 과정이 올바른지 그 사고법에 초점을 맞추어 공부해야 한다.

이 사고법에 초점을 맞추라는 공부 원칙의 또 다른 훈련 예로, 형법 교수님이 수업 중 가장 많이 하시는 말씀인 "How So?"를 들 수 있다. 교수님의 질문에 학생들이 한두 문장으로 대답하면 교수님은 왜 그렇게 생각하느냐며 계속하여 "How So?"를 외치셨다.

형법 교수님뿐만 아니라 모든 로스쿨 교수님들의 질문에 '예' '아니오'로 짧게 답변을 끝낼 수 있는 경우는 거의 없다. 그 이유는 교수님이 학생에게 기대하는 대답은 '유죄다 무죄다' 혹은 '맞다 아니다' 하는 판결이 아니라, 그 판결에까지 이르는 논리적인 사고 과정이기 때문이다.

로스쿨에서 케이스를 공부할 때 케이스의 구체적 사실들에 중점을 두는 것은 또 하나의 사고법 훈련이 된다. 예를 들어 공공장소에서 일반인이 총을 소지하고 있는 것과 공공장소에서 경찰이 총을 지니고 있는 것, 또는 총을 안 보이게 휴대한 것과 반쯤 보이게 휴대한 것은 완전히 다른 판결을 가져오는데 그렇기 때문에 교수님은 케이스를 제시하신 후 이 같은 구체적인 사실들을 계속하여 바꿔가면서 빠르게 질문을 던지신다. 이것이 이른바 '구체적 사실 비틀기(facts twisting)'이다. 이것은 구체적 사실이 바뀌면 판결도 달라지므로 주어진 사실을 법에 제대로 적용할 수 있는 사고력을 연습시키기 위한 교수법임은 두말할 나위가 없다.

즉 판결문 암기가 아니라 판결을 이끌어낼 수 있는 논리적 사고력 배양이 로스쿨의 교육 목표이며 따라서 로스쿨에서는 법 조항을 외울 것이 아니라 구체적인 사실들을 쪼개보고 근원을 파고들며 그 것에 법을 다양하게 적용해가는 방식으로 훈련하고 공부하는 것이 원칙이 된다.

논리가 다르다

변호사에게 요구되는 글쓰기 테크닉

판사가 재판 내내 변호사의 말을 듣지도 않고 있다가 마음대로 판결해버렸다며 흥분하고 욕하는 사람을 종종 본 적이 있는데 그런 경우는 미국에서도 심심치 않게 일어난다. 이유가 무엇일까? 법정에서 변호사가 입을 열기 전에 판사는 이미 접수된 소장(訴狀)을 통해 사건에 대한 구체적 사실들과 양측 변호사의 논점을 알고 있기 때문이고, 실제로 적지 않은 재판에서 재판이 열리기 전에 이미 판결이 결정된다. 즉 법정에서의 변론보다 소장이 판결에 더 큰 영향을 미치는 것이다. 이렇게 변호사에게 글 특히 소장을 쓰는 것은 일반적으로 생각하는 것보다 훨씬 중요한 일이다.

또한 매일같이 벌어지는 재판의 내용을 살펴보면, 누구의 잘못인지가 분명하게 드러나는 케이스는 매우 드물다. 사실 모든 측면에서 따져보아도 한쪽의 잘못이 분명하다면 판사에게 판결을 물을 필요도 없을 것이다. 그렇기에 의뢰인에게 유리한 구체적 사실과 불리한 사실이 있을 때 변호사가 쓰는 말과 글 하나하나 모두가 철저하게 의뢰인에게 유리한 것이어야만 재판에서 승소할 가능성을 높일 수 있다.

실제로 나는 로스쿨에서 공부하면서부터 전과 달리 양복을 차려입고 법정에서 변론하는 것보다 서류에 파묻혀 소장이나 선배 변호사에게 제출할 보고서를 작성하는 모습이 더 변호사답다고 생각하게 되었다. 이 글쓰기 테크닉은 로스쿨 작문 수업에서 배우게 된다. 그리고 One L 과정의 마지막, 이제 제법 변호사 흉내를 낼 줄 알게 된 우리들은 '모의법정'을 통해 이를 실제로 연습해볼 기회를 가졌다. 비록 약식이지만 자신이 변호사라는 생각으로 처음부터 끝까지 스스로 준비하고 진행하면서 아래의 케이스에 대한 소장을 작성하고 판사님께 미리 그 소장을 전달하였다. 특히 One L 1년간 소장이 중요하다는 말을 귀가 닳도록 들어왔기 때문에 우리는 이에 많은 시간을 투자해야 했다.

"킴벨 부인에게는 다섯 살배기 아들 이튼이 있고 그녀의 남편은

이라크 전에 참전하기 위해 1년간 집을 비우게 되었다. 킴벨 부인의 죽마고우이자 여덟 살짜리 아들을 키우고 있는 밀러 씨는, 킴벨 부인이 아들과 단둘이 살게 될 것을 걱정하여 아내의 동의를 구해 그들 모자가 자신의 집에서 함께 살도록 하였다.

어느날 밀러 부인은 자신의 아들에게 생일 선물로 동네 장난감 가게에서 고무찰흙을 사주었다. 그 후 밀러 부인이 외출한 사이 늘 그러했듯 킴벨 부인은 집에서 밀러 부부의 아들과 자신의 아들을 돌보고 있었다. 그런데 밀러 부부의 아들이 가지고 놀다가 떨어뜨린 고무찰흙을 이튼이 집어먹고 찰흙의 독성물질에 중독되었다."

변호사가 법정에서 의뢰인을 변호하기 위해 처음으로 하는 일은, 너무도 당연하겠지만 의뢰인으로부터 사건에 대한 설명을 듣는 것이다. 그다음에는 소송 상대측과 만나 상대방의 입장을 듣고 사건에 관계된 이들의 증언을 듣는다. 즉 원고 이튼과 그 어머니 킴벨 부인이 이튼이 입은 피해에 대해 장난감 가게를 상대로 손해배상을 청구한 이 케이스에서, 변호사는 먼저 의뢰인과 소송 상대인 장난감 가게 점장과 판매사원, 관계자인 밀러 부부 등을 통해 사건에 대한 구체적인 사실들을 알아내야 한다. 그리고 마지막으로 해당 케이스를 다루는 법과 그에 관계된 판례들을 찾아낸 후 기존 판례를 통해 해당 법이 어떻게 적용되었는지 그 적용법을 도출해내야 한다. 그리고 이것들을 바탕으로 케이스의 구체적 사실, 해당 법, 그 법을 통해 만들어낸 원고와 피고의 논점 등을 모두 포함시켜 소장을 써야 한다. 물론 가장 중요한 것은 해당되는 법을 제대로 찾아내고 올바른 논점을 만드는 것이지만, 그에 못지않게 중요한 것이 글쓰기 테크닉이다. 모의법정을 위해 내가 작성했던 소장을 가지고 중요한 몇 가지를 소개해보겠다.

내가 쓴 소장의 첫 부분은 이렇다.

"'품질 좋은 물건' 혹은 '좋은 장난감'이라는 말 그 어떤 것도 그 장난감이 '먹어도 되는 것'이라는 것을 의미하지는 않는다. 이런 표현들은 단지 그 장난감은 아이들이 가지고 놀기에 적합하다는 것을 뜻할 뿐이지 먹어도 인체에 해가 없다는 말은 절대로 아니다. 킴벨 부인은 고무찰흙에 대한 장난감 가게 측의 제품 설명을 제대로 이해하지 못한 채 그리고 장난감 회사가 장난감 안전협회의 인증을 어떻게 획득하는지도 모른 채 본인 마음대로 '고무찰흙이 누구에게도 해를 입히지 않아야 한다'고 해석하였다. 실제로 고무찰흙은 인체에 해를 끼치지 않는다. 그것이 '본래 사용목적'대로 사용되는 한은 말이다. 하지만 원고 이튼은 고무찰흙을 먹었고 그 결과 병이 났다. 그리고 지금 원고 이튼과 그의 어머니는 장난감 가게가 고무찰흙에 대한 품질 보증을 어긴 것에 책임이 있고 이에 보상해야 한다고 주장하고 있다."

설득을 위한 모든 글이 그렇지만 특히 소장은 처음에 강한 인상을 심어줘야 하기 때문에 그 첫 문장이 상당히 중요하다. 예를 들어 "이 케이스는 장난감을 먹고 중독된 아이에 관한 것이다"와 같이 객관적 사실을 진술하는 첫 문장은 소장에서 결코 바람직하지 못하다. 소장의 목적이 무엇인가? 그것은 우리 측 주장을 받아들이도록 판사를 설득하는 것이고 그러려면 첫 문장이 설득을 위한 일종의 '덫'이 되어야 한다고, 즉 첫 문장에 독자가 우리 측 주장에 동의하고 무의식중에 형성된 그 동의를 바탕으로 향후 전개될 모든 논점에도 자연스럽게 동의할 수 있어야 한다고 나는 생각했다. 그래서 고심 끝에 내가 선택한 첫 문장은 "'품질 좋은 물건' 혹은 '좋은 장난감'이라는 말 그 어떤 것도 그 장난감이 '먹어도 되는 것'이라는 것을 의미하지 않는다"였다. 내가 의도한 바는 독자인 판사가 이것을 읽는 순간 '당연한 것 아냐?'라는 생각을 갖게 함으로써 케이스에 대한 구체적 사실들을 전하기 전에 '장난감을 먹는 것은 잘못된 것이다'라는 의식을 심어주려는 것이었다. 판사에게 강한 인상을 심어주기에 이보다 더 효과적인 첫 문장은 수도 없이 많겠지만 한 가지 확실한 것은 "모월 모일 원고 이튼은 고무찰흙을 먹고 중독되었다"라는 식의 객관적 사실 소개는 결코 장난감 가게 측을 승소시키기 위한 시작이 아니라는 것이다.

"제품의 품질과 안전성 보증의 성립을 위해서는 구매자가 판매자의 제품 설명에 의존하여 구매를 결정해야만 한다. 하지만 밀러 부인은 잡지에서 해당 장난감에 대한 기사를 읽었고, 장난감 가게를 방문하기 전부터, 또 장난감 가게 점원이 고무찰흙이 '좋은 품질'의 제품이라고 확인해주기 훨씬 전부터 이 장난감을 사려고 이미 마음속으로 결정을 해놨었다고 밝히고 있다. 그러므로 밀러 부인은 장난감 가게 측의 제품 설명에 의존하여 구매를 결정한 것이 아니다. 더구나 상품의 가치에 대한 판매자의 단순한 의견은 제품 보증으로 성립되지 못한다. '좋은 품질'이나 '최상의 상품'이라는 말은 제품에 대한 중요한 정보나 구체적 사실이 아니라 그저 어느 매장에서나 판매자들이 자주 사용하는 말일 뿐이다. 결론적으로 장난감 가게 측의 고무찰흙에 대한 추천만으로는 제품에 대한 보증이 성립되지 않는다. 그 설명이 제품의 품질에 대한 보증으로 성립된다 하더라도, 장난감 가게 측은 구매자인 밀러 부인의 가족도 아닌 원고 이튼이 그녀와 함께 사는지를 알 수도 없고 예상해야 할 의무도 없기 때문에 원고에 대한 보상 의무가 없다. 그러므로 본 법정은 장난감 가게 측에 본 고소에 대한 법적 책임이 없다고 판결해야 한다."

위의 소장 첫 부분(introduction)은 케이스 전체의 밑그림을 그려 전달하는 역할을 한다. 케이스의 구체적 사실들이나 사건을 다루는 법, 그에 대한 논점 등은 뒤에서 다루어지기 때문에 여기에서는 사건의 중요한 사실들과 관련 법에 대한 논점을 대략적으로 다루면서, 판사에게 자신이 변호하는 측은 옳고 선량하며 상대측은 나쁘고 악한 사람들이라는 인식을 심어주는 것이 과제가 된다.

또한 소장의 어조는 간결하면서도 단호해야 한다. 예를 들어 "제품 보증은 성립되지 않는 것으로 보인다" 혹은 "제품 보증은 성립되지 않았다고 생각한다"는 식의 문장은 소장의 목적, 즉 제품 보증이 성립되지 않기 때문에 장난감 가게는 법적인 책임이 없다고 판사를 설득하는 데에 도움이 되지 않는다. 물론 변호사가 유리한 판결을 이끌어내기 위해 사실을 왜곡하거나 특정 부분을 확대해석하여 소장을 작성해야 한다는 뜻은 결코 아니다. 다만 같은 사실이라 할지라도 자신에게 유리하게 들리도록 글을 쓰는 테크닉을 변호사는 익히고 있어야 한다는 것이다.

다음은 내가 썼던 소장의 구체적 사실 진술(statements of facts) 부분이다.

"킴벨 부인과 밀러 씨는 혈연관계는 아니지만 오랜 친구 사이이다. 그래서 밀러 씨는 킴벨 부인의 남편이 가족을 남겨두고 해외로

나가게 되었을 때 킴벨 부인과 그 아들에게 자신의 집에서 함께 지낼 것을 제안했고 결국 그들은 한집에서 지내게 되었다."

윗글에서 킴벨 부인과 밀러 씨의 관계에 대해 "이들은 죽마고우이다" 대신 "혈연관계는 아니지만……."라는 말로 글을 시작한 이유는 무엇일까? 의도적으로 둘의 관계가 법적으로 '남'이라는 점을 강조하여, 구매자의 아들도 아니고 혈연지간도 아닌 남의 아들 이튼이 장난감 때문에 입은 피해에 대해 장난감 가게가 법적 책임을 질 필요가 없다는 주장을 강조하기 위해서였다. 또 "한집에서 살자고 제안했고" 대신 "지낼 것을 제안했고"로 쓴 점이나, "킴벨 부인의 남편은 조국을 테러의 위협으로부터 지키기 위해 어린 아들과 사랑하는 아내를 남겨두고 이라크로 떨어지지 않는 걸음을 떼었다"고 써서 판사의 동정심을 자극하는 대신 건조하게 "킴벨 부인의 남편이 해외로 나가게 되었다"라고 쓴 것 역시 같은 사실이라도 우리 측에 유리하게 들리도록 하기 위함이었다. 이 다음의 부분들과 결론도 이처럼 변호사의 철저한 계산을 바탕에 깔고, 거짓 서술이나 과장 해석은 하지 않되 동일한 사실이 의뢰인에게 최대한 유리하게 적용될 수 있도록 하였다.

이처럼 사실은 분명히 하나이지만 변호사에 의해 여러 가지로 해석될 수 있다. 그리고 글쓰기 테크닉은, 이 하나의 사실이 자신의 의뢰인에게 더 유리하게 적용되도록 만들어야 하는 변호사에게 가장 필요한 능력 중 하나이다.

꿈에 나타날까 두려운 로스쿨 시험

로스쿨의 기말고사는 에세이 형식의 문제가 많으며 매우 중요한 비중을 차지하는데, 이것은 다른 시험과는 조금 다른 준비 과정을 요구한다. 그 때문에 학부 시절 에세이형 시험에 강했던 학생이라 할지라도 로스쿨 시험을 위해 Barbri나 PMBR 같은 학원에 다니거나 따로 작문 참고서적을 공부하는 것은 새삼스러운 일이 아니다. 게다가 로스쿨의 수업과 시험은 완전히 다른 두 가지의 준비 과정을 필요로 하는데도 학교에서는 이런 준비 과정을 구체적으로 설명해주지 않기 때문에 기말고사를 앞두고는 학원의 시험 작문 특강이 문전성시를 이룬다.

그렇다면 도대체 이 시험이 어떻기에 학생들이 그토록 많은 준비를 따로 해야 하는 것일까?

가장 큰 특징은 여러 번 언급했듯이 '지식을 적용하는 방법'을 가르치고자 하는 로스쿨의 교육 목표에서 기인한다. 학기중에 다룬 지식은 이미 알고 있다고 전제하고 시험을 통해 그것들을 적용할 수 있는지를 평가하려는 것이므로 학부에서처럼 자신이 암기한 것을 다 쏟아내는 식의 글이 아니라 법적 사고력을 발휘하여 제시된 구체적인 사실(facts)에 어떤 법을 왜, 어떻게 적용할 수 있는지를 지극히 논리적으로 써야 한다.

예를 들어 앞에 나온 '멜론 맛 맥주' 케이스처럼 하나의 사건을 제시해준 뒤 학생들이 그 사건의 사실들을 읽고 이슈를 파악할 수 있는지, 사건의 사실들과 이슈에 관련된 법이 무엇인지 알고 있는지, 마지막으로 그 법을 변호사와 같은 법적 사고력(lawyer-like manner)을 통해 주어진 사실에 적용할 수 있는지를 평가하는 것이다. 이때 범죄자가 유죄냐 무죄냐, 피고가 원고에 책임이 있느냐 없느냐에 대한 '옳은 판결'을 내는 것은 그다지 중요하지 않다. 그보다 사건 당사자 양쪽의 입장에서 모든 가능성을 다 따져볼 수 있는지, 그리고 논리적으로 자신의 주장을 법에 적용시킬 수 있는지를 보여주는 것에 중점을 두어야 한다.

보통의 '잘 쓴 글'은 주제와 관련된 배경 지식으로 서론을 열지만, 로스쿨 시험의 작문은 거두절미하고 본론으로 들어간다. 예를 들어 불법행위법의 과실에 대해 쓴다면, 일반적으로 "불법행위법에서 과실 분야는 사건에 대한 정확한 분석을 통해 법 성립 요건을 논리적으로 살펴보아야 하는 중요한 개념이다" 혹은 "역사적으로 볼 때 과실과 관련된 소송은 불법행위법 분야에서 큰 비중을 차지하였다"와 같은 문장으로 시작할 것이다. 하지만 이런 첫 문장은 로스쿨 답안지에서는 쓸데없는 것이며 오히려 감점의 대상이다. 로스쿨에서는 어떤 과목이든 "이 케이스의 첫번째 이슈는……"로 시작하는 것이 일반적이다.

또 한 가지, 내가 학부 시절 글의 요점을 강조하기 위하여 자주 사용했던 'I strongly believe'와 같은 구문은 로스쿨 시험 답안지에는 절대 쓰지 말아야 한다. 소송에는 항상 반대 입장을 지닌 원고와 피고가 있고 로스쿨 학생들은 소송의 승패를 떠나 양쪽 입장 모두를 생각해볼 것을 요구받는데, 한쪽 주장만이 옳다는 식으로 못 박아버리면 다른 편의 주장은 다룰 수가 없게 되기 때문이다. 더구나 시험에 출제된 사건은 학생들의 논리력을 파악하기 위해 의도적으로 양쪽 주장 모두가 설득력 있게 만들어지므로, 설령 학생 본인이 느끼기에 어느 한쪽의 주장이 더 설득력이 있다고 해도 그편 입장에서만 서서 답안을 쓰다보면 시험에서 절대 좋은 점수를 기대할 수 없다. 따라서 'He may argue that …… but on the other hand(그는 ……라고 주장할 수 있을지도 모른다. 하지만 한편으로는)' 혹은 'Assuming the plaintiff may prove that(원고가 ……을 증명할 수 있다고 가정했을 때)'와 같은 약한 어조를 사용하는 것이 일반적 규칙으로 통한다. 하지만 더 어려운 것은, 로스쿨 시험이 약한 어조로 이 사람의 의견도 합리적이고 저 사람의 의견도 옳다는 식으로 여러 가지의 가능성을 그저 던져놓기만 하는 결론 없는 글을 요구하는 것은 아니라는 점이다. 그것은 자신이 어떤 주장을 논리적으로 증명하고 관철시키는 것에 무능하다는 것을 답안지에 쓰는 것밖에 되지 않는다.

마지막으로, 로스쿨 시험은 1시간 30분 안에 대략 2,000 단어 정도의 매우 긴 분량의 글을 써내야 한다. 게다가 보통 한 문제에 써야 할 법적 이슈의 수는 상당히 많으며 꼭 들어가야 할 내용도 빼먹으면 안 되므로 직접 쓰기에 앞서 반드시 개요를 작성해야 한다. 또한 논리적으로 정돈된 글이 되기 위해서도 개요 작성은 필수적이다. 다음의 시험 문제와 그에 대한 개요를 보자.

레이첼은 놀먼 사(社)의 직원이다. 입사시 그녀는 회사 측으로부터 "능력 있는 사람이면 은퇴할 때까지 계속 일할 수 있을 것"이라는 메시지를 구두로 전달받았고 고용계약서 같은 것에 서명을 하지는 않았다. 또한 입사 당시 놀먼 사의 사원 정책에 대한 책자를 받았는데 회사는 직원을 해고하기 전에 사원의 업무 결과 중 어떤 부분이 불만스러운지를 당사자에게 통보함으로써 그에 대해 만회할 기회를 주는 것이 회사 방침이며 만약 사원이 범법행위나 그에 준하는 부정행위를 저질렀을 경우에는 위와 같은 방침에서 예외로 한다고 밝히고 있었다. 또한 책자 자체가 고용계약서로 사용될 수는 없으며 고용주는 언제든 아무런 제약 없이 회사의 고용 정책을 수정할 모든 권리를 갖는다는 내용 아래에 회사 최고 경영자의 프린트된 서명이 있었다.

그 후 놀먼 사에서 일을 시작한 지 10년 만에 회사는 레이첼에게 고용 정책이 수정되었다는 내용의 편지를 보냈다. 회사가 힘든 상황에 처했으므로 회사는 사원을 언제, 어떠한 사유로든 즉각 해고할 수 있는 권리를 가지며 6개월 뒤부터 이 고용 정책이 시행된다는 내용이었다. 그리고 새 정책이 발표된 지 1년 뒤, 레이첼은 회사로부터 해고를 통보받았다. 레이첼 상사가 그녀에게 해외 계열사에 대한 서류를 작성하도록 명령했는데, 그녀는 그런 사업이 회사 전체의 정책에 반하는 것이라 믿었으므로 해당 사건에 대해 회사의 고위 경영진에게 문제를 제기하였고 그들은 조사를 해보겠다고 말했다. 그러고 나서 해고 통보를 받은 지라 정황상 레이첼의 직속 상관이 그녀의 문제 제기에 화가 나서 그녀를 해고하는 것이 분명했지만, 그녀는 해고에 대한 어떤 이유도 듣지 못했다.

놀먼 사는 레이첼을 해고할 권리가 있는가?

만만해 보이는 이 문제도 한 학기 동안 배운 법적 개념들을 모두 쏟아내어 결론을 도출하는 과정이므로, 내가 기말시험 때 했던 아래의 개요처럼 큰 틀을 잡아두지 않으면 중요한 내용을 누락하거나 논리적 흐름을 놓칠 수 있고 그렇게 우왕좌왕하다보면 시간이 얼마

남지 않았음을 깨닫게 된다. 하지만 그때서 후회한들 무엇하리.

(A) 놀먼 사가 레이첼을 합법적인 절차에 따라 해고했는지의 여부는 놀먼 사가 사전에 불만족스러운 업무 결과 및 해고에 대해 레이첼과 상담을 한 후에만 해고가 가능하다는 내용의 계약서가 실제로 효력을 발휘할 수 있는지 없는지에 달려 있다.

1. 해당 계약은 1년 이내에 모든 계약 내용이 이행되지 않아 statute of frauds● 에 위배되어 효력 있는 계약으로 인정받지 못하는가?
2. 만약 그렇다면 사원 정책에 관한 책자는 충분한 서면(계약)으로 인정받을 수 있는가?
3. 이 사건이 혹시 statute of frauds의 예외로 인정받을 수 있는가?
4. 책자의 계약 내용이 법적 효력을 갖을 만큼 충분한 내용을 명확하게 담고 있는가?
5. 십 년 동안 다른 사원들을 해고하기 전에 상담 기회를 주었

● 'statute of frauds'란 1년 내에 계약 내용이 완결되지 않는 계약이 법적 효력을 갖기 위해서는 반드시 계약서가 쌍방의 서명이 포함된 문서로 작성되어야 한다는 법을 말한다. 즉 레이첼과 회사 모두 이 고용 계약이 1년 이상 지속되는 것으로 예측하고 있다고 가정하면 고용 계약은 1년 내에 완결되지 않으므로 statute of frauds의 구속을 받는 것이다.

던 사실은 레이첼 자신이 해고 대상이 되었을 때 그녀 역시 그러한 기회를 가질 수 있을 거라고 믿는 것을 합리적으로 만들어주는가?

6. 만약 변경 전 고용 정책에서는 정당한 이유를 통보하고 사전에 상담 기회를 주어야만 해고를 할 수 있었다고 가정한다면, 그러한 사원 정책은 적법하게 수정되었는가?
   a. 놀먼 사는 레이첼에게 고용 정책 수정을 위해 필요한 충분한 대가를 제공하여야 하는가?
   b. 만약 그렇다면 충분한 대가 혹은 그에 상응하는 것을 지불하였는가?
   c. 고용 정책의 수정이 효력을 갖기 위해서는 레이첼이 고용 정책 수정을 통보하는 편지에 서명을 해서 돌려보냈어야 했는가?
7. 레이첼은 악의적으로 해고되었는가?

끝으로 로스쿨 시험과 관련한 오해 하나를 풀고 싶다. 한국과 달리 미국의 법 공부는 외울 필요 없이 법을 이해하면 된다는 것이 오해의 내용이다. 하지만 미국의 로스쿨 교육이 학생들에게 암기를 요구하지 않는다는 것은 결코 사실이 아니다.

사실 미국 로스쿨에서는 교과서나 참고서 혹은 자신이 요약한 노트를 자유로이 참고하여 답안을 작성하는 오픈북 시험의 비중이 높은 편임은 사실이다. 하지만 오픈북이건 아니건 시험은 기본적으로 학생들에게 법과 판례에 대한 완벽한 암기를 요구하고 있다. 로스쿨에서는 법 조항의 암기를 요구하기보다 법적 사고력을 배양하고 평가한다더니 앞뒤가 안 맞는 소리라고 할 수도 있겠다. 하지만 시험이라는 현실을 생각해보면 그렇지도 않다. 한 학기 동안 배운 모든 내용을 외워 머릿속에 완벽하게 정리하고 있지 않다면, 대략 2,000 단어 정도의 분량을 1시간 30분 안에 완성해야 하는 문제가 여럿인 시험에서 책을 여기저기 뒤적이며 즉석에서 답안의 뼈대부터 만들어내는 것은 불가능하기 때문이다. 실제로 오픈북 시험이라도 책이나 공책을 뒤적거리며 답안지를 작성하는 학생은 거의 없으며, 나 역시 긴장해서 특정 케이스나 법이 생각나지 않을 때 한두 번 허겁지겁 책장을 넘겨본 것이 전부였다. 단언컨대 미국 로스쿨 시험이 오픈북 형식이라고 해서 암기가 전혀 필요 없다는 생각은 그냥 생각일 뿐이지 절대 현실은 아니다.

논리를 위한 작은 습관들

학창 시절 논리력 향상과 논술 준비를 위해 책, 특히 고전을 많이 읽어라, 신문 사설을 읽어라, 심지어는 법대에서 공부하는 법철학

책을 읽어보라는 소리들을 숱하게 들어왔지만 지금 와서 생각해보면 그런 방법들이 과연 논리력 향상에 큰 효과가 있었는지는 의문이다. 당연히 툭하면 '성급한 일반화의 오류' 운운하거나 "당신은 '잘못된 권위에 의존'하고 있기 때문에 비논리적입니다"라고 외운 대로 쏘아붙이는 것 역시 논리력과는 상관없는 지적 허영일 뿐이다.

그렇다면 논리력과 논술 실력은 어떻게 향상시킬 수 있을까? 로스쿨 공부를 위해 필요한 논리적 사고력 키우기는 일상생활의 대화와 평소 논리적인 사람들의 특징을 잘 관찰해보면서 힌트를 얻을 수 있다.

상대방의 말을 끝까지 듣되 적극적으로 듣는다

기본 중의 기본이다. 다른 이의 주장에 대응을 하려면 그 사람의 주장이 무엇인지 제대로 아는 것이 우선임은 당연한 게 아닌가? 하지만 실제로는, 이 제1법칙에 충실한 사람은 그리 많지 않은 것 같다. 상대방을 논리적으로 설득하고 싶다면 상대방이 무슨 이야기를 하는지 끝까지 들어야 한다. 단, 여기서의 듣기란 상대방의 목소리를 단순히 듣기(hearing)만 하는 것이 아니라 그 내용을 주의깊게 듣는 것(listening)이라는 점을 강조하고 싶다. 끝까지 듣기만 하면 되는 게 아니라 상대방 주장의 핵심을 들으려 노력해야 한다는 것이다.

이를 위해 "당신의 주장은 이러이러한 것이죠? 제가 제대로 이해했습니까?" 라고 확인하는 것도 좋은 방법이다. 논리적인 토론이 이루어지지 않는 경우는 상대방의 말을 자기 마음대로 해석하거나 상대방의 진의보다는 표면적인 단어 몇 개를 물어 늘어져서가 아니었던가? 토론의 핵심을 파악한 뒤 그것에서부터 자신의 주장을 시작하는 것, 상대방 주장의 핵심에서 벗어나지 않는 것이 논리적 토론의 출발이라고 할 수 있다.

학부에서 비지니스 협상 수업중에 상대방의 주장의 핵심과 목적이 무엇인지 알려들지 않은 채 내 주장만 하면서 결국 시간만 보낸 꼴이 된 경험이 있다. 나와 상대는 매년 일정 수로 벌목이 제한되어 있는 나무의 사용 권리를 놓고 협상을 벌여야 했는데, 양측이 각각 필요로 하는 나무의 수는 매년 채벌되는 양 전부였기 때문에 우리는 둘 다 협상 자료를 제시받은 직후 '단 한 그루의 나무도 양보할 수 없고 내가 나무를 전부 가져와야 한다' '네가 죽어야 내가 산다'는 생각을 거의 본능적으로 떠올린 것 같다. 결국 귀를 막고 자신의 주장만 늘어놓다가 어떤 결과도 얻지 못하고 말았다. 하지만 우리가 그때 적극적으로 듣기(active listening)만 했었더라면! 왜냐하면 우리 회사에 필요했던 것은 나무의 뿌리였으며 상대 회사에 필요했던 것은 열매였기 때문이다.

자신이 틀릴 가능성에 대해서 생각해보고, 절대로 마음대로 추측하거나

가정하지 말자

어떤 논쟁이 벌어졌을 때 우리가 자신의 생각이 옳다고 굳게 믿는 것처럼 상대편 또한 그 자신의 주장이 옳다고 생각한다는 것을 잊지 말아야 한다. 그 점을 떠올린다면, 도대체 상대방이 무엇을 근거로 그렇게 확신하는지 궁금해지지 않겠는가? 쉽지는 않겠지만, 최대한 열린 마음으로 상대방의 의견과 그 근거를 경청해보고, 적극적으로 들어보고, 또 그것이 맞고 자신이 틀리다고 생각을 해보자. 왜냐하면 의심 없이 자신이 주장하는 어떤 것을 옳다고 가정하여 믿는 것은 논리적인 주장을 펴는 데 가장 큰 장애물이 될 뿐 아니라 결론을 잘못된 방향으로 이끌 가능성이 크기 때문이다. 예전에 텔레비전 청문회에서 한 국회의원이 국무총리 지명자에게 그의 김포공항 출입국 관리소 출입국 기록을 내보이며 이렇게 질문했다.

"국무총리 지명자께서는 ××년도에 가족과 함께 김포공항을 통해 A국가로 떠나셨죠?"

사실이었기에 국무총리 지명자는 그렇다고 대답했고 이에 국회의원은 "기록에 따르면 지명자께서는 A국가로 떠난 지 4년이 지난 해에 김포 공항에서 B국가로 처음 출국한 것으로 되어 있는데 또 약력에는 그로부터 2년 후에 B국가에 있는 4년제 대학을 졸업했다고 나와 있습니다. 어떻게 4년제 대학을 2년 만에 졸업할 수 있습니까? 진짜로 그 대학을 졸업한 것이 맞습니까?"라며 언성을 높여 쏘아붙였다. 이에 기분이 상한 총리 지명자는 분명히 그 대학을 졸업했으니까 정 의심스러우면 직접 대학에 문의해보라고 하자 국회의원은 "아니 지금 공신력 있는 국가기관의 정보를 부정하는 겁니까?" 라며 상기된 얼굴로 다시 큰소리를 쳤다.

그렇다면 이게 어찌된 일일까? 간단했다. 국회의원 주장의 근거는 우리나라 공항의 출입국 기록이었는데, 그 총리 지명자는 A국가에서 우리나라를 통하지 않고 B국가로 바로 건너가 대학 공부를 시작했다. 그리고 중간에 우리나라에 들어왔다가 다시 B국가로 출국한 지 2년 후에 대학을 졸업했던 것이다.

큰 목소리로 우긴다고 논리적인 사람이 되는 것은 아니다. 논리적인 주장을 펼치기 위해서는 자신이 틀렸을지도 모른다는 가능성을 배제하지 말고, 자기 마음대로 넘겨짚은 것을 결론의 근거로 사용하지 않는 주의가 필요하다.

설득은 상대방의 말을 듣고 인정해주는 것에서부터 시작된다. 자기 주장에 대한 절대적 믿음을 가지고 공격적 어조로 상대방을 '제압'하려는 태도는 바람을 강하게 일으켜 행인의 외투를 벗기려는 것과 같다. 바람이 강하면 강할수록 행인은 외투를 더 꼭 여며쥔다. 그런 태도보다 상대방 주장의 핵심을 제대로 알고 사실에만 근거해서 주장하는 습관을 일상 속에서 쌓아간다면 튼튼한 논리력이 세워질 것이라 믿는다.

One L의 노트

법이 무엇인지 v. 법을 어떻게 적용하는지

우리나라에서 대학을 다닐 때, 유일한 타과생으로서 민법 총칙을 수강한 적이 있었다. 이때를 떠올려보면 여러 가지 법 이론의 명칭들과, 길어야 두 줄 정도였던 '무엇에 대하여 논하라' 식의 시험 문제가 가장 먼저 생각난다. 이때 실제 판결문을 보며 그 과정을 생각해보는 식으로 공부했던 적은 없었다. 언제나 교수님이 법 이론을 설명해주시는 강의였다. 즉 수업의 목표란 법이 무엇인지를 배우는 것이었다. 사실 그때의 기억은 지금 내가 미국 로스쿨에서 겪고 있는 경험과 모든 면에서 다르다고 할 정도로 공통점이 없다. 한국에서 나는 법이 무엇인지 그것을 '학문'으로 배웠고 여기서는 법을 어떻게 적용하는지 그 '사고법'을 배우고 있기 때문이다. 나만의 경험을 지나치게 일반화하는 것은 아닌가 싶기도 했지만 사실 지금도 주위의 법대생이나 사시 준비생들에게서 이와 비슷한 이야기를 종종 듣고 있는 것이 사실이다.

이곳 졸업생들만 봐도, 한국 법대와 미국 로스쿨의 교육 목표가 다르다는 것을 알 수 있다. 미국 로펌에서 변호사 생활을 처음 시작한 주위 사람들은 모두 로스쿨을 졸업할 때까지도 로펌에서의 일이 구체적으로 어떠한 것인지를 제대로 또 충분히 알지 못했다고 말한다. 미국 로스쿨은 학생들에게 변호사의 실무를 가르치기보다는 졸업 후 실제 법조인이 되었을 때 실무를 빠르게 받아들일 수 있는 그 기본 바탕을 기르고 다지는 데 목표를 두고 있기 때문이다.

최근 도입이 결정된 한국 로스쿨 제도의 구체적 시행 방안을 놓고 논란이 되고 있다. 나는 로스쿨 도입 결정 전에도 그것을 무조건적으로 찬성하는 입장은 아니었다. 기존 법대 교수님들이 로스쿨에서 새로운 방식으로 수업을 하실 수 있는지도 확실치 않은 데다가 현재 우리나라 대학의 느슨한 학사 관리로 인한 학점 인플레, 아직 체계적이지 못한 로펌 제도, 대학의 법학과 존폐 여부, 로스쿨 입학생 선발 과정에서 생길 수 있는 출신 대학 간 서열 문제 등, 무조건적 찬성에 앞서 생각해볼 문제가 있기 때문이다. 하지만 로스쿨 도입을 반대했던 여론 또한 잘못된 생각에 근거를 두고 있어서 안타까울 따름이다. 그 중 하나가, 능력 있는 법조인이 되는 데 3년의 시간은 턱없이 부족하다는 것인데, 하지만 이는 법조인이 되는 데 필요한 모든 공부가 로스쿨을 다니는 3년 동안에만 이루어진다는 잘못된 전제 때문에 생긴 견해이다. 로스쿨을 갓 졸업하고 변호사 자격시험을 통과한 변호사 초년생은 의사로 치면 레지던트에 비유될 수 있다. 즉 변호사 초년생과 레지던트는 모두 전문인이 될 기본 자질과 기술을 갖췄지만 아직 경험이 풍부한 전문가의 실무 지도를 필요로 하는 예비 전문인인 것이다.

또 하나는 로스쿨의 비싼 학비가 경제적 능력이 뒷받침되지 않는 사람의 입신양명과 출세의 길을 원천적으로 막아버리는 것 아니냐는 의견이다. 집에서 도시락을 싸들고 다니며 식비를 아끼고 방학에는 인턴십으로 생활비를 보태는 대부분의 미국 로스쿨 재학생들처럼 저리의 학비 대출 제도와 다양한 장학금 제도를 통해 '돈을 빌려서 학교를 다닌다'는 인식이 생기면 경제력 때문에 로스쿨 진학을 포기하는 경우가 줄어들 것이다. 무엇보다도 로스쿨의 비싼 학비는 사회 전체적으로 볼 때 실력 없는 법조인, 이 직업을 출세와 신분 상승의 수단으로 삼으려고만 했던 일부 법조인들로 인해 생겨나는 폐단에 비교할 수 없이 적은 비용인 데다가 사시생들이 고시학원 등에 쏟아붓는 돈이나 그 긴 수험기간의 기회비용 역시 만만치 않다는 점도 로스쿨 도입을 부정적으로 보기에 앞서 다시 한 번 생각해볼 점들이 아닐까.

나의 결론은 현 체제를 유지하건 로스쿨 제도를 도입하건, 법 공부를 위해서는 '법이 무엇인지' 그것을 학문으로 가르치는 것이 아니라 '법을 어떻게 적용하는지' 그 사고법을 직접적으로 길러주는 것을 교육의 목표로 삼는 것이 중요하다는 것이다.

에필로그
내 인생의 빛을 향하여

로스쿨 첫해를 책으로 엮으며

침대에서 눈을 떴다. 지난 일 년 동안 늘 극도의 긴장상태를 유지해야 했던 나의 몸과 마음에 자동적으로 힘이 바짝 들어갔다. 그러나 나는 이내 미소를 머금으며 그대로 침대에 달라붙어 뒤척거렸다. 로스쿨에서의 첫해가 끝났기 때문이다. 기말고사가 끝난 지 며칠이 지났지만 아직도 자유로운 하루하루가 마냥 어색하기만 했다.

컴퓨터를 켜고 메일을 체크했다. 반가운 사람으로부터 축하한다는 제목의 메일이 하나 도착해 있었다.

'권덕아! 축하한다! 지금쯤 드디어 지옥의 시간이라고 불리는 로스쿨 첫해를 마쳤겠구나. 정말로 네가 부럽다. 나도 좋은 소식이 하나 있다. 이 형도 드디어 그렇게 고대하던 로스쿨에 들어가게 됐다. 이제 형도 고생 끝 행복 시작이다. 곧 한국 들어오지? 형이 너한테 물어볼 게 많다. 언제 만나서 형한테 이것저것 좀 많이 가르쳐줘라.'

한국에서 알고 지내던 형이 오랜 준비와 재수 끝에 올해 드디어 원하는 로스쿨에 입학하게 된 것이다. 하지만 로스쿨 입학이 고생 끝 행복 시작이라니! 해주고 싶은 이야기, 아니 꼭 해줘야만 하는 이야기가 너무 많았다. 의무감마저 들었다고나 할까.

우리나라에 로스쿨 도입이 결정되면서 내 주변 사람뿐 아니라 로스쿨에 대한 사회적 관심도 커져가고 있지만, 내가 로스쿨 진학을 준비하던 때나 지금이나 여전히 로스쿨에 대한 정확하고 구체적인 정보를 얻을 곳은 극히 제한적이다. 차라리 아무것도 모르면 좋았을 것을, 실제로는 존재하지도 않는 나만의 로스쿨을 멋대로 상상하고 있었기에 로스쿨에서의 첫해는 더욱 더 많은 시행착오의 연속일 수밖에 없었다. 그러한 시행착오를 겪으면서 늘 떠올렸던 생각은 '진작 알았으면 이렇게 힘들지 않았을 텐데' 하는 진한 아쉬움이었다. 그래서 나는 로스쿨 진학을 계획하고 있는 학생들에게 실질적으로 도움이 되고 흥미롭게 다가갈 수 있는 이야기를 쓰고 싶었다. 로스쿨에 어떻게 입학할 수 있으며 로스쿨을 졸업하면 어떤 일을 하고 어떠한 보상을 받는가의 이야기가 아니라 로스쿨 안에서는 무엇을 공부하고 어떠한 것을 경험하는지를 생생한 체험을 통해 소개하고 싶었다.

로스쿨이 어떤 곳이냐고 묻는 사람들의 질문에 어떻게 답할지 난감할 때가 많았다. 무언가 해주고 싶은 말은 많았지만 그들의 환상을 유지시켜줄 것인지 적나라한 현실을 꼬집어줄 것인지. 결국 선택을 할 순 없었다. 다만, 내 환상이 어떻게 깨지고 어떻게 치열하게 공부했는지를 가감없이 보여주는 쪽을 택했다.

따라서 이 글은 내가 로스쿨 생활을 겪으면서 개인적으로 가장 막막한 시절, 기대와 좌절, 한숨과 열정이 뒤엉킨 한 학기 동안에 끄적여둔 일기를 바탕으로 뒤돌아본 글이 되었다. 나는 이제 겨우 첫발을 내디딘 것뿐이다. 남들보다 이룬 것이 많은 사람이노라 내세울 것이 없는 만큼, 희망을 주는 성공담도 아니요 그렇다고 유학원에서 얻을 법한 세세한 입시 정보를 주는 책도 아니다. 이제 막 첫발을 뗀 사람이 이렇게 공부하는 사람들이 있다는 사실을 알려주는 이야기요, 로스쿨에서 걸음마이자 혹독한 신고식을 치르는 일상사를 보여줌으로써 로스쿨과 법 공부에 대한 큰 바탕그림을 제공할 수 있기를 바라는 글일 뿐이다. 따라서 개인적으로 이 글을 쓰는 과정은, 수많은 회의와 어려움 속에서 방황하던 내게도 로스쿨에 진학하려고 했던 이유와 나의 꿈들 그리고 힘들었던 로스쿨에서의 첫해를 돌아볼 수 있는 좋은 기회가 되었다.

꿈을 좇아서

돌이켜보면 변호사에 대한 나의 동경은 시작이 언제인지도 기억나지 않으며 그 이유도 알지 못한 채 시작되었다. 그렇게 막연히 변호사를 동경하던 나는 어느덧 10대의 소년에서 20대의 청년이 되었고, 국제 변호사가 되려면 영어 실력이 있어야 하니 미국 대학 진학이 유리하리라는 막연한 생각으로 무턱대고 유학을 결심했다. 하지만 그 무모해 보이는 선택이 결과적으로 로스쿨에 대한 나의 오래지만 막연했던 욕구를 구체화해주었다.

미국에서 다양한 문화와 인종을 접하면서 미국 민주주의와 사회 제도, 특히 그 근간을 이루는 사법 제도가 언제나 합리적 방향으로의 발전을 목표로 하고 있다는 것에 감탄할 때마다 나 역시 열려 있는 유연한 사고를 하고 싶다는 욕구를 갖게 되었다. 그러면서 그 무엇과도 타협할 수 없는 나만의 가치와 주관을 가짐과 동시에, 나와 다른 의견을 무시하거나 배척하지 않으며 사회의 모든 것을 다양한 측면에서 생각해볼 수 있는 합리적인 사람이 되고 싶었다. 왜냐하면 법이라는 것이 정의와 평등, 공정성과 합리성을 찾으려는 노력의 발로로 생겨난 것이기에, 법이 생겨나 발전해온 그 과정을 따라가다보면 나 또한 언젠가는 그런 사람이 될 수 있을 것이라 생각했기 때문이다. 그런 합리적인 자아로의 발전에 대한 욕구가 로스쿨 진학 결심을 굳히게 해주었다.

오랜 시간 동안 꿈꿔왔던 로스쿨 첫해의 모든 경험은, 로스쿨에 들어오기 전까지 내가 기대하고 상상했던 것과 많은 차이가 있었다. 로스쿨에 진학하기 전 신문이나 방송을 통해 접했던 로스쿨은 대부분 그것을 경험하지 못한 외부인들에 의해 적당히 추측된 것이었으며, 진학가이드에 소개되는 입학시험 점수와 취업 통계 같은 정보들도 로스쿨 생활에는 전혀 도움이 되지 않는 숫자들에 불과했다. 외국인 유학생이니 더욱더 철저하게 준비를 하고 로스쿨에 입학해도 한없이 부족하기만 할 텐데, 오히려 부정확하고 불필요한 정보들과 법정영화에서 그려지는 변호사와 로스쿨에 대한 허상만을 가지고 로스쿨에 입학했으니 미국 학생들도 두려워하는 로스쿨 첫해가 결코 수월했을 리 없다.

로스쿨에서 영글어갈 내 인생의 빛을 향해

로스쿨 첫해가 학생을 전과는 완전히 다른 사람으로 만들어놓는다고 언젠가 로스쿨의 한 교수님은 말씀하셨다. 그 한 해를 거친 나도 내가 그렇게 바라던 모습이 되었는가? 아직은 그렇다고 답할 수 없다. 그것은 내가 목표한 모든 것과 현재의 나 자신 사이에 여전히 많은 거리가 남아 있음을 잘 알고 있기 때문이다. 하지만 내 나이에, 인생과 앞날의 빛을 봤다고 말한다면 어떤 반응이 돌아올까? 나의 심각한 이 말을 들은 친구가 웃으며 그 빛이 무엇이냐고 물어왔을 때 로스쿨에 들어온 직후에는 그것을 말해줄 수 없었지만 이제는 좀 더 구체적으로 말할 수 있을 것 같다.

확실한 것은 그 빛이 변호사가 되는 그 자체는 아니라는 점이다. 나는 한 사람의 인생을 이끄는 빛이 될 수 있는 것은 직업과 같은 것이 아니라 그 사람의 모든 생각과 행동의 구심점이 되어주는 것, 한 사람이 숨을 쉬며 살아가는 이유라고 생각한다. 변호사라는 직업은 내게 있어서 내 인생의 빛을 구체화시키기 위한 하나의 수단일 뿐이지 결코 그것 자체가 내 삶의 빛이 될 수는 없는 것이다. 나를 이끌고 있는 빛은 합리적 자아로의 발전, 도덕적으로 더 나은 인격체로의 발전이고 로스쿨과 변호사라는 목표는 그 빛을 구체화하기 위한 좋은 선택이었다고 믿는다.

변호사에 대한 막연한 동경으로 시작한 이 여정은, 아직 지나온 길보다 갈 길이 더 많이 남아 있고 어쩌면 지난 시간 동안 겪은 것보다 더 큰 어려움이 나의 앞날에 기다리고 있을지도 모른다. 하지만 비록 지금 이 순간 한 발자국 앞으로 정진하는 것조차 힘겹다 할지라도 아직은 포기할 수 없다. 왜냐하면 내 인생의 빛을 향한 본격적인 여정은 이제 막 시작되었기 때문이다.